afgeschreven

OOGGETUIGE

JAMES PATTERSON BIJ UITGEVERIJ CARGO

James Patterson
& Howard Roughan

Ooggetuige

Vertaling door Paul Witte

2011

DE BEZIGE BIJ

AMSTERDAM

Cargo is een imprint van uitgeverij De Bezige Bij, Amsterdam

Copyright © 2010 James Patterson
Copyright Nederlandse vertaling © 2011 Paul Witte
Oorspronkelijke titel *Don't Blink*
Oorspronkelijke uitgever Little, Brown and Company, New York
Omslagontwerp Debby Gerritsen
Omslagillustratie Getty Images/Image Source
Foto auteur Sue Solie Patterson
Vormgeving binnenwerk Peter Verwey, Heemstede
Druk Koninklijke Wöhrmann, Zutphen
ISBN 978 90 234 5805 0
NUR 305

www.uitgeverijcargo.nl

Voor Isabel Morris Patterson – J.P.

Voor Elaine Glass,
een van de dapperste mensen die ik ken – H.R.

PROLOOG

In een ogenblik

EEN

Lombardo's Steakhouse in Manhattans chique Upper East Side was om twee redenen beroemd. Ten eerste hadden ze er de dubbeldikke, de slagaders verstoppende, 1300 gram zware *porterhouse steak*: een vegetariër hoefde zo'n joekel maar te zien of hij kreeg een beroerte.

Lombardo's tweede *claim to fame* was de clientèle.

Simpel gezegd was Lombardo's Steakhouse de paparazzihemel. Van de beste acteurs tot de grootste sporthelden, CEO's en topmodellen, beruchte rappers en gelauwerde dichters – iedereen die iets voorstelde werd in Lombardo's gespot, of ze er nou over een vet contract kwamen praten of er alleen maar kwamen om te schitteren.

Volgens de *Zagat*, de allesbepalende rode gastronomiebijbel, was Lombardo's hét restaurant waar je moest zijn: 'Bereid je maar voor op ellebogenwerk en op de ego's van de jetset, want Lombardo's is de plek om te zien en gezien te worden.'

Zelfs als je Bruno Torenzi heet.

Torenzi stond namelijk op het punt om Lombardo's Steakhouse om een heel andere reden beroemd te maken. Een verschrikkelijke, ongelooflijk afschuwelijke reden.

En niemand leek het door te hebben... Tot het te laat was... Tot hij zijn daad bijna gepleegd had.

Natuurlijk, dat was de bedoeling ook. Bruno Torenzi zag er met zijn zwarte Ermenegildo Zegna-pak en donkere zonnebril net zo uit als ieder ander. Hij had ieder ander kunnen zijn.

Trouwens, het was lunchtijd. Klaarlichte dag, godbetert.

Van zoiets zieks en verdorvens zou je ten minste verwachten dat het bij nacht en ontij gebeurde. Of maak daar maar een vollemaan en een roedel huilende wolven van.

'Kan ik iets voor u doen, meneer?' informeerde de gastvrouw, Tiffany, die Torenzi als enige had opgemerkt – zij het dan alleen uit hoofde van haar beroep. Ze was een jonge, oogverblindende blondine uit het Midwesten, met een perfecte, porseleinkleurige huid; zij kon een nek verder laten draaien dan welke chiropractor ook.

Maar hij deed alsof ze niet bestond.

Torenzi hield zijn pas niet in; hij keek zelfs niet haar kant op. Hij beende haar ijskoud voorbij.

Krijg de pest maar, dacht de drukke gastvrouw, en ze liet hem gaan. Het restaurant zat altijd vol, en hij zag eruit alsof hij er thuishoorde. Er arriveerden andere gasten, die vlak voor haar neus gingen staan, zoals alleen New Yorkers dat doen. Die vent had vast een afspraak met iemand die ze al een tafeltje had gegeven.

Daar had ze dan weer wél gelijk in.

Geroezemoes, het getik van het zilveren bestek, de iconische jazz van John Coltrane uit de in het plafond verwerkte speakers – het droeg er allemaal aan bij dat de met mahoniehout gelambriseerde eetzaal van Lombardo's met een onafgebroken looping van het prettigst denkbare geluid werd gevuld.

Torenzi had er geen oor voor.

Ze hadden hem gehuurd vanwege zijn discipline, zijn onverzettelijkheid, zijn concentratievermogen. Voor hem was er maar één ander persoon in het restaurant. Maar één.

Nog tien meter…

Torenzi had de tafel in de uiterste hoek rechts al gezien. Een speciale tafel, dat stond buiten kijf. Een speciale tafel voor een speciale gast.

Nog zes meter…

Hij maakte een scherpe hoek naar het volgende gangpad, de hakken van zijn zwarte gaatjesschoenen klikten als een metronoom in driekwartsmaat op de glanzende houten vloer.

Nog drie meter…

Torenzi richtte zijn blik op de kale, onbeschaamd corpulente man die in zijn eentje met zijn rug naar de muur aan het tafeltje zat. De foto kon hij in zijn zak laten zitten. Dubbelchecken was niet nodig.

Hij was het, geen twijfel mogelijk. Vincent Marcozza.

De man die op sterven na dood was.

TWEE

Vincent Marcozza – ruim honderdvijftig kilo schoon aan de haak – keek op van wat er nog van zijn bloedrode porterhouse steak, gevulde gepofte aardappelen en royale portie gefrituurde uienringen over was. Zelfs als hij op zijn krent zat was die kerel buiten adem en leek hij ieder moment een hartaanval te kunnen krijgen.

'Kan ik iets voor u doen?' Marcozza vroeg het ogenschijnlijk beleefd, maar zijn luide, platte Brooklyns suggereerde iets anders. Meer iets in de richting van: Zeg, klootzak, wat sta je me nou aan te staren? Ik zit te eten.

Torenzi bleef roerloos staan en nam de belangrijke man op. Hij nam alle tijd van de wereld voor het antwoord. Ten slotte zei hij met een vet Italiaans accent: 'Ik heb een boodschap van Eddie.'

Dat vond Marcozza om de een of andere reden amusant. Hij barstte in lachen uit; er verschenen rode vlekjes op zijn deegkleurige huid en zijn nekspek trilde als een plumpudding. 'Een boodschap van Eddie? Godsamme, die had ik moeten zien aankomen. Je ziet er inderdaad uit alsof je er een van Eddie bent.'

Hij nam het servet van zijn schoot en veegde de vette rundersappen uit zijn mondhoeken. 'En, knul, wat is de boodschap? Kom maar op.'

Torenzi keek naar links en naar rechts, alsof hij inschatte hoe ver de dichtstbijzijnde tafels van hem af stonden. Te dichtbij.

Capisce?

Marcozza knikte en gebaarde zijn ongenode gast dichterbij te komen. 'Niet voor andermans oren bestemd zeker, hè?' vroeg hij voordat hij weer in een nektrillingen veroorzakende lachbui uitbarstte. 'Hij kan maar beter goed zijn... Dit is een grap, toch? Laat maar horen.'

Aan de andere kant van het restaurant stond een ober op zijn tenen op een stoel om de *zeebaars op Chileense wijze* van het grote menubord af te vegen. Vlak bij hem was een hulpkelner met zijn emmer in de weer om de restanten van een tafeltje af te ruimen. En aan de bar zette een serveerster een glas pinot noir, een wodka-tonic en twee dry martini's met een gevulde olijf erin op haar dienblad.

Torenzi ging vlak voor Marcozza staan. Hij plantte zijn linkerhand op de tafel en opende zijn rechtervuist, die hij netjes achter zijn rug had gehouden. Snel en zelfs bijna elegant gleed het kille stalen handvat van een scalpel uit zijn mouw.

Torenzi boog naar voren en fluisterde vier woorden – niet meer: 'Vrouwe Justitia is blind.'

Marcozza kneep zijn ogen samen, fronste zijn wenkbrauwen en wilde vragen wat hij daar in godsnaam mee bedoelde.

Maar daar kreeg hij de kans niet meer toe.

DRIE

Bruno Torenzi sloeg zijn arm om hem heen en liet de scalpel diep in de huidplooi boven Marcozza's linkeroog zakken. Met de precisie en de snelheid van een slager sneed hij met de klok mee om de oogkas heen. Drie uur, zes uur, negen uur, middernacht… Het lemmet bewoog zo snel dat het bloed geen tijd kreeg om te vloeien.

'AAARGH!' Marcozza schreeuwde het uit van de pijn, en alle gasten in het restaurant draaiden zich om. Iedereen zag hoe Bruno Torenzi het oog van de man met die dikke kop stond uit te boren – alsof het een pompoen was!

'AAARGH!'

Torenzi was vijftig kilo lichter, maar dat maakte niets uit. Hij stond er perfect voor en hield Marcozza's hoofd in een ijzeren wurggreep terwijl de rest van zijn lichaam heftig spartelde. Wat was moord met voorbedachten rade anders dan het weloverwogen uitoefenen van macht?

Flatsj!

Marcozza's linkeroog werd met een zompig geluid als een bolletje ijs uit zijn hoofd geschept; het rolde over het witte tafellinnen en bleef liggen.

Daarna was het rechteroog aan de beurt. *Tsjak, tsjak, tsjak…* Het moet gezegd, het was vakwerk.

Toch plopte het rechteroog er niet zo mooi uit als het linker. Het bleef hangen en bungelde aan een koppige, bloederige oogzenuw heen en weer.

Torenzi glimlachte en maakte een snelle polsbeweging. Bijna klaar; wacht nog even met applaudisseren.

Tsjak!

Marcozza's rechteroog rolde met een kleverig staartje van weefsel en bloedvaatjes over het broodplankje en viel op de vloer.

Het bloed was nu ook bij de les en spoot uit Marcozza's lege oogkassen. In medische termen was de oftalmische arterie gescheiden van de inwendige halsslagader – de hogedrukverbinding met de hersenen. In lekentaal was het een gruwelijke smeerboel.

Een paar tafels verderop viel een vrouw flauw die van top tot teen Chanel droeg; ze ging in één keer van haar stokje. Een andere kotste over haar tiramisu.

Torenzi daarentegen stak de scalpel onbewogen in het borstzakje van zijn Zegna-pak en liep naar de keuken om via de achterdeur in het volle daglicht te verdwijnen.

Maar voordat hij dat deed, boog hij zich nog één keer voorover om zijn boodschap in Marcozza's vlezige oor te herhalen, terwijl zijn slachtoffer met zijn hoofd op de tafel lag en een langzame, smerige dood stierf.

'Vrouwe Justitia is blind.'

DEEL EEN

Een moordbaan

HOOFDSTUK 1

De woorden die ik nooit zal vergeten waren: 'Hou je vast, dit wordt een wilde rit!' Die woorden bleken niet alleen de daaropvolgende momenten, maar ook de daaropvolgende dagen te beschrijven.

Ik had daar, onder de hoge, heldere sterren van de Afrikaanse nacht, diep liggen slapen, door niet veel meer dan een verpulverd, door de motten aangevreten matje gescheiden van misschien wel het armoedigste stof op de aardbodem, toen mijn ogen van schrik uit hun oogkassen puilden en mijn hart een slag oversloeg. Of liever gezegd, een paar slagen.

Holy shit! Is dat wat ik denk dat het is?

Geweervuur?

Mijn vraag werd meteen daarop beantwoord door dokter Alan Cole. Omdat onze puptenten net sauna's waren, lagen we onder de blote hemel in de duisternis: Alan vloog op me af, greep me bij mijn arm en schudde me hard heen en weer.

'Wakker worden, Nick,' zei hij. 'Opstaan! Nu! We worden aangevallen! Hé, man, ik meen het.'

Ik schoot overeind en draaide me naar hem toe toen opnieuw het geluid van geweervuur door de lucht weerkaatste. *Beng! Beng! Beng!*

Het kwam dichterbij. Wie er ook schoten, ze naderden, en snel ook.

'Janjaweed – die zijn het, toch?' vroeg ik.

'Ja,' zei Alan. 'Hier was ik al bang voor. Ze zijn erachter gekomen dat we hier zijn.'

'Wat nu?'

'Volg me,' zei hij terwijl hij met zijn zaklamp zwaaide. 'Snel, Nick. We hebben geen seconde te verliezen.'

Ik greep mijn kussen – ook wel bekend als mijn plunjezak. Vanuit mijn ooghoeken zag ik mijn aantekenboekjes op de stapel kratten die als mijn bureau had dienstgedaan. Ik deed een stap in die richting, maar Alan greep me weer bij de arm, deze keer om me tegen te houden.

'Geen tijd, Nick,' waarschuwde hij. 'We moeten maken dat we wegkomen, anders zijn we dood. Nádat we gemarteld zijn.'

Tja, als je het zo stelt...

Ik ging als een speer achter Alan aan. We sprintten langs de barakken van multiplex en golfplaten die daar aan de rand van het Zalingei-district in Sudan als operatiekamer en noodhospitaal hadden gefungeerd. Het drong tot me door hoe beheerst de arts was, zelfs nu. Hij schreeuwde niet.

Terwijl dat het enige was wat ík wilde doen.

In vredesnaam, Nick, wat is dat toch met jou en die doodswens van je? Waarom heb je deze klus in godsnaam aangenomen? Je wist dat dit deel van Darfur voor journalisten gevaarlijk is! Dat heeft Courtney zelf gezegd toen ze je de klus aanbood.

Maar dat was nou precies waar het artikel dat ik schreef over ging – en het was precies de reden dat ik wist dat ik hier moest zijn, dat ik het met mijn eigen ogen moest zien. Dit deel van Darfur was ook voor artsen nog steeds gevaarlijk. Zoveel was duidelijk. Maar dat weerhield Alan Cole er toch ook niet van hier te zijn, of wel soms? De hooggewaardeerde chirurg had zijn vrouw en twee bloedjes van kinderen in Maryland achtergelaten om vier maanden voor het Korps Humanitaire Hulp te werken en het leven van Sudanese burgers te redden die anders bij gebrek aan medische zorg zouden lijden en sterven.

En nu legde ook ik mijn leven in handen van Alan Cole.

Beng! Beng-beng-beng-beng! Beng-beng-beng-beng!

Ik rende achter het wazige schijnsel van zijn zaklamp aan en trapte op scherpe stenen en doornige takken zonder aandacht aan de venijnige pijn in mijn blote voeten te besteden.

Voor me zag ik beweging: de twee Sudanese verpleegsters die fulltime in het hospitaaltje werkten. De ene startte de gammele jeep waar Alan me een paar dagen eerder, toen ik net was aangekomen, op had gewezen.

De 'vluchtwagen' noemde hij hem. Ik dacht dat hij een geintje maakte.

Hahaha! Zie je de humor er nog steeds van in, Nick?

'Stap in!' zei Alan toen we bij de jeep waren. De verpleegster achter het stuur sprong eruit om plaats voor hem te maken.

Ik dook zo ongeveer op de stoel ernaast en wachtte tot de verpleegsters achterin zouden stappen. Maar dat deden ze niet.

Daarvoor in de plaats fluisterden ze: '*Salaam alaikum.*'

Ik wist inmiddels wat dat betekende: vrede zij met jullie. Maar ik begreep het niet. 'Gaan ze niet met ons mee?' vroeg ik aan Alan.

'Nee,' zei hij terwijl hij de krakende versnelling uit de parkeerstand trok. 'De Janjaweed zijn niet in hen geïnteresseerd. Ze zijn op ons uit. Op de Amerikanen. De vreemdelingen. Omdat wij ons met hun zaken bemoeien.'

Hierna bedankte hij de verpleegsters en zei hij dat hij hen snel terug hoopte te zien. '*Wa alaikum salaam,*' voegde hij eraan toe.

Vrede zij ook met jullie.

Toen gaf Alan vol gas en werd ik tegen de rugleuning gedrukt.

'Hou je vast,' riep hij boven de loeiende motor uit. 'Dit wordt een wilde rit!'

HOOFDSTUK 2

De hete woestijnlucht brandde op mijn gezicht toen we de weg, of wat daar in dat door God vergeten deel van de wereld voor doorging, op scheurden. Er was geen wegdek, alleen een spoor waarvan het stof onder onze banden opstoof, en Alan deed wat hij kon om niet tegen de incidentele citrusboom die erin was geslaagd de vervloekte hitte en droogte daar te overleven aan te knallen.

Had ik al gezegd dat we met de lichten uit reden? Welkom op de Ray Charles Grand Prix.

'Hoe staan we ervoor?' brulde Alan zo hard als hij kon. 'Zien ze ons? Kun jij hen zien?'

We zaten nog geen halve meter van elkaar vandaan, maar we moesten schreeuwen om ons verstaanbaar te maken. Ik zweer je, een straaljager die de geluidsbarrière doorbreekt, maakte minder herrie dan de motor van die jeep.

'Of ze ons zien? Wat dacht je van ons horen?' schreeuwde ik terug. 'Maar ik zie niemand!'

Ik had me, voordat ik vanuit de vs naar Sudan ging, grondig in de Janjaweed verdiept. Ze vormden een afgevaardigde militie van de Arabische moslims in de Sudanese hoofdstad Khartoem, en waren al een tijdlang bezig de Afrikaanse moslims op het platteland uit te moorden, onder meer omdat ze aanspraak maakten op hun land. Er werd onafzienbaar veel bloed vergoten, in hoofdzaak aan één kant. Ziehier in een notendop de genocide waar we steeds weer over horen.

Maar het is één ding om vanuit mijn comfortabele bank in Manhattan artikelen en een paar boeken over de Janjaweed te lezen. Dit was andere koek.

Ik keek over mijn schouder, maar de stofwolk in ons kielzog maakte het moeilijk iets te zien. Toen voelde ik dat de lucht openspleet en een kogel vlak langs mijn oor vloog. Jezus christus, dat scheelde maar een haar.

'Sneller, Alan!' zei ik. 'We moeten sneller! Je kunt toch wel sneller?'

Alan knikte me toe, zijn ogen samengeknepen in een poging iets in de duisternis en het rondvliegende stof te zien.

En ondertussen overdacht ik mijn vroegtijdige dood, op drieëndertigjarige leeftijd, en ik telde de niet-afgevinkte vakjes op mijn lijst met dingen die ik nog had willen doen. Een Pulitzerprijs winnen. Saxofoon leren spelen. In een Enzo Ferrari over de Pacific Coast Highway rijden.

O ja, en de moed verzamelen om een zekere vrouw te vertellen dat ik meer van haar hield dan ik ooit had durven toegeven – zelfs niet aan mijzelf.

Wat kon ík zeggen dat een van mijn zes lievelingsschrijvers, John Steinbeck, niet al had gezegd? Iets als dat de beste plannen van muizen en mannen maar al te vaak de mist in gaan?

Maar wacht even!

Over plannen gesproken: de arts achter het stuur leek er een te hebben. 'We hebben iets zwaars nodig!' schreeuwde Alan.

Iets zwaars? 'Zoals wat?' vroeg ik.

'Weet ik niet,' riep hij. 'Kijk eens achterin, in de laadbak!' Hij gaf me de zaklamp. 'En bukken! Ik wil jouw dood niet op mijn geweten hebben.'

'Nee, dat wil ik ook niet, Alan!'

Een kogel weerkaatste op de metalen rolstang, als een uitroepteken. *Ping!*

'Díep bukken dus!' riep Alan.

Ik greep het dikke, rubberen handvat van de zaklamp en tijgerde snel naar de krappe ruimte achterin.

Daar vond ik niets anders dan een paar lege waterflessen die als knikkers op en neer sprongen.

Ik wilde Alan het slechte nieuws al doorgeven toen ik iets glanzends zag weerspiegelen dat aan de zijkant zat vastgebonden, bij het reservewiel. Het was een kruissleutel. Bingo!

Maar was hij zwaar genoeg? Ik had geen idee. Ik wist niet waar hij voor gebruikt moest worden.

Ik reikte hem Alan aan, die hem even op en neer bewoog, om hem te wegen. 'Goed genoeg!' riep hij. Toen zette hij de koplampen van de jeep aan. 'Hou het stuur voor me vast, oké? Gewoon rechthouden!'

Ik klom uit de laadbak, boog voorover en pakte het stuur, terwijl Alan zijn linkervoet optilde en zijn hardloopschoen uittrok. Ik kon het Nike-teken zien.

'Ik ben zo terug,' riep hij.

Ik ben zo terug? Waar denk je verdomme naartoe te gaan, dokter?

Waar ben je mee bezig?

Laat me alsjeblieft niet in de steek!

HOOFDSTUK 3

Alan dook onder het stuur, de kruissleutel in zijn ene hand, zijn hardloopschoen in de andere. Ik probeerde te zien wat hij daar deed. Wat ik natuurlijk had móeten doen, was het stuur rechthouden, zoals hij me gevraagd had.

O shit! Kijk uit! Kijk uit!

De jeep begon plotseling te slingeren, de twee linkerwielen kwamen een stukje van de grond en we sloegen bijna om. Ik probeerde het stuur recht te krijgen en hoorde Alans hoofd tegen het portier slaan. Au!

'Sorry, Alan!' schreeuwde ik. 'Gaat het?'

'Ja, maar schijn me eens een beetje bij! Ik heb die klotesleutel laten vallen.'

'Sorry, man.'

'Nee, je doet het prima. Maar hou dat stuur wel recht!'

Ik deed de zaklamp voor hem aan. De kruissleutel was achter het rempedaal terechtgekomen. Met zijn rechtervoet hield Alan het gaspedaal ingedrukt, en ondertussen pakte hij de sleutel en schoof hem in zijn schoen. Ik had nog steeds geen flauw idee waar hij mee bezig was.

Toen viel het kwartje.

Alan verzwaarde het gaspedaal, dat was het!

En inderdaad, terwijl mijn blik tussen hem en de weg heen en weer schoot, zag ik dat hij zijn voet weghaalde en er de verzwaarde schoen voor in de plaats zette. Met de veters bond hij hem, zo goed en zo kwaad als dat onder de omstandigheden ging, aan het pedaal vast.

In een oogwenk zat hij weer op de stoel en trok hij zijn broekriem los, waarmee hij het stuur aan de stang onder zijn stoel vastzette.

We reden nu officieel op cruisecontrol.

En nu?

Eigenlijk hoefde ik die vraag niet te stellen om te weten wat het antwoord was. Ik had alleen geen zin om te geloven dat dit echt gebeurde.

'Klaar?' vroeg Alan. 'Zeg maar ja. We zijn hier weg!'

'Je maakt een geintje, toch?'

'Helemaal niet, ik ben bloedserieus. Zie je die rots daar verderop rechts? Meteen daarachter komt een hellinkje naar beneden,' zei hij.

'Hoe weet je dat?'

'Ik heb bij de padvinders gezeten. Wees altijd voorbereid. Je hoeft je alleen maar klein te maken en door te rollen, ze zien ons nooit! Vertrouw me maar.'

Ik scheen met de zaklamp op de snelheidsmeter. De naald zat vlak bij de 130 kilometer per uur. Hoe bedoel je, kleinmaken en doorrollen?

Maar voor discussie was geen tijd; die rots en de helling waren nog maar een paar seconden van ons vandaan. Toen er nog een kogel langsvloog haalde ik diep adem en schreeuwde ik tegen Alan wat hij wilde horen.

'*Fuck it!* We doen het!'

Ik greep mijn plunjezak en draaide me om, om de rolstang vast te pakken.

Ping! deed weer een kogel. En weer één: *ping!* En toen tientallen *ping*'s en *beng*'s.

Om mijn zenuwen de baas te blijven beet ik op mijn tanden, en ik proefde het stof diep in mijn mond. Had ik in die vier jaar journalistiek aan de Northwestern University maar een college Kleinmaken & Doorrollen gevolgd. Daar zou ik veel meer aan gehad hebben dan aan al die grammatica en ethiek.

Hupsakee!

Ik sprong de duisternis in en smakte tegen het stof.

Alleen voelde het niet als stof. Het voelde als beton. De pijn schoot door mijn lijf alsof er een bom in me explodeerde.

Ik wilde gillen. Niet gillen, Nick! Dan kunnen ze je horen! Tot zover mijn kleinmaaktechniek. Nu het doorrollen. Het rollen had ik meteen onder de knie. Ik rolde en rolde en rolde de helling af. Toen ik eindelijk stil lag, was ik zo duizelig dat ik bijna moest overgeven. Ik draaide me om en keek omhoog.

Onze jeep werd in vliegende vaart achtervolgd door een andere jeep, met daarop een stel schietgrage Janjaweed die er vast en zeker van overtuigd waren dat dit de kans van hun leven was om twee irritante Amerikanen om te leggen.

Het zou niet lang duren voordat ze onze jeep zouden inhalen – misschien nog drie, vier kilometer – maar tegen die tijd waren Alan en ik in het holst van de nacht twee naalden in een hooiberg. Ze vonden ons nooit. Althans, dat hoopte ik.

'Alles in orde?' klonk Alans stem. Hij lag misschien drie meter van me vandaan.

'Ja,' zei ik. 'Jij?'

'Man, ik heb me nog nooit zo goed gevoeld!'

Ik zag een vertrouwde gloed uit Alans hand komen. Het was een satelliettelefoon. Ik had er net zo een.

'Wie bel je?' vroeg ik.

'Domino's Pizza,' grapte hij. 'Wil jij peperoni?'

Ik lachte. Lachen was nog nooit zó fijn geweest.

'Nee, ik bel voor back-up,' zei hij. 'We moeten maken dat we hier wegkomen. Een dode chirurg en een dode journalist zijn niet bepaald bevorderlijk voor de wereldvrede en al het goede waar wij zoveel om geven, nietwaar, Nick?'

HOOFDSTUK 4

Alan en ik werden bont en blauw, maar – en dat was het belangrijkst – levend en wel, door een vliegtuig van het Wereldvoedselprogramma van de VN naar Khartoem teruggevlogen. Die goede arts besloot nog een paar dagen in de Sudanese hoofdstad te blijven om in een ander ziekenhuis bij te springen. Hij deugde echt, die kerel – dat meen ik uit de grond van mijn hart.

'Je bent van harte welkom om mee te gaan,' zei hij half schertsend. 'Ik heb een muze nodig.'

Ik glimlachte. 'Nee, ik geloof dat ik wel even genoeg avonturen in de wildernis heb beleefd. Volgens mij heb ik meer dan genoeg materiaal voor mijn artikel.'

'Als je maar geen held van me maakt,' waarschuwde hij. 'Want dat ben ik niet.'

'Ik schrijf gewoon op wat ik heb gezien, Alan. Als er mensen zijn die dat heroïsch vinden, dan is dat zo.'

En ik bedankte hem voor de zoveelste keer voor het redden van mijn leven. '*Salaam alaikum*,' voegde ik eraan toe.

Hij schudde mijn hand. 'En vrede zij met jou,' antwoordde hij.

Maar helaas, daarvan zou geen sprake zijn. In de verste verte niet.

Die middag zat ik op de vlucht die me in een uur of vier over de Rode Zee en de Perzische Golf naar Dubai in de Verenigde Arabische Emiraten zou brengen, waar de eerste gekloonde kameel van de wereld woont. Mocht je er nooit geweest zijn, het is echt een surreëel oord. Als je er wel bent geweest, dan weet je waar ik het over heb. Een paar jaar geleden heb ik daar een week lang alle 'toeristische attracties' bezocht voor een stuk dat ik de titel 'Geflipte versie Disneyland' meegaf. Overbodig te zeggen dat de toeristenbond van Dubai daar niet blij mee was – maar wat hadden ze dan verwacht? Hun interpretatie van Space Mountain is een indoorskiberg, Ski Dubai geheten. En dan die zesenvijftig kilometer lange kunstmatige archipel van driehonderd eilandjes in de vorm van een wereldkaart! Wat je noemt een klein wereldje.

Maar nu was ik er alleen maar op doorreis. Sterker nog, na een dutje in het nabij het vliegveld gelegen Dubai International Hotel – verreweg het schoonste hotel waar je per uur kunt afrekenen – was ik alweer op weg naar het volgende vliegtuig, naar Parijs deze keer, om een van de Europese directeuren van het Korps Humanitaire Hulp te interviewen; mijn laatste research voor het artikel waar ik aan werkte.

Althans, ik dácht dat ik naar Parijs op weg was.

Toen ik in de rij stond om in te checken, voelde ik de vibratie van mijn satelliettelefoon. Het was Courtney, mijn eindredacteur, vanuit New York.

'Hoe gaat het?' vroeg ze.

'Ik leef nog,' antwoordde ik. Dat was beslist de stand van zaken. Ik vertelde haar snel over mijn Mad Max-ontsnapping aan de Janjaweed-militie. Ze kon het bijna niet geloven. Vind je het gek, ik zelf ook niet.

'Weet je zeker dat alles in orde is?' vroeg ze. 'Je klinkt een beetje verward – zelfs voor jouw doen.'

'Gezien de omstandigheden: ja, alles in orde. Ik heb zelfs iets belangrijks geleerd – ik ben sterfelijk. Echt heel sterfelijk.'

'En waar ben je nu naar op weg?'

'Parijs,' zei ik.

'Parijs?'

'*Oui.*'

'*Je crois que non*,' zei Courtney.

Nu had ik toentertijd op St. Patrick's High School in New-burgh, New York, maar één jaar Frans gehad, maar ik wist vrij zeker dat ze net 'ik dacht van niet' had gezegd.

'Waarom niet?' vroeg ik.

Dat was een goede vraag – goed getimed ook, want er waren nog maar twee mensen voor me; daarna mocht ik mijn boardingpass inleveren en was ik op weg naar Parijs, wat denk ik mijn lievelingsstad is. De inwoners daargelaten, natuurlijk. Tenminste, niet allemaal. Alleen de snobs daargelaten.

'Je moet terugkomen,' zei Courtney.

'Waarom? Wat is er aan de hand?'

'Iets leuks, Nick. Iets heel leuks. Je zult het fantastisch vinden.'

Dat volstond voor een schoorvoetende stap uit de rij. Courtney Sheppard had enkele in het oog springende ondeugden, maar daar viel de hyperbool niet onder.

'Goed,' zei ik. 'Verras me maar.'

En dat is precies wat Courtney deed. Sterker nog, ze over-donderde me volkomen.

HOOFDSTUK 5

Laat me eerst even een geheimpje verklappen – ik weet dat het een beetje belachelijk is, maar ik ben een enorme honkbalfan, altijd al geweest, sinds mijn jeugdjaren in de Hudsonvallei, waar ik appels tegen de stammen van de appelbomen gooide.

Maar nu de rest van het verhaal: om geen woord te missen drukte ik de telefoon tegen mijn oor. Op het vliegveld krioelde het van de mensen, maar het meeste geluid kwam van de volgende gate, waar zo'n honderd mannen stonden, allemaal met netjes bijgewerkte zwarte baarden en fris witte, ruimvallende gewaden, ook wel bekend als *dishdasha's*.

En ik dus.

Een dikke bos zandbruin haar, een ruim één meter vijfentachtig lang lijf in een verschoten spijkerbroek en een nog meer verschoten poloshirt. Als Gene Simmons van Kiss met make-up op luidkeels de Koran voorlas, zou hij niet meer opvallen dan ik daar.

Courtney ademde diep in. 'Ken je Dwayne Robinson nog?' vroeg ze. Natuurlijk kende ik Dwayne Robinson nog, en dat wist ze maar al te goed.

'Je bedoelt dé Dwayne Robinson, dankzij wie de Yankees – míjn Yankees – de World Series hebben verloren? Die verknipte klootzak? Het grote mysterie?'

'Ben je tien jaar na dato echt nog steeds boos op hem? Als het om honkbal gaat ben jij echt gestoord, weet je dat?'

'Reken maar. Over honderd jaar ben ik het nóg niet vergeten... en heb ik het hem ook nog niet vergeven.' Mijn nekharen gingen al overeind staan. Ik kan het ook niet helpen. Sinds mijn vader me op mijn vijfde vanuit Newburgh naar de Bronx Bombers reed en me meenam naar mijn eerste wedstrijd, ben ik een hardcorefan. We zaten boven in het stadion, mijlenver van het veld, maar dat kon me niets schelen. Sinds die eerste keer zitten de strepen van de Yankees me in het bloed. En ja, ik weet dat het gestoord is.

'Misschien is dit toch niet zo'n goed idee,' zei Courtney. 'Ga maar naar Parijs, Nick.'

'Hoe bedoel je? Waar heb je het over? Waarom moet ik nu opeens naar Parijs?'

Ze molk het moment zo lang mogelijk uit. 'Hij wil dat jij hem interviewt.'

Ik had het bizarre voorgevoel gehad dat ze me dat zou gaan vertellen, maar toch was ik verbluft toen ik het hoorde. Volkomen verbluft. Na zijn spectaculaire schorsing was Dwayne Robinson de J.D. Salinger van de honkbalwereld geworden. Het laatste wat hij de pers had toegevoegd was: 'Ik praat nooit meer met jullie.' En de afgelopen tien jaar had hij zijn woord gehouden.

Maar daar leek nu dus verandering in te komen, en dat was fantastisch. Dit zou groot nieuws zijn. Dit zou het verhaal van mijn leven-tot-dan-toe worden. Bovendien was het een droom die uitkwam.

'Courtney, je bent geweldig! Hoe heb je hem zover gekregen dat hij zich wil laten interviewen?' vroeg ik.

'Ik zou best willen dat ik een deel van de eer kon opstrijken,' zei ze. 'Maar de waarheid is dat ik alleen de telefoon heb hoeven opnemen. Ik werd gisteren door Robinsons agent gebeld.'

'Heeft hij nog steeds een agent? Dat alleen is al verbazingwekkend.'

'Ik weet het, ongelooflijk, hè? Misschien hoopt hij op een comeback. Misschien wil hij daar met jou over praten.'

'Dat lijkt me sterk,' zei ik. 'Hij is inmiddels dik in de dertig. Hij heeft in geen jaren meer op de heuvel gestaan.'

'Maar het zou wel verklaren waarom hij een interview wil doen, toch? Hij bekent, zet alle feiten op een rijtje… Het zou de eerste stap van zijn rentree kunnen zijn,' zei ze. 'Misschien niet eens zozeer als pitcher, maar wel naar het publiek, zijn erfenis.'

'O ja, net als Pete Rose, dat heeft ook wonderen gedaan,' grapte ik. 'Maar goed, als dat zo is, zou hij dan niet liever een televisie-interview doen?'

Ik had het nog niet gezegd of ik wist het antwoord al. Dwayne Robinson, de 'zwarte hoop uit Harlem', de ooit fenomenale linkshandige Yankees-werper, had onder meer aan een acute vorm van een sociale angststoornis geleden. Hij kon voor vijf-envijftigduizend uitzinnige fans op de heuvel staan en de beste ballen werpen, maar bij een gesprek van een-op-een kreeg hij het Spaans benauwd. En al helemaal voor een camera.

'Ik was één ding vergeten,' zei ik. 'Die man was een wandelende reclame voor antidepressiva.'

'Dat zal het zijn,' zei Courtney. 'Sterker nog, Robinsons agent zei tegen me dat hij bang is dat zijn cliënt alsnog van gedachten verandert. Daarom heeft hij meteen een lunchafspraak voor jullie gemaakt. Voor jou en Dwayne, Dwayne en jou. Gezellig, hè?'

'Wanneer?' vroeg ik terwijl mijn opwinding toenam.

'Morgen,' zei ze. 'In Lombardo's, om halfeen.'

'Courtney, ik ben in Dubai.'

'Hopelijk niet lang meer, Nick. Je hebt morgen een belangrijke lunchafspraak. In New York.'

Precies op het juiste moment kwam de *gate attendant* naar me toe. Hij zag eruit als Niles Crane uit *Frasier*. Zo lijp als een deur. 'Neemt u me niet kwalijk, meneer,' zei hij met een zelfgenoegzaam glimlachje. 'Reist u naar Parijs of niet? De gate gaat dicht.'

Ik keek om me heen. Alle passagiers zaten al in het vliegtuig. Allemaal – behalve ik.

'Nick, ben je daar nog?' vroeg Courtney. 'Ik moet weten of je het kunt doen. Zeg dat je het doet.'

Nu was het aan mij om het moment uit te melken.

'Nick? Nick? Ben je daar nog? Verdomme, Nick – nu even geen geintjes!'

'O...' zei ik ten slotte. 'Goed. Ik doe het. Ik doe het.'

Maar ik zou al heel snel ontdekken dat het me ver boven de pet ging.

'Daar heb ik geen seconde aan getwijfeld,' zei Courtney. 'Die Yankees-strepen zitten je in het bloed, toch Nick?'

HOOFDSTUK 6

Twee vluchten, acht tijdzones en twintig buitengewoon lange uren later zette mijn vliegtuig de volgende ochtend tegen elven eindelijk zijn wielen aan de grond van JFK. Toen ik het vliegtuig uit liep, voelde ik me een zombie. En waarschijnlijk was dat precies hoe ik rook en eruitzag.

Toen ik mijn satelliettelefoon voor mijn iPhone verwisselde, was er maar één bericht ingesproken. Het was Courtney, dat sprak voor zich.

'Lombardo's. Halfeen,' herinnerde ze me. 'En niet te laat komen! Dit wordt de klapper, Nick. Waarschijnlijk sleep je er wel een contract voor een boek uit. En voor een film. Dus verknal het niet, knul.'

Bedankt, baas…

Ik denk dat dit een goed moment is om een paar dingen over Courtney Sheppard te vertellen. Ten eerste is ze op de relatief jonge leeftijd van vierendertig eindredacteur van het tijdschrift *Citizen* – het tijdschrift dat in zijn korte, tweejarige bestaan vriend en vijand heeft verrast en erin is geslaagd te doen wat zo veel andere nieuwkomers nooit voor elkaar zullen krijgen: winst maken. Courtney gebruikte haar ervaring op de redactie van *Vanity Fair* en *The Atlantic* en voegde de ogenschijnlijk afwijkende stijl van die twee tijdschriften samen tot een formule die de basis voor het succes van *Citizen* zou vormen. Slimme zet. Maar goed, ze is ook een slimme vrouw.

35

En erg knap bovendien, zonder al te veel van haar eigen schoonheid onder de indruk te zijn.

Waarmee ik bij het tweede punt kom dat je over Courtney Sheppard moet weten. Hoewel... Laat ik die informatie nog even uitstellen.

Vanaf Kennedy Airport nam ik een taxi naar mijn appartement in Upper East Side van Manhattan. Ik leef voor een groot deel uit de koffer, en dat is maar goed ook want veel groter dan een koffer is mijn appartement niet.

Het mag duidelijk zijn dat ik niet in de journalistiek zit voor het geld. Wie – afgezien van Thomas Friedman van de *Times* – wel? Waarmee ik overigens niet beweer dat Friedman niet van zijn werk houdt, maar wel dat hij er een aardig zakcentje aan overhoudt.

Hoe dan ook, op mijn elfde zag ik samen met mijn ouders de film *All the President's Men*. Mijn vader vond hem geweldig, want hij had een bloedhekel aan Richard Nixon. Nixons naam hoefde maar te vallen of hij blafte als een Pavlov-hond: 'De oplichter!'

Ook mijn moeder was enthousiast over de film, naar mijn volle overtuiging omdat ze smoorverliefd op Robert Redford was. En wellicht ook op de jonge Dustin Hoffman.

Het was niet echt de bedoeling van mijn ouders dat ik mee zou gaan. Ik had thuis moeten blijven, onder de duivelse hoede van mijn oudere zus, Kate. Maar ik wist hen over te halen om me mee te nemen.

'Wie weet, misschien word ik later wel een beroemde journalist,' zei ik toen ik mijn zaak bepleitte. 'Ik kan een Woodward worden, een Bernstein.'

Dat was natuurlijk flauwekul. Ik was alleen maar geïnteresseerd in de emmer popcorn, de frisdrank en, als mijn vader in een heel goed humeur was, een pakje Raisinets.

Maar toen ik er daar in de bioscoop lekker op los zat te knabbelen en slurpen, gebeurde er iets waanzinnigs. Iets magisch, bijna. Op dat witte doek waren twee jonge kerels op zoek naar een schat, een schat die veel waardevoller was dan goud of diamanten, of zelfs de ark van het verbond. Ik was pas elf, maar ook ik kreeg het te pakken – en tot op de dag van vandaag heeft het me niet meer losgelaten.

Het verlangen naar de waarheid.

Dus ik mocht dan twee vluchten, acht tijdzones en twintig buitengewoon vermoeiende uren achter de rug hebben, ik kon niet wachten er die laatste paar kilometer aan toe te voegen. Ik nam een eerst gloeiend hete en daarna ijskoude douche, trok schone kleren aan, vloog de deur uit, sprong weer een taxi in en liet me op de hoek van 67th Street en Third Avenue afzetten.

Om halfeen precies liep ik Lombardo's Steakhouse in, helemaal klaar om een van de beste pitchers en meest verbijsterende mysteries in de honkbalwereld ooit te interviewen.

En als ik het goed aanpakte had ik het verhaal waarvoor zo'n honderd schrijvers in New York een moord zouden plegen. Dwayne Robinson, wat was er die avond dat je de zevende wedstrijd van de World Series had moeten pitchen nou aan de hand? Waarom was je niet in het stadion?

Hoe heb je zoveel harten, inclusief het mijne, kunnen breken?

HOOFDSTUK 7

'Eén momentje, meneer,' kreeg ik te horen nadat ik de gastvrouw van Lombardo's mijn naam had verteld. 'Ik ben zo terug om u te helpen. Eén moment.'

Ze verdween in de eetzaal, en ik boog me over haar katheder om een glimp van het boek met reserveringen op te vangen. Als je zo vaak buitenshuis eet als ik, word je heel goed in namen op z'n kop lezen.

En inderdaad, er stond een 'Robinson/Daniels' op de regel achter 12.30 uur. Er stond één ster achter.

De sterrenbehandeling, misschien? Niet voor mij, natuurlijk. Voor *Citizen* dan?

Even later kwam de gastvrouw terug. 'We hebben een mooi, rustig tafeltje voor u gereserveerd, meneer Daniels. Volgt u mij.'

Als u erop staat.

Ze was een knappe blondine, en zoals de vader van mijn vader, Charles Daniels, tot op de dag waarop hij stierf placht te zeggen: 'Als ik één zwak heb, dan is het wel voor knappe blondines. Heb ik er meer, dan komen de knappe brunettes en roodharigen er nog bij.'

We liepen naar een tafeltje tegen de muur achter in de zaal. 'Hoe heet je?' vroeg ik terwijl ik ging zitten.

'Tiffany,' antwoordde ze.

'Zoals het mooie blauwe doosje?'

Ze glimlachte, haar ogen fonkelden als edelstenen. 'Precies.'

Die was voor u, opa Charles. Ik hoop dat u het zag en het leuk vond.

Tiffany draaide zich om en liet me alleen – en dat bleef ik de volgende tien minuten. Twintig. Een halfuur. Wat was er aan de hand?

Gelukkig is Lombardo's Steakhouse van alle restaurants waarin je op iemand kunt wachten de absolute top, dankzij het werkelijk sublieme mensen kijken daar. Je kon de tijd doden met het tellen van gebotoxte voorhoofden of, voor ware cynici, een Hollywoodvariant van *Hamlet* spelen met beroemdheden uit de roddelbladen.

Afgekickt of niet afgekickt? Dat is de vraag.

Daarom begreep ik niet goed dat Dwayne Robinson me hier wilde ontmoeten, laat staan dat hij het restaurant zelf had uitgekozen.

Uiteraard was hij zo beroemd als je in de sportwereld maar zijn kon. Al was 'berucht' inmiddels een beter woord. Maar zelfs lang geleden, toen hij nog tot de crème de la crème van New York behoorde – misschien zelfs van Amerika – zou hij nooit in Lombardo's zijn gaan eten. Zo erg was het met zijn angststoornis gesteld.

Misschien was hij genezen. Misschien was dat een van de dingen die hij in dit interview kwijt wilde, dat hij in meer dan één opzicht in de openbaarheid wilde treden.

Maar misschien ook niet.

Na een blik op mijn horloge vroeg ik me af of hij misschien helemaal niet was veranderd en mijn tot op de minuut afgemeten halve wereldreis tevergeefs was. Dwayne Robinson was nu een uur te laat.

Wat is het idee? Waar blijft hij? Wat is die vent een klootzak!

Ik belde Courtney, die me meteen terugbelde nadat ze zijn agent had gesproken. De agent was niet minder verbaasd dan ik, temeer omdat Dwayne hem eerder die ochtend had verzekerd dat hij het interview zou doen. En nu kon hij hem niet bereiken.

'Het spijt me heel erg, Nick,' zei Courtney.

'Mij ook. In ieder geval is Robinson zijn streken in de loop der jaren niet verleerd. Hij laat het nog steeds afweten. Wat een sukkel.'

Ik wachtte nog een kwartier, toen gaf ik het op. Dwayne Robinson kwam officieel niet opdagen – net als toen hij die zevende, beslissende wedstrijd van de World Series moest pitchen en simpelweg was verdwenen.

Plotseling voelde ik me dat kind dat tijdens het Black Soxschandaal van 1919 op de stenen trap voor de rechtbank van Chicago de confrontatie met Shoeless Joe Jackson aanging.

Zeg dat het niet waar is, Dwayne.

Zeg dat het niet waar is.

Maar... het was wel waar.

En dit keer was niet Robinson, maar ik de sukkel.

HOOFDSTUK 8

Je mag me lui noemen, maar na die achtervolging door dat stelletje bloeddorstige en schietgrage militieleden, die sprong uit de snel rijdende jeep en de ellenlange vlucht voor het afgeblazen belangrijkste interview van mijn carrière, besloot ik de volgende dag te spijbelen. Ik vertrok niet naar mijn bureau op de redactie van *Citizen* en had geen plannen ergens anders te gaan werken – iets wat ik af en toe doe, met fatsoenlijke resultaten.

Daarvoor in de plaats bleef ik de hele ochtend in bed liggen relaxen, met koffie (mét melk, maar zonder suiker), de *New York Times* (eerst het sportkatern, dan de voorpagina, de kunstbijlage en het *News in Review*), en een van mijn lievelings-lp's van Elvis Costello (*My Aim Is True*).

En met lp bedoel ik echt lp. Ik heb niets tegen cd's en mp3's, maar aan het zuivere geluid van een naald op vinyl kunnen die niet tippen. Dus ja, ik vrees dat ik er zo een ben: een purist die bij zijn platencollectie zweert.

Maar goed, het was al na twaalven toen ik me eindelijk buiten waagde om naar mijn vaste eettent te gaan, Sunrise Diner, een paar straten verderop. Mijn lunch (kaasomelet, worst, zwarte koffie) werd net geserveerd toen Courtney belde.

'Waar zit je?' vroeg ze op een toon die veel van paniek weg had.

'In de Sunrise. Ik sta op het punt mijn tanden in een overheerlijke omelet te zetten.'

'Niet doen!' zei ze. 'Raak die eieren niet aan!'

'Waarom niet?'

'Omdat je al laat bent!'

Waarvoor?

Ik had geen idee waar ze het over had. Toen, zonder dat zij verder nog iets gezegd had, viel het kwartje. 'Je maakt een geintje,' zei ik.

'Nee, ik maak geen geintje. Ik ben net door zijn agent gebeld. Dwayne Robinson zit op dit moment in Lombardo's op je te wachten.'

'Dacht hij dat we vandaag een lunchafspraak hadden?'

'Weet ik niet,' zei Courtney. 'Ik heb niet echt op een reden aangedrongen.'

Althans, ik gelóóf dat Courtney zoiets zei – ik had mijn telefoon al uitgezet.

'De rekening alsjeblieft!'

'Is je omelet niet goed, Nick? Ik vraag wel of ze een andere maken.'

'Nee, nee, hij ziet er prima uit, Rosa. Maar ik moet ervandoor. Sorry.'

Gelukkig had ik mijn schoudertas bij me – de afgeragde, bruine leren tas die ik sinds mijn afstuderen aan de Northwestern University altijd bij me heb. Daarin zat, zoals altijd, het enige wat ik per se nodig heb om een interview te kunnen afnemen: mijn bandrecorder. Of eigenlijk is het een 'digitale voicerecorder', maar die purist in mij vindt het nog altijd moeilijk hem ook zo te noemen. Dat zal waarschijnlijk nooit veranderen.

Ik stormde de Sunrise uit, wist een taxi in zuidelijke richting aan te houden en bood de chauffeur vijf dollar voor elk rood licht dat hij negeerde. Acht minuten en vijfentwintig dollar later kwamen we met piepende banden voor Lombardo's tot stilstand.

Voor de tweede dag achtereen liep ik dezelfde bruisende steakhouse binnen voor de lunch. Zoals mijn favoriete Yankees-catcher aller tijden, Yogi Berra, ooit zei: 'Het is van het begin af aan één groot déjà vu.'

Toepasselijk genoeg werd ik begroet door dezelfde gastvrouw – 'Tiffany, toch?' – die mijn leren jack aannam en me naar hetzelfde rustige tafeltje achterin begeleidde.

En daar zat hij, in levenden lijve. Dwayne Robinson. De legende. De gevállen legende. En beslist het grootste sportmysterie aller tijden.

'Ik wilde het al opgeven,' zei hij.

Insgelijks, makker.

HOOFDSTUK 9

Toen ik tegenover hem ging zitten, wist ik eerlijk gezegd niet goed wat ik moest verwachten. Natuurlijk was het mijn werk objectief te zijn, maar het is soms heel moeilijk, zo niet onmogelijk, om je gevoel volledig af te sluiten. Er is een tijd geweest dat Dwayne Robinson mij met diep ontzag vervulde, maar die tijd lag een eeuwigheid achter me. Nu was hij een man die een waanzinnig talent had verspild, en als ik nu iets voelde, was het dat ik hem dat kwalijk nam.

Misschien was ik om die reden zo verbaasd over mijn reactie op die man.

Want nadat ik hem één keer recht in de ogen had gekeken, in diezelfde ogen waarin vroeger geen spoor van angst was te bekennen en die slagmannen van de tegenstander hun wil oplegden, voelde ik nog maar één ding: medelijden. Want nu zag ik er niets anders in dan angst.

Om Paul McCartney en The Beatles aan te halen: *I'm not half the man I used to be.*

'Wat drink je?' vroeg ik met een blik op het glas voor hem, waarin zo te zien een driedubbele whisky zat.

'Johnnie Walker,' antwoordde hij. 'Black Label.'

'Klinkt goed.'

De geruchten over Dwayne Robinsons drugsgebruik verspreidden zich in het seizoen dat hij voor de derde keer meer dan twintig wedstrijden in de hoogste klasse won. Bedenk wel dat dit in een tijd was waarin men zich nog niet druk maakte om prestatieverhogende drugs. Naar verluidt gebruikte hij cocaïne en soms heroïne. Ironisch: een shot van een mengsel van die twee heet een 'speedball'.

Maar als de aanhoudende geruchten klopten, had de man die al twee keer tot de beste pitcher van de Major League was uitgeroepen, zijn prestaties op het veld niet door zijn slechte gewoonten laten beïnvloeden. En als hij buiten het veld afwijkend gedrag vertoonde, werd dat aan zijn sociale angststoornis toegeschreven.

Toen kwam de beroemde 'inbraak'.

De Yankees en de Los Angeles Dodgers stonden na zes wedstrijden in de World Series gelijk, en Dwayne zou in de zevende, beslissende wedstrijd in de Bronx op de heuvel staan. Hij had al twee wedstrijden in de Series gewonnen zonder ook maar één run te hebben afgestaan. Met andere woorden, het leek wel alsof zijn ballen niet te slaan waren – hij was onverslaanbaar.

Maar dit keer kwam hij niet opdagen.

En hij bleef bijna drie dagen lang spoorloos. Dat had nog veel langer kunnen zijn als de conciërge van de luxueuze flat in Manhattan – de man was een onvervalste Yankees-fan – niet zijn loper had gebruikt om het penthouse van de ster binnen te gaan. Daar vond hij Dwayne Robinson, naakt op de vloer, nauwelijks bij kennis. Volgens insiders was de conciërge woedend en heeft hij de ster zelfs nog een paar trappen verkocht.

Vanuit een bed in het Mount Sinai-ziekenhuis vertelde Dwayne de politie dat twee mannen zijn appartement waren binnen gedrongen en hem drugs hadden gegeven, waarschijnlijk om hun kansen op de enorme weddenschap die ze op de wedstrijd hadden afgesloten te verhogen. Dat verklaarde meteen waarom er bij het onderzoek een bijna dodelijke hoeveelheid heroïne in zijn bloed werd aangetroffen.

Vanzelfsprekend werd dit een van de grootste sportschandalen ooit – nee, maak daar maar een van de grootse schandalen hoe dan ook van. Het was de beroemdste inbraak na Watergate, schimpte ik toentertijd nog voor *Esquire*.

Het verschil was natuurlijk wel dat Watergate echt was gebeurd.

Er waren mensen die Dwayne Robinson geloofden, maar het overheersende gevoel was dat hij loog en dat hij kon ontkennen wat hij wilde, maar dat hij die overdosis zelf had genomen.

Het deed zijn zaak ook geen goed dat de twee inbrekers, van wie hij de politie beschrijvingen had gegeven, nooit werden gevonden.

Nog geen jaar later was Robinson levenslang geschorst. Zijn vrouw verliet hem, nam hun twee jonge kinderen mee en kreeg het ouderlijk gezag over hen. Als je erover nadacht, en dat deed ik, was het je grootste nachtmerrie. Alles waarvoor hij had geleefd, was weg. Alles was verdwenen.

Net als hij. Tot nu toe. Tot op dit moment. Zijn eerste interview in een decennium.

Ik haalde de bandrecorder uit mijn bruine leren tas die op de vloer stond. Ik zette hem in het midden van de tafel en drukte de opnametoets in. Mijn hand trilde zowaar een beetje.

'Vertel eens, hoe werkt dit?' vroeg Dwayne voorzichtig terwijl hij zich in zijn witte buttondown overhemd vooroverboog en zijn enorme ellebogen zachtjes op ons tafeltje zette. 'Waar moet ik beginnen?'

Dat was het gemakkelijke deel.

Wat is er die avond écht gebeurd, Dwayne? Ben je er na al die jaren eindelijk aan toe ons een ander verhaal te vertellen? Het ware verhaal? Geef ons de antwoorden. Doe het voor ons allemaal. Doe het voor mij.

Maar voordat ik mijn eerste vraag had kunnen stellen, hoorde ik een afschuwelijke gil – ik had nog nooit zo'n gruwelijk keelgeluid gehoord.

En het kwam van het tafeltje naast ons. We hadden er niet dichter bovenop kunnen zitten.

HOOFDSTUK 10

Ik draaide mijn hoofd met een ruk naar links, en mijn ogen zochten naar de bron van dat afschuwelijke geluid. Zodra ik zag wat er aan de hand was, wenste ik dat ik het niet had gezien. Maar daar was het te laat voor, en ik kon mijn blik niet afwenden. Ik kon eigenlijk helemaal niets. Het gebeurde zo snel dat ik niet eens uit mijn stoel kon komen om te helpen.

Twee mannen.

Een mes.

Beide ogen!

Er ging een golf van kreten en gegil door het restaurant, en de man met het mes liet de andere man los. Het bloed spoot uit zijn oogkassen en zijn bovenlichaam zakte op de tafel. Ergens in mijn hoofd vormde zich een gedachte. Ik ken hem. Ik weet wie hij is.

Niet de man met het mes, niet de moordenaar. Hij kwam me niet bekend voor; hij zag er niet eens menselijk uit.

Hij bewoog bliksemsnel, en toch verried hij geen spoor van emotie. Hij stak het mes heel kalm weg in zijn jasje, boog voorover en fluisterde iets in het oor van zijn slachtoffer.

Ik kon het niet verstaan, maar ik wist zeker dat hij iets in het oor van de stervende man fluisterde.

Ik keek naar Dwayne, die er precies zo uitzag als ik mij voelde. Volkomen in shock. Ik wist dat hij evenmin had gehoord wat de moordenaar had gefluisterd.

Maar wat daarna gebeurde, kon iedereen in Lombardo's heel goed verstaan.

47

De moordenaar liep naar de keuken toen een man achter hem riep: 'Blijf staan!'

Ik draaide me om en zag twee mannen met getrokken pistool. Smerissen? In dat geval waren ze in burger.

'Ik zei: blijf staan!' herhaalde de ene.

De moordenaar bevond zich een meter of zeven van hen vandaan, ze konden hem zo neerschieten. Althans, zo zag het eruit.

Mensen maakten dat ze wegkwamen. Borden, tafelzilver en hele tafels kwakten tegen de grond. De moordenaar bleef staan en draaide zich om naar de twee mannen met hun pistolen.

Zijn ogen gingen schuil achter zijn zonnebril.

Hij zei niets. Hij bewoog nauwelijks.

'Steek langzaam je handen in de lucht!' blafte de tweede man. Ze klónken in ieder geval wel als smerissen.

De moordenaar glimlachte. Het was een misselijkmakende, maniakale grijns die precies bij de misdaad die hij net had gepleegd paste. Maar zijn armen bleven langs zijn lichaam hangen.

'Steek verdomme je handen in de lucht!' klonk de tweede waarschuwing.

Mijn blik schoot heen en weer van de moordenaar naar de twee mannen. Ze bevonden zich in een impasse; iemand moest buigen. Of iets. En alles, inclusief de loop van de twee pistolen, wees in de richting van de moordenaar.

Plotseling schoten zijn handen omhoog, maar niet zonder een kleine omweg te maken. De moordenaar stak zijn handen sneller dan je 'Travis Bickle' kunt zeggen in zijn jasje en hield het volgende moment twee pistolen vast.

You talkin' to me? Are you talkin' to me?

Who the fuck do you think you're talkin' to?

Dwaynes reflexen waren nog in orde; hij dook op de vloer. Ik dook meteen achter hem aan en sloot mijn ogen terwijl boven onze hoofden de hel losbarstte. Het aantal schoten was niet te tellen. Mensen gilden.

Mensen stierven.

Ten slotte, toen het ophield en ik alleen nog het met afschuw vervulde snikken en naar adem snakken van al die mensen op de vloer hoorde, opende ik mijn ogen weer.

En ik ging bijna over mijn nek.

Vlak voor me, op de glanzende hardhouten vloer van het restaurant, in een plas bloed, lag een net uitgesneden oogbal die mij aanstaarde.

HOOFDSTUK 11

Toen ik langzaam overeind kwam voelden mijn benen aan alsof ze van rubber waren en was ik kotsmisselijk, en ik zag de chaos om me heen: omvergegooide tafels en stoelen en op de grond gevallen borden, bestek en voedsel. Iedereen was geschokt en in paniek en iedereen stelde dezelfde vraag aan elkaar.

'Gaat het?'

Al snel werden de antwoorden overstemd door het doordringende geluid van sirenes. Ik kon nog net mijn taperecorder pakken, toen viel de New Yorkse politie het restaurant binnen en werden alle uitgangen geblokkeerd, zodat wij als ratten in de val zaten.

Nu stelde iedereen een heel andere vraag.

'Is het niet al erg genoeg?'

Een stel ijverige agenten verspreidde zich onder ons en probeerde zoveel mogelijk informatie uit ons los te krijgen voordat ze het onderzoek aan de recherche zouden overdragen. Die agenten hadden echt geen behoefte aan het bijdehante weerwoord van de vooraanstaande clientèle, die daar vooral zo snel mogelijk weg wilde.

Toen een opgeblazen kerel met een rooie kop klaagde dat hij naar een belangrijke vergadering moest, hoorde ik een agent tegen hem zeggen: 'Dat is dan jammer.'

De woede van de politieman werd nog begrijpelijker toen bleek dat de twee mannen die hadden geprobeerd de moordenaar tegen te houden inderdaad agenten buiten dienst waren.

Hun district, het Negentiende, lag vlakbij, en ze waren na hun nachtdienst nog even aan de bar gaan zitten om een biertje te drinken en een hamburger te eten.

Nu waren ze dood.

Hoe was dat mogelijk? Ik was erbij geweest, het was bijna niet voor te stellen. Ze hadden de moordenaar allebei onder schot gehad!

Die moordenaar wist waar hij mee bezig was – en dat was het understatement van de eeuw. Hij had die twee dienders bliksemsnel uitgeschakeld, en het waren geen gelukstreffers geweest – twee schoten in de roos, midden in het voorhoofd, bij allebei. Die smerissen hebben niet eens geweten wat hun overkwam.

En een oogwenk later was de moordenaar verdwenen. Blijkbaar was hij zonder kleerscheuren via de keuken door de achterdeur verdwenen.

Alles bij elkaar liet hij drie doden en vier gewonden achter, plus nog tientallen mensen die van datgene waarvan ze net ongelukkigerwijs getuige waren geweest, volkomen van de kaart waren: Dwayne Robinson, die nu naast me stond, niet in de laatste plaats. Het leek wel alsof ik zijn bodyguard was. Of zijn agent. Iemand die voor hem moest zorgen.

'Hier, pak aan,' zei ik terwijl ik hem een glas Johnnie Walker Black Label gaf die ik van de bar had gepakt. Technisch gezien was dat plundering, praktisch gezien kon dat me geen bal schelen.

'Bedankt,' mompelde Dwayne terwijl hij het glas aannam. Toen zag ik hoe erg zijn handen trilden. Heeft iemand misschien een valiumpje op zak?

Waarschijnlijk begon die angststoornis actief te worden. Hij had zo'n blik in zijn ogen alsof de muren van het restaurant op hem afkwamen. Maak er maar twee valiumpjes van…

Het hielp natuurlijk niet dat mensen hem begonnen te herkennen. Maar je hoefde geen pokertalent te hebben om zijn lichaamstaal te kunnen lezen. Eigenlijk gílde hij gewoon 'laat me met rust!'

Helaas wist een idioot zich niet te beheersen. Hij liep zo langs Donald Trump, Orlando Bloom en Elisabeth Hasselbeck en kwam recht op ons af.

'Zeg, ben jij niet Dwayne Robinson?' vroeg hij terwijl hij een vel papier uit zijn jasje trok. 'Zou je misschien je handteken...'

'Dit is echt geen goed moment,' onderbrak ik hem.

De man draaide zich naar me om en trok zijn v-vormige wenkbrauwen op. Hij zag eruit als een rijkeluishippie, van Madison Avenue misschien. 'En wie ben jij?' vroeg hij.

Goede vraag. Wie was ik op dat moment voor Dwayne Robinson? Maar het antwoord kwam als vanzelf. 'Ik ben een vriend van hem,' zei ik. Toen gaf ik mijn beste imitatie van een stoere jongen. 'En zoals ik net al zei, dit is geen goed moment.'

Ik moet overtuigend hebben geklonken, want die vent trok zich terug. Hij mompelde zelfs 'sorry'.

'Bedankt,' zei Dwayne opnieuw.

'Graag gedaan. En, wat brengt jou hier?' vroeg ik, en ik grijnsde erbij, om duidelijk te maken dat het een geintje was om de spanning te breken. Geen leuk geintje misschien, maar toch.

Dwayne nam een grote slok Johnnie Walker en kreeg eindelijk zijn stem terug. 'Man, ik trek dit niet,' zei hij. 'Hoe lang zouden ze ons hier nog vasthouden?'

Ook een goede vraag. Ik wilde net zeggen dat ik daar geen idee van had toen een of andere vent met een badge aan zijn riem op een stoel ging staan en zich voorstelde als rechercheur Mark Ford. Die aankondiging werd gevolgd door enigszins goed nieuws, als je het zo kunt noemen. Hij en zijn partner zouden bij het afnemen van getuigenverklaringen beginnen bij de mensen die het dichtst bij de oorspronkelijke moord hadden gezeten.

'We nemen tafel voor tafel een verklaring af,' zei hij. 'Zodra u aan de beurt bent geweest, kunt u gaan.'

Ik wierp een blik op Dwayne en verwachtte dat het nieuws hem zou opluchten. We zouden als een van de eersten worden gehoord.

Alleen was Dwayne er niet meer. Hij was nergens te bekennen. Hij was gewoon opgestaan en verdwenen.

Foetsie.

Opnieuw.

HOOFDSTUK 12

Het duurde nog twee uur voordat ik eindelijk uit Lombardo's weg kon. Terwijl ik door een van de rechercheurs werd gehoord, verwachtte ik ieder moment de vraag waar Dwayne was gebleven. Maar die vraag werd nooit gesteld. Dat verklaarde waarschijnlijk meteen hoe hij erin was geslaagd Lombardo's ongemerkt te verlaten – er waren gewoon te veel mensen, de commotie was te groot. Het was echt een klerezooi.

En dat was nog zachtjes uitgedrukt, zou ik al snel ontdekken.

Hoe dan ook, als ik die avond érgens geen zin in had, was het wel naar een feestje te gaan, maar Courtney accepteerde niet dat ik zou wegblijven, zelfs niet onder de gegeven omstandigheden.

'Je komt, en daarmee uit,' zei ze door de telefoon. 'Je hebt het beloofd. Trouwens, na alles wat er is gebeurd, heb je afleiding nodig. Je moet het een plekje geven, Nick. Stop het gewoon in een laatje, dan haal je het er later wel weer uit.'

Ik grinnikte. Het een plekje geven? Het in een laatje stoppen? Dat was Courtney op haar best. En op haar slechtst, vrees ik.

Sinds ik haar tien jaar daarvoor had leren kennen op het banket van de *National Magazine Awards*, moet ik degene nog ontmoeten die er beter in is 'dingen een plekje te geven' dan zij. Net als ieder ander normaal persoon was ze geschokt toen ze hoorde wat zich die middag in Lombardo's had afgespeeld. Maar zij was een geboren en getogen New Yorkse en wist dat het leven doorging, wat er ook met je gebeurde.

Het was niet alleen theorie, bij Courtney. Haar jongere broer werkte in de zuidelijke toren van het World Trade Center. Op de zesennegentigste verdieping. En ze had heel veel van hem gehouden.

Dus liep ik om acht uur die avond de witmarmeren pracht en praal van de Astor Hall in de Openbare Bibliotheek van New York binnen. Daar werd een benefietdiner gegeven voor New York Smarts, een onderwijsprogramma voor uitblinkende leerlingen uit heel New York City. Courtney was een van de bestuursleden en had namens *Citizen* een tafel voor tien personen gekocht. Heel goed van haar. En heel goed voor de kinderen. Voor duizend dollar per couvert kan heel wat extra onderwijs worden ingekocht.

'Ha, daar ben je!' hoorde ik achter me. Courtney had me gevonden op de plek waar je me bij dit soort gelegenheden altijd kunt vinden – aan de bar. 'En ik zie dat je de huiswhisky hebt ontdekt,' zei ze.

Dat klopte. Het was een vijftien jaar oude Laphroaig, wat toevalligerwijs mijn lievelingswhisky was. Het was duidelijk dat Courtney invloed had op de sterkedrankcommissie van die avond.

'Bedankt,' zei ik terwijl ik van mijn whisky nipte. 'Dit was precies wat ik nodig had.'

'Graag gedaan. Laat wel iets voor de andere gasten over,' zei ze met een stalen gezicht.

'Zal ik doen – een bodempje.'

Courtney hielp zich aan een van de glazen champagne die werden uitgeserveerd. 'Goed, tot zover de afleiding van wat je vanmiddag is overkomen,' zei ze.

'Hoezo?'

'Iedereen hier praat over Lombardo's, Nick. Sterker nog, de hele stad praat erover.'

Ik kan niet zeggen dat ik verrast was.

Op de voorpagina van de avondeditie van de *New York Post*

stond de schreeuwende kop: 'EEN BLOEDERIGE MIDDAG!' En de lokale televisiestations en de kabelnieuwsdiensten waren in een mum van tijd ter plekke geweest. Tegen de tijd dat ze live voor Lombardo's stonden uit te zenden, kenden ze de identiteit van het eerste slachtoffer – de man die meteen naast Dwayne en mij had gezeten.

Ik dacht al dat ik hem kende, en ik had gelijk.

Zijn naam was Vincent Marcozza, en hij was sinds jaar en dag de advocaat – pardon, *consigliere* – van de beruchte Brooklynse maffiabaas Eddie 'de Prins' Pinero.

'Iedereen is ervan overtuigd dat het een afrekening was,' zei Courtney.

Ik knikte. 'Het zal haast wel.'

Eddie 'de Prins' Pinero was een week eerder veroordeeld vanwege woekerpraktijken; hij vroeg een rente waarvan zelfs een creditcardmaatschappij zou blozen.

Het was voor het eerst dat Vincent Marcozza – een juridische zwaargewicht in iedere betekenis van het woord – er niet in was geslaagd zijn belangrijkste cliënt uit de gevangenis te houden. Maar wat wil je, zelfs Bruce Cutler won niet iedere zaak voor John Gotti.

Dat neemt niet weg dat Marcozza's optreden in deze rechtszaak hem op zware kritiek van juridische experts was komen te staan. Ze beweerden dat hij ongewoon slordig was geweest en zich een paar keer slecht had voorbereid. Zoals Jeffrey Toobin op CNN tegen Anderson Cooper zei: 'Marcozza zou zich de ogen uit het hoofd moeten schamen.'

De ogen uit het hoofd?

Courtney hief haar champagneglas. Toen kneep ze een van haar mooie blauwe ogen dicht. 'Op jou, Nick.'

'Op mij?' vroeg ik. 'Waarom?'

'Om te beginnen omdat je nog leeft,' zei ze. 'Ik wist niet dat je tegenwoordig zo'n gevarenmagneet was. Bij jou in de buurt is een meisje niet veilig.'

We toostten, maar wat volgde kan alleen worden beschreven als een ongemakkelijke stilte. En die was volledig te danken aan de onderliggende boodschap van wat ze net had gezegd.

Waarmee ik bij het tweede punt dat je over Courtney Sheppard moet weten ben beland.

Dat had je nog te goed, weet je nog?

HOOFDSTUK 13

Het probleem was net zo groot als de tienkaraats diamant aan haar vinger.

Courtney was verloofd.

En niet met de eerste de beste, maar met Thomas Ferramore, een van de rijkste mannen van New York. En dan bedoel ik echt steenrijk. Superwelgesteld. Een eenpersoonsstimuleringspakket, zo je wilt.

Ferramore bezat bedrijfspanden, heel veel bedrijfspanden. Hij bezat een vliegtuigmaatschappij. Hij was eigenaar van een stuk of tien radiostations. En van twee voetbalteams.

O ja, *Citizen* was ook van hem.

Nadat hij haar een jaar lang zo 'stormachtig' het hof had gemaakt dat de vetgedrukte berichten op de roddelpagina's konden wedijveren met die over Lindsay Lohan, Britney Spears en Brangelina, zou het huwelijk deze herfst worden voltrokken in het ultrachique San Sebastian Hotel, hier in de stad. Je raadt het al – ook eigendom van Ferramore.

De bruiloft beloofde het media-event van het seizoen te worden. Echt een sprookjesbruiloft. Probleem was dat het sprookje een onverwachte wending had genomen. Daarvan waren slechts twee mensen op de hoogte, en daar zat Thomas Ferramore niet bij.

De nacht voordat ik naar Darfur was vertrokken, hadden Courtney en ik het bed gedeeld.

We waren het er onmiddellijk over eens dat het een eenmalige gebeurtenis was, een vergissing die we te danken hadden aan onze intieme relatie op het werk. En aan onze vriendschap, die al die jaren platonisch was geweest. Soms histrionisch, en vaak hilarisch.

'Het is niet zo dat er niets is gebeurd,' zei ze de volgende ochtend, 'en dat zou ik niet willen ook. Maar zo moeten we ons wel gedragen. Oké, Nick? En daar blijft het bij.'

Ze had het weer een plekje gegeven.

Maar ik had zo'n vermoeden dat het daar niet zou blijven.

In ieder geval hing 'het', nadat ze met me had getoost, opeens als een groot, heet hangijzer in de grote witmarmeren zaal van de Astor Hall. We konden het niet negeren, niet zolang we het er niet nog een keer over hadden gehad. Al deden we nog zo ons best, er was geen laatje waar dit hete hangijzer in paste.

Maar wat belangrijker was, dat wilde ik ook helemaal niet. Ik wilde dat Courtney, in voor- en tegenspoed, zou weten wat ik echt voor haar voelde, en misschien was het, om dat in te zien, nodig geweest dat ik in Afrika werd beschoten.

Dus nam ik een slok van mijn vijftien jaar oude Laphroaig en ademde diep in. Daar gaat-ie dan, dacht ik. Erop of eronder.

Ik keek haar aan. Ze droeg een lange zwarte jurk met een ronde hals, en ze had haar kastanjebruine haar bevallig achter haar oren gestoken. Ze zag er schitterend uit, echt om op te vreten.

'Courtney, ik moet iets tegen je…'

'O god,' onderbrak ze me.

O god?

Maar ze had niet in het koffiedik gekeken. Haar reactie had niets te maken met wat ik tegen haar had willen zeggen. Courtney gluurde over mijn rechterschouder. Volgens mij zag ze iemand.

'We hebben een probleem, op twaalf uur,' kondigde ze aan.

HOOFDSTUK 14

'Hé, Nick!' hoorde ik achter me.

Ik draaide me om en zag Brenda Evans, de hoogblonde, buitengewoon aantrekkelijke beursanaliste van WFN – het World Financial Network – dat zijn hoofdkwartier hier in New York had. Ze had, voornamelijk onder mannen, een bijnaam: de Beursbabe. Ik kende Brenda onder een andere noemer.

Mijn ex.

'Hallo, Brenda,' zei ik. Dat waren de eerste twee woorden die ik tegen haar zei sinds ze het ongeveer een jaar geleden met me had uitgemaakt. Mijn volgende vier woorden waren een grote leugen. 'Goed je te zien.'

'Inderdaad, Nick,' zei ze. Waarschijnlijk loog ook zij tussen die stralend witte tanden van haar, maar zeker wist ik het niet. Zo goed was ze.

Terwijl Brenda en Courtney elkaar snel in de lucht kusten en deden alsof ze elkaar graag mochten, zag ik dat Brenda niet alleen was. Ze had David Sorren bij zich, de oppermachtige hoofdaanklager van Manhattan en, niet te vergeten, volgens het tijdschrift *People* een van de vijfentwintig meest gewilde vrijgezellen.

'*Hi*,' zei hij zonder te wachten tot Brenda ons aan elkaar zou voorstellen. 'Ik ben David Sorren.'

'Natuurlijk ben jij David Sorren,' zei ik gekscherend. Tjongetjonge, ook hij had van die hagelwitte tanden.

Afgezien van zijn verschijning op de cover van *People* had ik hem minstens honderd keer op het nieuws gezien, meestal als hij op de trap voor het gerechtsgebouw van Manhattan stond op te scheppen over een nieuwe veroordeling van een crimineel. Met een beetje geluk zou blijken dat Sorren een enorme zak was, dan kon ik meteen een hekel aan hem hebben.

'En jij bent Nick Daniels,' zei hij terwijl we elkaar stevig de hand schudden. 'Ik ben een groot fan van je. Sterker nog, ik vind dat je vorig jaar van de Pulitzerprijs bent bestolen.'

Een hekel aan hem hebben kon ik wel vergeten.

'Zoals wij-die-níet-gewonnen-hebben zeggen: het was een eer om genomineerd te zijn,' zei ik. 'Maar toch bedankt.'

'Laat je niet in de luren leggen,' zei Courtney met het soort bijdehandheid waarop ze het patent heeft. 'Nick heeft drie dagen aaneen liggen huilen.'

Ze wilde zich voorstellen, maar zij had evenmin een introductie nodig.

'Ja, dag Courtney,' zei Sorren terwijl hij haar de extra vriendelijke, dubbelhandige hand gaf die hij waarschijnlijk van Bill Clinton had afgekeken. 'Ik wil je al heel lang een keer ontmoeten. Gelukkig komen we elkaar eindelijk tegen.'

Maar Courtney was niet van gisteren.

'Dat zeg je toch niet omdat je hoopt dat *Citizen* een uitgebreid artikel over jou schrijft nadat je volgende week hebt aangekondigd dat je je kandidaat stelt voor het burgemeesterschap?' vroeg ze.

Sorren was evenmin op zijn achterhoofd gevallen.

'Natuurlijk wel, en laat me even weten of het werkt, oké?' antwoordde hij met een knipoog. 'Maar voorlopig gefeliciteerd met je verloving. Is Ferramore hier ook?'

'Nee, hij is op zakenreis,' zei Courtney. 'Hij zit in Europa. Hij komt volgende week pas terug.'

Brenda gaf het gesprek een meer vertrouwelijke wending, nog iets waar ze altijd al goed in was.

'Nick, ik hoor van de heftige middag die je hebt gehad,' zei ze. 'Dat moet verschrikkelijk geweest zijn. Heel naar om daarbij te zijn.'

Ik wilde al vragen hoe zij wist dat ik die middag in Lombardo's was geweest, maar toen herinnerde ik me dat dit Brenda Evans was, de onverzettelijke reporter. Ze had niet alleen bronnen in Wall Street.

'Ja, dat was vreselijk,' zei ik. 'Inderdaad heel naar om daarbij te zijn.' Ik had er niets aan toe te voegen. Gelukkig hielp Courtney me uit de brand. Ze richtte zich tot Sorren en was meteen de onderzoeksjournalist die ze vroeger was geweest.

'David, jij hebt natuurlijk ook gehoord dat Eddie Pinero verantwoordelijk zou zijn voor de moord op Marcozza, toch?' vroeg ze. 'Wat denk jij?'

Dit was geen *leading question* meer, maar een regelrechte stelling. Sorren had iets weg van een jonge Rudy Giuliani – maar dan een die er beter uitzag, met een kop vol haar die zo uit een shampooreclame leek te zijn gestapt – en had als hoofdaanklager van Manhattan het aanpakken van de georganiseerde misdaad tot een van zijn hoogste prioriteiten gemaakt.

'Op dit moment,' zei Sorren, 'zijn mijn gedachten bij de gezinnen van de twee agenten die daar zijn doodgeschoten.' Hij wachtte even en ademde diep in. 'Dat gezegd hebbende kan ik jullie ervan verzekeren dat we de daders zullen pakken. En als blijkt dat Pinero ermee te maken heeft, neem ik hem persoonlijk te grazen, en stevig ook.'

Wauw! Kalm aan, Popeye...

Toen Sorren die laatste zin had uitgesproken, zag ik de aderen in zijn nek uitstulpen. Hier speelde meer dan alleen een overtuiging. Dit ging om wraak.

Bovendien bracht het ons gesprek met een ruk tot stilstand. Voor meer dan obligate beleefdheden was geen plaats meer. Goed je weer te zien... Ja, we moeten weer eens iets afspreken... Bla bla bla...

En dat was dat.

Brenda, haar nieuwe vriendje en ik waren die avond wel uitgepraat. Althans, dat dacht ik.

HOOFDSTUK 15

'Goed, wat wilde je zeggen toen we door Blond Ambition werden onderbroken?' vroeg Courtney toen we weer alleen waren. 'Je wilde me toch net iets gaan vertellen? Voor de draad ermee, Nick.'

Ja, inderdaad, dat klopte. Maar *timing is everything*, en het juiste moment om te zeggen wat ik op mijn hart had was voorbij. En het was ook gedaan met de moed die ik nodig had om de woorden daadwerkelijk uit te spreken.

Reden te meer om plotseling helemaal geen zin meer in die benefietavond te hebben.

'Ik denk dat het de jetlag is,' zei ik tegen Courtney. 'Ik moet wat slaap inhalen. Is dat goed... baas?'

Ze wist waarschijnlijk wel dat het een smoesje was om te kunnen vertrekken, maar ze wist ook dat ik er eigenlijk alleen was omdat zij het me had gevraagd. Bovendien had ik een paar zware dagen achter de rug, toch?

'We praten morgen wel,' zei ze en ze gaf me een heerlijke kus op mijn wang. 'Laten we ervoor zorgen dat je zo snel mogelijk met Dwayne Robinson verder kunt. We moeten er hoe dan ook voor zorgen dat we dat interview krijgen, Nick.'

Daar was ik het roerend mee eens. Ik wilde dat interview minstens zo graag als zij.

Niet veel later liep ik de trap voor de Openbare Bibliotheek van New York af – ik bevond me precies in het midden van de twee opvallende beelden van de leeuwen die volharding en

63

standvastigheid voorstellen – toen ik werd geroepen.

Ik draaide me om en zag dat David Sorren achter me aankwam. Hij rende zelfs.

'Heb je even?' vroeg hij.

'Zeker,' zei ik.

Sorren tastte in zijn jasje en haalde een pakje Marlboro Light tevoorschijn. Daar het algemeen bekend was wat zijn politieke ambities waren, verbaasde het me dat hij rookte. Opiniepeiling: KANDIDAAT + SIGARETTEN = MINDER BETROUWBAAR. Obama was heus niet alleen voor zijn gezondheid aan de nicotinepleisters gegaan.

'Wil jij er een?' vroeg hij.

'Nee, bedankt.'

'Ja, ik weet het, slechte gewoonte,' zei hij terwijl hij de sigaret opstak. 'Niet tegen de pers zeggen. Ho, wacht even! Jij bént de pers.'

Ik glimlachte. 'Dit is off the record. Bovendien ben ik niet zo kleingeestig.'

'Dat is mooi, want ik wil je om een gunst vragen.' Sorren liet het pakje sigaretten in zijn jasje terugglijden. Toen zijn hand weer tevoorschijn kwam, hield hij er iets anders in.

'Hier,' zei hij. 'Vooruit, pak aan.'

Het was zijn visitekaartje. Ik keek ernaar en vroeg me af wat ik daarmee moest.

'Dit is natuurlijk geen goed moment, dus ik had gehoopt dat we maandag een gesprek onder vier ogen kunnen hebben over wat je in Lombardo's hebt gezien,' zei hij. 'Ik zou dit niet tegen je moeten zeggen, maar ik ben ervan overtuigd dat Eddie Pinero erachter zit. Ik moet alleen nog een manier vinden om het te bewijzen. Geloof het of niet, maar ik ben kapot van die twee rechercheurs.'

'Dat begrijp ik,' zei ik terwijl ik zijn kaartje aannam. 'Ik bel je. Maandag.'

'Fantastisch – dat waardeer ik. Want ook al is het het laatste wat ik doe, ik wil die Pinero voorgoed achter de tralies hebben.'

Ik knikte. Althans, ik denk dat ik knikte. Eerlijk gezegd bracht de felheid van de openbare aanklager me ook deze keer van mijn stuk. Hij wilde Pinero per se pakken. Coûte que coûte.

Sorren gaf me een stevige hand en was al halverwege de trap terug toen hij zich weer omdraaide.

'O ja, nog één ding,' zei hij. 'Brenda vertelde me dat jullie wat gehad hebben.' Hij grinnikte en schudde zijn hoofd. 'Klein wereldje, hè?'

'Inderdaad,' zei ik. 'Klein wereldje.'

Misschien een beetje té klein.

HOOFDSTUK 16

De nachtmerries tolden door mijn hoofd.

Ik wist van tevoren al dat ik die nacht slecht zou slapen - al nam ik alle warme melk en slaapmiddelen van de wereld. Zodra ik mijn ogen sloot, was ik terug in Lombardo's en maakte ik alles in een voortdurende *loop* opnieuw mee. Ik hoorde het gegil, voelde de hartverscheurende angst. Ik zag de glanzende scalpel in de hand van de moordenaar, het donkerrode bloed dat plotseling alle kanten op spoot.

Op een gegeven moment werden mijn ogen er zelfs uit gesneden.

Ten slotte hees ik de witte vlag.

Ik stapte uit bed en ging achter mijn bureau zitten. Ik mocht dan niet kunnen slapen, dat wilde niet zeggen dat ik niet kon schrijven.

Misschien was het voordeel van mijn gemiste interview met Dwayne Robinson dat ik me nu volledig op dokter Alan Cole en zijn werk bij het Korps Humanitaire Hulp in Darfur kon richten. Ik moest bij het begin beginnen: de urenlange opnames van gesprekken met hem afluisteren en aantekeningen maken die tot de synopsis zouden leiden. Gouden tip voor alle jongeren die dit lezen: eerst een synopsis maken – altijd!

Hoe langer ik dit werk doe, hoe beter ik begin te begrijpen dat het in de journalistiek geen zin heeft om te proberen snelle sluiproutes te nemen. Althans, ze leiden nergens toe.

Dus klapte ik mijn laptop open en pakte mijn bandrecorder.

Ik wilde de *rewind*-knop al indrukken toen mijn hand plotseling in de lucht bleef hangen. Ik besefte iets.

Tijdens die verschrikkelijke momenten in Lombardo's en in de verwarring en commotie erna was ik helemaal vergeten dat mijn opnameapparatuur aanstond op het moment dat Vincent Marcozza en de agenten werden vermoord.

Mijn interview met Dwayne Robinson had ik niet gekregen.

Maar iets anders wel.

Eigenlijk wilde ik het helemaal niet weten. Nadat ik de halve nacht in mijn bed had liggen woelen, zat ik er niet echt op te wachten die moorden nóg een keer te beleven.

Maar ik had geen keus.

Ik ademde diep in en zette me schrap voor wat er komen zou. Ik zou Marcozza's angstkreten opnieuw horen. Ik zou de schoten die het leven van de twee rechercheurs hadden beëindigd opnieuw horen.

Maar daarvóór had zich nog iets voorgedaan, en toen ik de band afspeelde, kon ik mijn oren niet geloven.

Godallemachtig.

Dit veranderde alles.

HOOFDSTUK 17

Ik spoelde de band nog drie keer terug, voor alle zekerheid. Hoorde ik het goed? Had hij dat echt gezegd?

Ja. Hij had het echt gezegd.

Het was de stem van de moordenaar, die sprak voordat hij drie mensen in koelen bloede doodde. Hij zei het tegen Marcozza; hij vertelde hem iets, iets wat niet voor mijn oren bestemd was, iets wat ik niet had moeten horen.

'Ik heb een boodschap van Eddie.'

Mijn bandrecorder had het maar net kunnen registreren, en het Italiaanse accent werkte ook niet mee, maar het stond erop – huiveringwekkend, veelzeggend en boven alle twijfel verheven.

Bewijs.

Het kon om geen andere Eddie gaan, aangezien Vincent Marcozza voor Eddie Pinero had gewerkt. De speculaties in de stad waren zogoed als unaniem – Pinero had opdracht tot de moord gegeven. Nu was er bewijs voor, woord voor woord, nu was het meer dan alleen maar speculatie.

'Ik heb een boodschap van Eddie.'

De moordenaar gaf de boodschap door, luid en duidelijk. Ik luisterde zijn woorden af, één, twee, drie keer.

Ik duwde me van mijn bureau af en de wielen van mijn bureaustoel voerden me in één keer bijna tot aan mijn bed. Op het bankje aan het voeteneinde lag de pantalon die ik op de benefietavond in de Openbare Bibliotheek van New York had gedragen. Ik doorzocht de zakken, op zoek naar het visitekaartje van David Sorren. Ik was het toch niet kwijtgeraakt?

Nee. Daar was het, tussen mijn geldclip, een half rolletje Cryst-O-Mint Life Savers en twee stukjes Trident-kauwgom.

Onder Sorrens werknummer stond zijn 06-nummer. Ik keek naar de wekker op mijn nachtkastje. Het was bijna drie uur in de ochtend.

Niet doen, Nick. Geen goed tijdstip om Sorren te bellen. Wacht tot het ochtend is.

Bij de vierde keer overgaan nam hij op.

HOOFDSTUK 18

'Hallo?'

'David, met Nick Daniels,' zei ik. 'Neem me niet kwalijk dat ik zo laat bel.'

Het duurde even voordat hij antwoordde. 'O... hé, Nick,' zei hij op fluistertoon. 'Wat is er aan de hand? Alles goed?'

Ik begreep waarom hij fluisterde. Hij was niet alleen. En inderdaad, ik hoorde een stem op de achtergrond.

'Nick Daniels? Op dit uur?'

Brenda.

Laat maar, had ik tegen hem willen zeggen. Je ligt met mijn ex in bed. Ik snap het. Jullie lagen vast niet te scrabbelen.

Maar ik deed alsof ik haar niet had gehoord en legde Sorren snel uit waarom ik hem midden in de nacht belde. En ik ben ervan overtuigd dat het geluid dat ik vervolgens hoorde, werd veroorzaakt doordat hij als een raket overeind schoot.

'Weet je het zeker?' vroeg hij.

'Honderd procent,' antwoordde ik. 'Ik heb de band een paar keer afgedraaid.'

Ik had verwacht dat zijn volgende vraag een ademloos 'Kun je het over de telefoon laten horen?' zou zijn, of anders een 'Hoe snel kan ik je zien?'

Wat deed het ertoe hoe laat het was? Deze man had me een paar uur geleden recht in de ogen gekeken en gezegd: 'Ook al is het het laatste wat ik doe, ik wil die Pinero voorgoed achter de tralies hebben.'

Dankzij mijn bandrecorder had ik het al bijna voor hem geregeld. Ik had wat hij zo dolgraag wilde hebben en nodig had om de grootste maffioso van New York te grazen te nemen.

Ik was dan ook nogal verbaasd toen ik hoorde wat David Sorren zei.

HOOFDSTUK 19

De volgende ochtend liep ik iets na negenen het politiebureau van het Negentiende District op East 67th Street binnen, waar ik werd begroet door rechercheur Mark Ford, die me meenam naar zijn bureau. We zaten tussen een massa andere bureaus, in een grote open ruimte die me deed denken aan iedere politieserie die ik ooit op tv had gezien, zij het dan zonder die belachelijke 'extraatjes' als kauwgom kauwende hoeren met netkousen en ruzie zoekende dronkenlappen die geboeid aan een rechter-commissaris worden voorgeleid.

Aan de andere kant, misschien was het op zaterdagochtend gewoon altijd iets rustiger in de echte wereld.

'Gaat u zitten,' zei rechercheur Ford terwijl hij naar een metalen stoel wees die als een soort zijspan tegen een dossierkast stond.

'Bedankt,' zei ik. Maar voordat mijn achterste goed en wel op de stoel was beland, kwam hij al ter zake.

'En, heeft u het bij zich?' vroeg hij. 'Heeft u het meegenomen, meneer Daniels?'

Wat? Geen gesprekje over koetjes en kalfjes? Geen gezelligheidspraatje?

Natuurlijk niet. Vanaf het moment dat Ford in Lombardo's mijn verklaring begon op te nemen, wist ik dat alles aan deze man zakelijk en functioneel was. Zijn gemillimeterde grijze haar. Zijn opgerolde mouwen. De manier waarop zijn zinnen de snelste route naar een punt of een vraagteken aflegden.

'Ja, ik heb het bij me,' zei ik. 'Maar ik wil het eerst over iets anders hebben. Ik wil één ding weten.'

Lekker dan, daar zit ik net op te wachten, zei zijn gelaatsuitdrukking. Het leek wel of ik hem net iets vreselijks had verteld, bijvoorbeeld dat *Cop Rock* terug zou komen op tv. Rechercheur Ford wilde maar één ding, en dat was naar de opname luisteren, en ik zei doodleuk: hoho, niet zo snel.

Net als David Sorren tegen mij had gezegd.

Ook al was de hoofdaanklager van Manhattan nog zo blij toen ik hem over mijn opname vertelde, hij wilde hem niet zelf horen. Tenminste, nóg niet. Niet voordat bepaalde 'protocollen' waren gevolgd, legde hij uit.

'Weet je wat er gebeurt als ze me erop betrappen dat ik de rechercheur uithang?' vroeg hij.

Dat wist ik inderdaad. Al was dat precies wat hij op de trappen van de Openbare Bibliotheek van New York had gedaan.

En dus zat ik daar, tegenover rechercheur Ford, het protocol te volgen. Maar er was één probleem.

'Wat dan?' vroeg rechercheur Ford. 'Wat wilt u weten?'

Ik schraapte mijn keel. Twee keer, om precies te zijn. 'Nou ja, het zit zo... Het komt erop neer dat ik me enigszins zorgen maak over...'

Hij stak zijn hand op en onderbrak me. 'Laat me raden: u schijt bagger omdat u bang bent dat Eddie Pinero ook uw ogen wil uitsteken? Is dat het?'

Misschien was 'bagger schijten' een beetje overdreven, maar ik was niet van plan om zijn woordkeuze ter discussie te stellen. Ik zou David Sorren de opname gewoon liever anoniem toeschuiven en zo ver mogelijk van deze moordzaak, van alle politieprotocollen en van alle andere dingen waar ik nog mee te maken zou kunnen krijgen, uit de buurt blijven.

'Komt Eddie Pinero erachter dat ik deze opname beschikbaar heb gesteld?' vroeg ik. 'Serieus, rechercheur. Ik wil graag een eerlijk antwoord.'

Ford vouwde zijn armen voor zijn borst. 'Het zit zo. Voorlopig mag Pinero niet eens weten dat deze opname bestaat. Als dit is wat u zegt dat het is, hoort hij er pas van nadat hij is aangeklaagd.' Hij haalde zijn schouders op. 'De vraag is: kan hij erachter komen dat u de barmhartige samaritaan bent die ermee op de proppen is gekomen? Zeker. Daar zal ik geen doekjes om winden. Zal hij u om die reden willen vermoorden? Dat lijkt me hoogstonwaarschijnlijk. Dat zou geen enkel doel dienen. Waarom zou hij?'

Rechercheur Ford schoof zijn stoel naar achteren, de stoelpoten krasten piepend over de linoleumvloer. Als je het mij vroeg, had de man in geen tijden zo'n lange, onafgebroken reeks zinnen achterelkaar gezegd.

'Misschien dat mij vermoorden geen doel dient, maar wat had hij eraan om Vincent Marcozza te doden?' vroeg ik. 'Het is precies hetzelfde – gewoon, wraak.'

Ik keek de rechercheur strak aan. Ik hoopte dat hij mijn angst zou wegnemen, dat hij iets geweldigs en onweerlegbaars zou zeggen zodat ik me geen zorgen meer hoefde te maken. Maar dat was duidelijk niet zijn stijl.

'Hoor eens, meneer Daniels,' zei hij. 'Eddie Pinero is een zieke, gestoorde klootzak, die om het minste of geringste en zonder enige wroeging moordt. Persoonlijk denk ik niet dat u zich zorgen hoeft te maken. Aan de andere kant dacht Vincent Marcozza dat waarschijnlijk ook. Dus het is aan u. En, geeft u me die opname of niet?'

HOOFDSTUK 20

'O nee, o nee, o nee.'

Dwayne Robinson zat in zijn eentje in het donker in zijn piepkleine eenkamerappartement in Upper West Side. Er stonden bijna geen meubelen, het appartement was nagenoeg net zo leeg als de fles Johnnie Walker Black Label die bij zijn voeten op de grond lag.

Hij mompelde in zichzelf. Hij miste zijn kinderen zo erg dat het voelde alsof zijn hart uit zijn borstkas was gesneden. Hun moeder had Kisha en Jamal jaren geleden mee naar Californië genomen, zo ver van hem weg als maar mogelijk was. Maar hij wist dat hij ze ook niet zou zien als ze één deur verderop hadden gewoond – zijn schaamte was te groot. Hij had al meer dan een jaar geen alimentatie betaald. De laatste cheque die hij had gestuurd bleek ongedekt te zijn; ook dat had hem met schaamte vervuld.

Hij had niets meer om naar de lommerd te brengen. Zijn twee Cy Young-awards waren allang verdwenen. De oude Yankees-shirts ook. Op eBay leverde een door hem gesigneerde honkbal nog maar 18,50 dollar op. Op zijn eerstejaarshonkbalkaart werd niet eens geboden.

Opnieuw ging de telefoon.

Die ging al de hele middag en avond. Hij had niet één keer opgenomen; hij had zelfs niet op de display gekeken om te zien wie het was. Dat was ook niet nodig.

Hij wist zeker dat het die schrijver was, Nick Daniels – een fatsoenlijke vent, dat maakte het nog erger. Dwayne bepleitte de zaak bij zichzelf. Bel hem gewoon terug en zeg dat alles in orde is.

Lieg gewoon, zoals je altijd doet.

Maar zelfs daartoe was hij niet in staat. Hij was te bang. De onverschrokken pitcher die verkoos in New York te blijven nadat hij de hele stad had laten zitten, was nu te bang om met een schrijver te praten.

Het enige wat hij nog kon, was zijn ogen sluiten en toestaan dat de donkerste opwellingen zijn gedachten in bezit namen, zoals de schaduwen in het Yankee Stadium bezit namen van het verre veld en de gedenktekens.

Nooit meer zijn ogen te hoeven openen! Nooit meer. Dat zou heerlijk zijn.

'Godverdomme!' riep hij, en hij zwaaide met zijn gebalde vuist door de duisternis. Maar de onzichtbare demonen bleven altijd buiten bereik.

Zijn ogen sprongen open, hij deed het licht aan en begon te ijsberen. Zijn angst was in woede omgeslagen, de alcohol joeg door zijn bloed en stilde de pijn niet langer, maar verhevigde hem. Elke spier en iedere zenuw ontvlamde toen hij de lege Johnnie Walker-fles greep en zijn arm naar achteren bracht.

Dit zou geen boogbal worden.

Dit werd een harde *fastball*, een die met honderdzestig kilometer per uur op de kale wand voor hem afging.

Wham!

De scherven en splinters vlogen door de kamer. Hij viel vertwijfeld terug in zijn stoel en barstte met beide handen voor zijn gezicht in snikken uit.

Eén ding wist Dwayne zeker.

Hij kon zijn geheim niet langer alleen dragen.

Hij moest met die vervloekte journalist gaan praten, hoe heet-ie ook alweer… Nick Daniels.

HOOFDSTUK 21

Nadat ik was teruggekomen van het politiebureau in het Negentiende District, waar rechercheur Ford me er onder bedreiging van een dagvaarding van had overtuigd dat ik mijn opnames uit Lombardo's aan hem moest geven, deed ik de rest van de dag niet veel meer dan Dwayne Robinson bellen en nadenken over de vraag hoe mijn leven eruit zou zien als ik voor Eddie Pinero op de vlucht was.

Voordeel was in ieder geval wel dat een verblijf in het getuigenbeschermingsprogramma een geweldig artikel zou opleveren.

Verder restte mij weinig dan bidden dat ik overdreef over wat Pinero me zou willen aandoen.

Mijn vergeefse pogingen om Dwayne Robinson te bereiken begonnen me behoorlijk te frustreren – en ik ben niet het type dat snel opgeeft. Vooral niet in een situatie die zo'n groot verhaal zou kunnen opleveren.

Courtney had me Dwaynes vaste nummer gegeven, dat welwillend ter beschikking was gesteld door zijn agent. Maar áls Dwayne al thuis was, dan nam hij niet op. De man had niet eens een antwoordapparaat, dus ik kon zelfs geen boodschap achterlaten, geen: 'Bel me, egoïstisch stuk vreten. Gedraag je nou eindelijk eens als een volwassen kerel.'

Maar ik bleef het de rest van de dag ieder uur proberen. De rest van de avond ook.

Ik zou liever zeggen dat ik, als verstokte, begerenswaardige vrijgezel in Manhattan, voor die avond grootse plannen had, maar ik had niet verwacht dit weekend thuis te zijn. Ik kon natuurlijk wel vrienden bellen, maar eigenlijk was ik helemaal niet in de stemming om iets te doen.

En de enige persoon die mij van gedachten zou kunnen doen veranderen, was bij haar verloofde. Helaas wist ik dat de toekomstige meneer en mevrouw Thomas Ferramore op bezoek waren bij burgemeester en collega-miljardair Mike Bloomberg, in zijn huis in Upper East Side. De post had mijn uitnodiging duidelijk niet besteld.

Dus bestelde ik een pizza Hawaï, trok een Heineken open en keek wat tv. Al zappend pakte ik een paar minuten van Larry King en zijn bretels mee, gevolgd door het lokale tienuurjournaal.

Toen ik doorzapte stuitte ik op de ultieme ironie.

Ik werd aangestaard door die intense, onbevreesde ogen onder de klep van zijn honkbalpetje, die ik me zo goed herinnerde en die van niemand anders dan Dwayne Robinson waren. Het fragment werd uitgezonden door ESPN Classic en was een herhaling van de wedstrijd die Dwayne definitief op de kaart had gezet – een juweel van een match, met twintig strike-outs, tegen de Oakland A's, op een snikhete augustusavond tien jaar geleden.

Met mijn vruchteloze pogingen om Robinson te bereiken in mijn achterhoofd was ik sterk geneigd weg te zappen, al was het maar uit wrok. Maar dat kon ik niet. Het was echt een klassieke wedstrijd, en ook al had ik hem nog zo vaak gezien, ik kon het niet nalaten er nóg een keer naar te kijken.

Blijkbaar was ik niet de enige.

Totaal onverwacht rinkelde mijn telefoon, die naast me op de bank lag. 'Beller onbekend' vermeldde de display.

'Hallo?' vroeg ik.

Er kwam geen antwoord, maar ik wist dat er iemand was, en het was meer dan alleen een gevoel. Door de telefoon hoorde ik de geluiden van dezelfde wedstrijd waar ik naar zat te kijken.

'Dwayne?' vroeg ik. 'Ben jij dat?'

Hij was de eerste aan wie ik dacht. Laten we wel wezen, als ik ooit twintig man met niet meer dan drie slagen had uitgegooid, zou ik ook naar de herhaling kijken. Zo vaak ik maar kon!

Maar als het Robinson was, dan antwoordde hij niet.

Ik probeerde het nog een keer. 'Dat was een waanzinnige wedstrijd, van jou tegen Oakland. Een uit de geschiedenisboeken. Om nooit te vergeten, nietwaar?'

Na een nieuwe stilte hoorde ik eindelijk een stem. Zijn stem.

'Inderdaad,' zei Dwayne. 'Dat was een bijzondere avond. Bijna alsof het iemand anders was. Of dat ik niet deze man ben. Ik weet het niet meer, meneer Daniels.'

Ik ademde diep in en daarna ademde ik weer uit. 'Ik ben blij dat je me belt,' zei ik. 'Ik was een beetje ongerust.'

'Ja, ik weet dat je hebt gebeld. Het spijt me dat ik...'

'Je hoeft je niet te verontschuldigen. Ik wilde alleen even vragen of het goed gaat. Gaat het goed?'

Zo klonk het in ieder geval niet. Hij had duidelijk gedronken – of iets gebruikt – maar hij praatte niet met dubbele tong. Hij klonk eerder depressief dan dronken.

Hij liet mijn vraag in de lucht hangen.

'Dwayne, ben je er nog?' vroeg ik.

'Ik ben er nog.' Hij zweeg even. Het leek een eeuwigheid te duren. 'Weet je, ik wil praten.'

'Natuurlijk,' zei ik. 'Prima. Zeg maar waar.'

'Niet nu. Morgen.'

Nee, niet morgen! had ik willen schreeuwen. Nu!

Dit ging niet meer over sport, zoveel was wel duidelijk. Er was iets anders aan de hand. Wat kon er in godsnaam zijn?

'Waar ben je, Dwayne? Ben je thuis? Ik kan er in tien minuten zijn.'

'Nee, Nick, ik ben moe. En een beetje dronken, om je de waarheid te vertellen. Ik moet eerst even gaan slapen.'

'Maar…'

'We doen het morgen. Dat beloof ik. Geloof me, deze keer kom ik mijn belofte na.'

Ik wilde blijven aandringen, ik hoopte hem nog van gedachten te kunnen laten veranderen. Maar ik hield me in.

'Goed dan. Zullen we elkaar bij het ontbijt ontmoeten?'

'Ik moet 's ochtends iets doen,' zei hij. 'Laten we nog een lunchafspraak maken.'

Onze ervaringen met lunches waren niet geweldig, maar dat wilde ik nu niet naar voren brengen.

'Dat is prima,' zei ik. 'Maar dan wel op één voorwaarde.'

'Wat dan? Wat is jouw voorwaarde voor een interview?' vroeg hij. Hij giechelde zacht.

Die was heel eenvoudig, en ik had er alle reden toe. 'Ik kies het restaurant uit.'

HOOFDSTUK 22

Even voor twaalven liep ik naar Jimmy D's Pub, vlak bij mijn appartement. Iedere zichzelf respecterende schrijver heeft een stamcafé dat ook de functie van huiskamer vervult. Dat heb ik in de memoires van Pete Hamill gelezen, dus het zal wel waar zijn.

Een paar huizen voor Jimmy's gaf ik een dollar aan een bedelaar die ik als Ruben kende. Ruben is dakloos, bijna blind en volkomen onbemiddelbaar. Ik heb de gewoonte iedere ochtend tien briefjes van één dollar bij me te steken. Die geef ik weg op straat, tot ze op zijn. Dat deed mijn vader ook als we samen naar New York gingen, maar dan met vijf briefjes van één dollar. Hij vond het niets bijzonders, en zo zie ik het ook.

'Hé, Nick,' hoorde ik vanachter de bar toen ik in Jimmy's op een barkruk ging zitten. Het was niet bepaald het koor van mensen dat in *Cheers* 'Norm!' roept, maar hartverwarmend was het evengoed.

'Hé, Jimmy.'

Jimmy Dowd was de eigenaar en stond overdag achter de bar. Hij schonk een stevige borrel en wist hoe je een glas Guinness moest tappen. Ik had geen idee hoe zijn longdrinks waren want die dronk ik nooit, en ik had hem er ook nog nooit een zien maken. Jimmy's was een café voor mensen die, als ze een borrel bestelden, maar één keuze wilden maken: met of zonder ijs.

Ik wilde het een noch het ander. In ieder geval niet voordat Dwayne Robinson er was.

Jimmy knikte toen ik dat zei, en we hadden het een tijdje over de serie wedstrijden die de Yankees tegen de Red Sox zou spelen, in Fenway Park. 'We winnen er twee of drie,' voorspelde Jimmy. 'Tenminste, als we zo goed pitchen dat Big Papi niet aan slag komt. Of hij hem nou goed raakt of niet, die vent doet ons altijd de das om!'

Ik kwam om heel veel redenen graag in Jimmy D's, en niet in de laatste plaats vanwege Jimmy zelf. Hij was een Vietnamveteraan die wat aan de handel in aandelen had overgehouden en toen had besloten de droom die hij al zijn hele leven koesterde uit te laten komen: een café bezitten. Daar kwam nog bij dat Jimmy drie jaar geleden mijn leven had gered. Maar dat is een ander verhaal.

Want nu ging het om Dwayne Robinson. Ik keek op mijn horloge – hij kon ieder moment binnenkomen. Omdat ik wist dat Jimmy uit de Bronx kwam en dezelfde passie voor de Bombers had als ik, vertelde ik hem op wie ik wachtte.

'Je meent het, echt waar?' vroeg hij terwijl hij zijn inktzwarte haar met een verbaasd gezicht achteroverzwiepte. Toen drukte hij met vijf woorden uit wat de hele stad voelde. 'Hij heeft mijn hart gebroken.'

We begonnen onze favoriete Dwayne Robinson-pitchprestaties te vergelijken. De keuzemogelijkheid was groot, en ik verloor de tijd uit het oog.

'Hoe laat zou hij hier zijn?' vroeg Jimmy ten slotte terwijl hij op zijn horloge keek.

'Om twaalf uur,' antwoordde ik terwijl ik hetzelfde deed.

Shit! Het was halfeen. Daar gingen we weer!

Ik pakte mijn mobiele telefoon en toetste het huisnummer van Robinson in. Toen hij zes keer was overgegaan en ik wilde ophangen, hoorde ik de piep van een binnenkomend telefoontje. Ik nam het andere telefoontje aan zonder naar de beller te kijken – ik was ervan overtuigd dat het Dwayne was.

Maar het was Courtney.

Na een 'Hallo' kwam ik meteen ter zake, waarbij mijn frustratie als een bulldozer voor me uit denderde. 'Hij is niet komen opdagen,' zei ik. 'Dwayne Robinson heeft me wéér genaaid.'

'Weet ik,' zei Courtney.

Weet ik?

'Ben je in de buurt van een televisie?' vroeg ze.

Ik gebaarde Jimmy dat hij de tv moest aanzetten.

'Welk kanaal?' vroeg ik aan Courtney.

'Doet er niet toe,' zei ze. 'Ik kijk zelf naar ESPN.'

Dat was alles wat ze zei.

HOOFDSTUK 23

'ESPN!' schreeuwde ik tegen Jimmy.

Hij drukte op de afstandsbediening en het beeldscherm lichtte op, en een ogenblik later zonk de moed me in de schoenen.

De straat achter de verslaggever verraadde niet veel. Ik zag een politieauto, en er liepen een heleboel mensen rond.

Maar de boodschap onder in het scherm sprak klare taal.

DWAYNE ROBINSON IS DOOD.

De verslaggever ratelde maar door, maar het leek wel alsof ik doof was geworden. Jimmy zei iets tegen me, maar mijn hersens konden zijn woorden evenmin verwerken. Ik staarde als verlamd naar de televisie.

Het beeld veranderde en er begonnen een paar woorden van de verslaggever tot me door te dringen.

Gesprongen... gebouw... vermoedelijk zelfmoord... een door raadselen omgeven leven eindigt met een door raadselen omgeven dood.

Plotseling schoot ik uit mijn verdoving en zag hoe het televisiescherm werd gevuld met de bibberige beelden van wat een handcamera leek te zijn. Je zag een houten vloer – een gang – en de roze slippers van de vrouw die er met de camera in haar hand doorheen rende. Ze opende de schuifdeur van haar woonkamer.

Nu hoorde ik de voice-over van de verslaggever woord voor woord.

'De dramatische beelden die u nu zult zien, komen van een video-opname van een van Dwayne Robinsons buren, en zijn gemaakt nadat zij door het raam van haar appartement een klap hoorde. Ik moet u waarschuwen: de beelden kunnen schokkend zijn.'

De handcamera werd eindelijk minder schokkerig en het wazige beeld werd scherpgesteld. Dwaynes buurvrouw maakte de opname vanaf haar dakterras hoog boven de straat.

Dwayne Robinsons één meter vijfennegentig lange lichaam lag met het gezicht omlaag op het dak van een wit busje, dat door de impact was veranderd in een krater van verwrongen blik.

Ik bleek weer gedeeltelijk verdoofd te zijn toen het beeld terugkeerde naar de verslaggever, van wie nu duidelijk was dat hij in de straat stond waar Robinson had gewoond.

En was gestorven.

'Die komt niet meer,' mompelde Jimmy die, aan zijn stem te horen, net zo van slag was als ik. 'Heeft die arme drommel ons toch weer laten zitten, hè, Nick?'

DEEL TWEE

Doorgestoken kaart

HOOFDSTUK 24

Bruno Torenzi opende de deur van zijn kamer in het San Sebastian Hotel die uitkeek over Central Park en nam de ravissante blondine die voor hem in de gang stond van top tot teen op. Ze droeg een glanzende, rode cocktailjurk, bijpassende pumps met hoge hakken en massa's gouden juwelen.

'Hoe heet je?' vroeg hij. 'Je echte naam?'

'Anastasia,' antwoordde ze. Haar Russische accent was bijna net zo zwaar als zijn Italiaanse. 'En wat is jóuw echte naam?'

Torenzi negeerde de vraag, draaide zich botweg om en liep weer naar binnen.

'Aangenaam kennis te maken,' zei de blondine terwijl ze de deur achter zich dichtdeed. 'Dan noem ik jou wel Sebastian. Naar het hotel...?'

'Ik begrijp wat de grap is,' zei Bruno Torenzi tegen de rug van het meisje.

Torenzi had liever Italiaanse meisjes, maar de Italiaanse meisjes aan deze kant van de Atlantische Oceaan hadden hetzelfde als het eten in de Olive Garden: het haalde het niet bij het origineel. De Amerikaanse meisjes praatten te veel over zichzelf. En de Aziatische meisjes waren te dun voor hem, bij hen had je niets om vast te pakken.

Maar godzijdank waren er ook nog Russische meisjes. En Poolse en Griekse, als we het er toch over hebben.

'Trek je kleren uit,' zei Torenzi terwijl hij een biertje uit de minibar pakte. Het meisje bood hij niets aan.

'First things first, Sebastian,' kaatste ze terug.

'Zeker,' mompelde hij, en hij liep naar een openstaande duffelse tas die op een rond tafeltje in de hoek lag en trok er een stapel bankbiljetten uit. 'Tweeduizend, toch?' vroeg hij terwijl hij het elastiek dat het stapeltje bij elkaar hield weghaalde.

'Exclusief tip,' zei Anastasia in de hoop dat de Italiaan, die blijkbaar rijk was, niet vertrouwd was met de regels van het spel.

Torenzi pelde twintig knisperende briefjes van honderd van het stapeltje en stak zijn hand uit. 'Ik ben niet van gisteren... Anastasia.'

Ze pakte de tweeduizend dollar aan en bedacht dat dat niet slecht was – dat wil zeggen, om mee te beginnen.

Toen begon ze aan zijn oor te knabbelen en gleed haar hand naar het kruis van zijn zwarte broek. Fraai materiaal, gemaakt in Italië. 'Weet je wat Anastasia betekent?' fluisterde ze tussen haar kersenrode lippen. 'Opgerichte bloem.'

Torenzi nam een slok bier. 'Fantastisch. Trek nu je kleren uit,' herhaalde hij. 'En bespaar me je geschiedenislessen.'

Die sterke kerel houdt ervan de baas te spelen, en hij is de eerste niet, dacht Anastasia terwijl ze de rits die over de lengte van haar rug liep omlaagtrok. Laat hem er maar van genieten, nu het nog kan.

De voormalige gouverneur van New York daargelaten wisten de meeste mannen dat tweeduizend dollar behoorlijk veel geld was voor een callgirl. Dus ze kon maar beter mooi zijn en haar werk goed doen.

Anastasia stelde niet teleur. Haar cocktailjurkje gleed van haar schouders, en de rest van haar lichaam overtrof haar blauwe ogen en hoge jukbeenderen. Ze droeg geen beha en geen slipje onder de jurk. Het was allemaal puur natuur, één brok schoonheid waar de zwaartekracht geen grip op kreeg.

'Zal ik jou eens wat vertellen, Sebastian?' spinde ze. 'Ik mag jou wel.'

Eindelijk lachte Torenzi, en hij knoopte zijn overhemd open. Toen hij ook zijn onderhemd had uitgetrokken, kon Anastasia niet helpen dat ze hem aanstaarde. Hij was heel compact gespierd, als een perfect beeld. Maar dat was niet het enige.

'Mijn god, schatje, wat is er met jou gebeurd?' vroeg ze. Ze kon zich niet inhouden.

Maar ze had beter kunnen vragen wat er níet met Bruno Torenzi was gebeurd. Zijn linkerschouder en arm waren bezaaid met zwarte, teerkleurige cirkels ter grootte van kleine munten – bij elkaar opgeteld ongeveer één dollar en vijftig cent, de littekens van een salvo met een jachtgeweer.

Zijn andere schouder werd ontsierd door een litteken van een ernstige brandwond; een lap vel van vijftien centimeter lengte had de textuur van vlees dat een maand lang in de zon heeft liggen drogen.

En er was meer. Aan één kant van zijn buik zaten littekens van twee steekwonden, die uit het vlees opwelden. Heel akelig.

Torenzi keek naar zijn lichaam, maar zei niets. Een verklaring gaf hij al helemaal niet: hij trok zijn broek en ondergoed uit en stapte in bed.

Anastasia drong niet aan. Ze begon medelijden met hem te krijgen.

'O, ik snap het al,' zei ze speels, terwijl ze haar hand zacht over de curve van haar borsten liet glijden. 'Je bent er zó een... Een zware jongen, hè?'

Ze wist niet half hoe waar dat was.

En dat wisten de twee mannen die op dat moment de lift uit stapten en naar de hotelkamer liepen evenmin. Haar partners.

Sinds een jaar voerden zij drieën een perfecte zwendel uit, maar deze keer hadden ze één ding over het hoofd gezien.

Ook huurmoordenaars worden weleens geil.

HOOFDSTUK 25

Viktor en Dmitri, de Belova-broeders, bleven stijf van de adrenaline en de coke voor kamer 1204 van het San Sebastian staan. Ze wierpen een blik op de chique gang om zich ervan te verzekeren dat ze alleen waren.

'Pa zou het niet goed vinden,' zei Dmitri. Dat zei hij altijd voor ze aan een klus begonnen. Altijd.

'*Fuck him*,' zei Viktor die vond dat hij met de dag Amerikaanser begon te klinken. '*Fuck* pa, Dmitri.'

Zo hadden ze al een stuk of tien keer eerder voor een dure hotelkamer gestaan, overal in Manhattan – ze ademden zo snel dat ze bijna hijgden, en ontgrendelden hun semiautomatische Yarygin pya-pistolen. Dat de Yarygin in het Russische leger een standaardwapen is, was voor een niet-onaanzienlijk deel te danken aan het in één beweging laadbare dubbele zeventienschootsmagazijn. Maar Viktor en Dmitri kickten vooral op de ultrastrakke roestvrijstalen loop. Hij voelde robuuster aan dan het conventionele Makarov-pistool, betrouwbaarder.

Niet dat ze tijdens die klusjes ooit de trekker hadden moeten overhalen.

Daarin zat 'm de schoonheid en de brille van hun zwendel. Bijna altijd pakten ze hun slachtoffers met de broek op de enkels.

En wat nog belangrijker was, die hoerenlopers schaamden zich, allemaal, en daarom durfden ze niet naar de politie te gaan.

Het waren mannen van aanzien, meestal topmanagers op

zakenreis. Ze hadden een reputatie te beschermen. Ze hadden een vrouw, en kinderen. Wat de Belova-broeders ook van hen stalen, het was niet genoeg om een rechercheur recht in de ogen te kijken en het uit te leggen: 'Ik ben net opgelicht door een prostituee en haar twee partners.'

En ze hadden alleen maar een advertentie achter in *212 Magazine* hoeven zetten waarin ze een 'escort van de hoogste kwaliteit, voor de scherpzinnige gentleman' beloofden.

De kop was: *From Russia with Love.*

Dat volstond om twaalf mannen tot een afspraakje te verleiden. Niet dat Viktor en Dmitri het bijhielden – ze hadden het veel te druk met het tellen van laptops, gouden Rolexen, Kiton-pakken en contant geld.

De broers knikten elkaar snel toe. Alles was in orde. Anastasia had het slot afgeplakt, net als anders. Ze hoefden alleen maar de deurhendel omlaag te drukken en konden naar binnen – zonder rommel of lawaai te maken.

Maar wat is daar nou leuk aan?

Daarom stórmden de twee binnen, als een zware orkaan. Ze zagen Bruno Torenzi meteen, hij lag spiernaakt op bed.

'Geen beweging, klootzak!' blafte Viktor in de wetenschap dat de betere hotels in New York dikke muren hebben.

Torenzi's verwarring duurde niet lang. Hij keek naar Anastasia, die aan het voeteneinde van het bed stond; ze bevestigde wat hij meteen had begrepen. Het was doorgestoken kaart; zij was het aas, en hij was de lul.

En inderdaad, ze begon haar jurk alweer aan te trekken. 'De duffelse tas,' zei ze. 'De jackpot.'

Dmitri's blik maakte zich los van Torenzi, en hij liep naar de zwarte duffelse tas op de tafel in de hoek. Toen hij de pakken geld zag liggen, kreeg hij een glimlach ter grootte van het Rode Plein.

Toen verdween zijn glimlach. Er was niets van over. Foetsie.

'Wat is dit verdomme?'

HOOFDSTUK 26

Dmitri stak zijn hand in de duffelse tas en haalde er een recht-hoekig stuk explosief C-4 uit. Aan het ene uiteinde hing het ontstekingsmechanisme, als de staart van een muis. Vervolgens haalde hij er een absoluut beestachtige revolver uit: een Smith & Wesson model 500 Magnum. Ten slotte volgde er nog een doosje met .50 kaliberpatronen.

Dmitri kneep zijn ogen tot spleetjes en keek weer naar Torenzi. Het was alsof hij zojuist het tweede beeld in een optische illusie had ontdekt.

De man was naakt en wist de glanzende loop van twee semi-automatische pistolen op zich gericht. Maar hij was doodkalm en leek alles onder controle te hebben. Geen spoor van angst.

Wie was die vent? Was hij een maffioso? En waarom was het opeens zo fucking heet in de kamer?

Dmitri trok aan zijn babyblauwe zijden overhemd, dat plotseling aan zijn borst plakte. 'Werk je voor iemand?' vroeg hij.

Torenzi staarde hem recht aan en nam de tijd voor zijn antwoord. 'Gaat je niets aan.'

Dmitri knikte naar de duffelse tas. 'Wat moet je daarmee?'

'Gaat je niets aan.'

'En of het me aangaat!' snauwde hij. 'Ik vraag het je nog één keer: wat moet je met die spullen? Als ik jou was, zou ik praten.'

Torenzi bleef Dmitri aanstaren, alleen zei hij nu niets. Toen glimlachte hij en krabde hij aan zijn ballen.

Plotseling dook Viktor naar voren en ramde de loop van zijn

Yarygin tegen de kaak van de hoerenloper.

'Vind je dit grappig?' schreeuwde hij. 'Dacht je dat het een grap was? Mijn broer stelde je een vraag!'

Maar Torenzi keek niet eens naar Viktor. Zijn blik bleef op Dmitri gericht, over de tafel heen. Er zat nog iets in de duffelse tas – een doos die de Rus nog niet had ontdekt.

Viktor laadde zijn Yarygin door. 'Hé, ik heb het tegen jou! Ben je soms doof?'

'Jezus man, geef antwoord!' bemoeide Anastasia zich ermee. Ze smeekte het de Italiaan zo ongeveer. 'Die jongens maken geen geintje!'

Bruno Torenzi ook niet.

Sneller dan Viktors vinger de trekker kon overhalen sloeg Torenzi de loop van de Yarygin die tegen zijn wang duwde weg. Met zijn andere hand tastte hij onder het met dons gevulde kussen achter hem. Hij trok een Bersa Thunder .380 pistool tevoorschijn.

In de andere doos in de duffelse tas zat extra munitie voor de Bersa. Niet dat hij die nu meteen nodig had.

Bruno Torenzi's eerste schot trof Dmitri Belova hoog in de borst. De tweede spleet zijn voorhoofd. Pas op dat moment begonnen Viktor Belova's reflexen te functioneren. Hij probeerde zijn semiautomatische pistool opnieuw op Torenzi te richten, maar tevergeefs. Torenzi was te sterk, te snel en te goed in zijn werk.

Hij pompte drie kogels in Viktors buik, waardoor de Rus op het tapijt achteroverviel. Hij lag met zijn gezicht omhoog, en het bloed stroomde uit hem. Torenzi ging boven hem staan en zette zijn pistool in Viktors open mond. Door de klap spatten zijn hersens in een perfecte cirkel uit zijn schedel.

Nee, de Belova-broers hadden hun dag niet.

Het enige geluid in de kamer kwam nu nog van Anastasia, die als een klein meisje huilde.

Ze was op haar knieën gezakt en haar rode cocktailjurkje,

waarvan de rits op de rug nog niet was dichtgetrokken, hing van haar schouders. Ze had naar de deur willen rennen, maar dat kon ze niet. Ze was in shock, verlamd, doodsbang dat zij de volgende zou zijn.

'Ga op bed liggen!' beval Torenzi. 'Trek die jurk uit!'

'Alsjeblieft,' smeekte ze, met haar blonde haar voor haar betraande gezicht. 'Alsjeblieft, niet…' Toen schudde ze de jurk van haar lichaam af.

Ze ging op het bed liggen.

'Goed, waar waren we gebleven?' vroeg Torenzi. 'Trouwens, Anastasia, ik heet Bruno. Dat is mijn echte naam.'

Toen ze dat hoorde, begon het meisje nog harder te huilen. Ze begreep wat hij had gezegd.

'Precies,' fluisterde hij. 'Je weet hoe ik heet. Je weet hoe ik eruitzie. Je kunt er maar beter van genieten, want dit wordt je laatste wip.'

HOOFDSTUK 27

De intrieste begrafenis van Dwayne Robinson vond plaats in de stromende regen – was het een honkbalwedstrijd geweest, dan zou hij zijn afgelast. Omdat er geen kerkdienst was, verzamelden we ons onder de leiding van een geestelijke aan zijn graf op het uitdijende Woodlawn Cemetery in de Bronx, de laatste rustplaats van onder meer Joseph Pulitzer, Miles Davis en Fiorello La Guardia.

De opkomst was gering, al waren er meer mensen dan ik had verwacht. Veel van Dwaynes voormalige teamgenoten gaven acte de présence – allemaal oud-Yankees van wie ik iedere andere dag dat ik ze in levenden lijve tegen was gekomen, uit mijn dak zou zijn gegaan.

Maar die dag niet.

Onder de aanwezigen was ook Dwaynes ex-vrouw, een voormalige schoonheidskoningin die hem in de week waarin hij werd geschorst had verlaten. Hun twee kinderen, bijna pubers inmiddels, waren er ook. Ik herinnerde me dat ze bij de scheiding om volledig gezag had gevraagd en dat zonder verzet van Dwayne toegewezen had gekregen. De man die op de werpheuvel niet wist wat verliezen was, kwam er maar al te snel achter toen hij ervan af was gestapt.

'Laat ons bidden,' zei de geestelijke aan het hoofd van Dwaynes mahoniehouten kist.

Ik stond een beetje achteraan, net als alle anderen onder een paraplu, en het was heel vreemd om erbij te zijn. Technisch gesproken had ik Dwayne maar één keer ontmoet. Maar aan de andere kant was ik een van de laatsten die hem had gesproken. Misschien wel de allerlaatste. Wie zou het zeggen?

De mensen om me heen in ieder geval niet. Toen de plechtigheid was afgelopen, had iedereen het over de man die ze 'ooit' hadden gekend. De arme drommel die vanaf het dakterras zijn dood tegemoet was gesprongen, leek voor iedereen op de begrafenis een volslagen vreemde te zijn.

'Na zijn schorsing leek het wel alsof Dwayne niet meer leefde,' hoorde ik iemand zeggen.

Alleen had hij het nu pas officieel gemaakt.

Nog níet officieel waren de resultaten van de autopsie, maar in de mediagekte die op Dwaynes dood was gevolgd, was een toxicologisch rapport uitgelekt. Daarin stond dat hij high was van de heroïne. High als een raket. Dat verklaarde waarschijnlijk ook waarom hij geen zelfmoordbriefje had achtergelaten.

Dat was dan één raadsel minder.

Maar er was er ook één dat nog opgelost moest worden.

Wat had Dwayne mij willen vertellen?

Gek genoeg had ik het gevoel dat ik een geheim bij me droeg. Afgezien van Courtney wist niemand van Dwaynes nachtelijke telefoontje.

Maar zoals dat met geheimen gaat, was die van mij van een lagere orde. Dwaynes geheim was veel groter, en hij nam het mee zijn graf in.

Ik liep terug naar mijn auto, een oude Saab 9000 Turbo, mijn enige 'extravagantie', als je het tenminste zo kunt noemen, in een stad die door metro's, taxi's en zebrapaden wordt gedomineerd.

Ik deed mijn paraplu dicht en schoof achter het stuur, maar mijn laatste gesprek met Dwayne bleef door mijn hoofd spelen. Ik vroeg me af of ik iets over het hoofd zag, of ik een belangrijke aanwijzing had gemist.

Maar er schoot me niets te binnen. Of mijn geheugen legde

het af tegen mijn bandrecorder. Ik had er heel wat voor overge-had om mijn telefoongesprek met hem op tape te hebben.

Ik wilde het contactsleuteltje al omdraaien toen mijn mobiele telefoon ging.

Ik keek op het schermpje.

Nu geloof ik niet écht dat alles met een reden gebeurt, maar qua timing werden de grenzen van het toeval nu wel erg ver opgerekt. In feite was het gewoon angstaanjagend.

De display vermeldde: 'Lombardo's Steakhouse'.

HOOFDSTUK 28

'Hallo, ik ben op zoek naar Tiffany,' zei ik in Lombardo's tegen de man achter het katheder met het reserveringsboek. Ik meende hem te herkennen, maar het duurde even voordat ik het weer wist.

Natuurlijk. Hij was de manager. Ik herinnerde me te hebben gezien dat rechercheur Ford hem die middag van de moorden ondervroeg.

'Ze is zo terug, ze brengt even iemand naar een tafeltje,' zei hij zonder me echt aan te kijken. Hij had een gemiddeld postuur, en uit zijn stem sprak een superioriteitsgevoel dat waarschijnlijk bij zijn werk hoorde. 'Bent u de man van het jasje?'

Eigenlijk was ik de man zónder het jasje.

Althans, tijdelijk.

Voordat ik had kunnen antwoorden, hoorde ik een stem achter de manager. 'Aha, u bent er,' zei ze.

Ze herinnerde zich mij dus. Ik herinnerde me haar ook – en hoe. 'Tiffany,' zei ik terwijl ik mijn hand uitstak. 'Zoals het mooie blauwe doosje.'

Ze glimlachte. Geweldige glimlach, ook. 'Hallo, meneer Daniels,' zei ze.

'Alsjeblieft, noem me Nick.'

Ik volgde Tiffany naar de garderobe tegenover de bar. 'Hier is je jasje,' zei ze terwijl ze me recht aankeek. 'We hebben er goed op gepast.'

Ik knikte. 'Weet je, ik vind het heel aardig dat je me hebt gebeld. Ik had niet eens beseft dat ik hem had laten liggen.'

'Dat kan ik me voorstellen, gezien alle verwarring die dag.'
Ze bleef staan en draaide zich naar me toe. '"Verwarring" dekt
de lading niet echt, hè?'

'Ik ben bang van niet, nee.'

Tiffany schudde haar hoofd. 'Weet je, de volgende dag wilde
ik ontslag nemen en teruggaan naar Indiana, waar ik vandaan
kom. Ik heb het zelfs tegen Jason gezegd.'

'Jason?'

'De man die je net sprak. De manager.'

'En, wat zei hij?'

'Dat dit New York is, dat ik het gewoon in me op moest nemen, en dat ik dat, als ik hier thuishoor, ook wel zou doen.'

'Echt een lieve jongen.'

'Inderdaad,' zei ze. 'Aan de andere kant, kijk eens naar al die
griezels hier. Ik weet niet of het me nou moet verbazen of de-
primeren.'

Ik begreep wat ze bedoelde. Lombardo's Steakhouse was,
voor zover dat kon, nog drukker dan normaal. In mijn optiek
was dit de perverse logica van hipheid, vooral in Manhattan,
en in LA – na het decor van drie verderfelijke moorden geweest
te zijn, was de tent nóg populairder geworden.

Tiffany pakte mijn jasje. 'Alsjeblieft,' zei ze. 'Die is toch van
jou?'

'Helemaal, dank je wel.' Het was een leren jasje, dat ik jaren
eerder voor een prikkie in de uitverkoop van Barneys op de
kop had getikt.

Ik vouwde hem over mijn onderarm, en op dat moment
schoot me iets te binnen. 'Tiffany, hoe wist je eigenlijk dat dat
jasje van mij was?' Het was een terechte vraag, leek me. Ik had
niet, zoals kinderen vroeger op schoolkamp, mijn naam in de
kraag staan.

'Ik heb je zakken doorzocht,' zei ze. 'Ik hoop dat je dat niet
erg vindt. Er zat zo'n e-ticket voor een vlucht naar Parijs in. Je

naam en telefoonnummer stonden erop. Zo heb ik...'

Plotseling zweeg ze.

'Wat is er?' vroeg ik.

Tiffany's mond viel open. Ik kon de radertjes achter die donkerbruine ogen zo ongeveer zíen draaien.

'O mijn god!' flapte ze eruit. 'Je was hier toch met die honkballer? Die arme ziel die net zelfmoord heeft gepleegd?'

'Ja, Dwayne Robinson,' zei ik. Het deed pijn zijn naam uit te spreken. 'Ik kom net van zijn begrafenis. Heel verdrietig.'

Ze schudde traag haar hoofd. 'Ik geloofde mijn ogen niet toen ik het op het journaal zag.'

'Dus je herinnert je hem, hè?' vroeg ik. 'Van die dag dat wij hier waren?'

'Ja,' zei ze. 'En van de dag daarvoor.'

Ik keek haar van opzij aan. Die laatste zin echode door mijn hoofd.

De dag daarvoor?

HOOFDSTUK 29

Dat sloeg nergens op. Dwayne Robinson was die eerste dag niet in Lombardo's geweest. Hij was niet komen opdagen.

Maar volgens Tiffany dus wel.

'Wanneer?' vroeg ik. 'Hoe laat? Sorry dat ik het vraag, maar het is belangrijk voor me. Ik zou een artikel over Dwayne schrijven. Voor *Citizen*.'

'Dat weet ik niet meer precies. Hij was aan de vroege kant. Om een uur of twaalf, denk ik.'

Dat was voordat ik er was, ongeveer een halfuur voordat we elkaar zouden ontmoeten. Vreemd. Idioot.

'Weet je zeker dat hij het was?' vroeg ik.

'Ja,' zei ze. 'Natuurlijk vond ik het op dat moment niet vreemd. Ik herinnerde me pas dat ik hem had gezien toen zijn foto op tv kwam. Ik ben geen honkbalfan. Tot op dat moment wist ik niet eens wie hij was.'

'Heb je hem naar zijn tafeltje gebracht?' vroeg ik.

'Nee. Ik heb hem niet eens gesproken.'

'Wat deed hij hier dan? Heb je dat gezien? Dééd hij überhaupt iets?'

'Dat weet ik niet. Ik was met andere gasten bezig. Ik herinner me alleen dat ik hem op een gegeven moment gezien heb. Hij keek om zich heen.'

Zocht hij mij?

Dacht hij dat we elkaar om twaalf uur, en niet om halfeen zouden ontmoeten?

Ik was ontzettend verbaasd en probeerde dit nieuwe mysterie te ontrafelen. Ik wist alleen dat Dwayne de volgende dag om halfeen in het restaurant was geweest. Courtney had tegen mij gezegd dat ze zijn agent niet meer had gevraagd waarom hij de dag ervoor niet was komen opdagen. Dacht Dwayne dat ik hem had laten zitten? Maar waarom zou hij dan de moeite hebben genomen de volgende dag nog een keer te komen?

De afgelopen tien jaar was het stellen van vragen mijn tweede natuur geworden. Het is mijn werk. Ik stel vragen, en ik krijg antwoorden, ik zoek uit wat ik wil weten. Boem, boem, boem. Zo werkt het echt. Vooral wanneer ik echt goed in een verhaal zit.

Maar in dit geval was het anders. Hoe meer vragen ik Tiffany stelde, hoe minder ik begreep wat er was gebeurd.

'Sorry dat ik zo aandring, maar kun je je nog meer herinneren?' vroeg ik. 'Wat dan ook?'

Ze draaide haar hoofd weg en dacht even na. 'Niet echt. Behalve dat...'

'Behalve wat?'

'Behalve dat hij een zenuwachtige indruk maakte.'

'Bedoel je dat hij heen en weer liep of zo?'

'Nee, zo duidelijk was het niet,' zei ze. 'Maar ik zag het in zijn ogen. Hij was een grote kerel, maar ik kreeg bijna het idee dat hij het... eng vond om hier te zijn.'

Ik sloeg mezelf letterlijk voor mijn hoofd toen me een Latijnse uitdrukking uit mijn schooldagen te binnen schoot. *Entia non sunt multiplicanda praeter necessitatem.*

Ik was maar zozo in Latijn, maar deze zin ben ik om de een of andere reden nooit vergeten. Het vormt de basis voor wat tegenwoordig bekendstaat als het scheermes van Ockham. Vrij vertaald betekent het: 'Entiteiten moeten niet zonder noodzaak verveelvoudigd worden.' Met andere woorden, als de uitkomsten hetzelfde zijn, is de meest voor de hand liggende oplossing de beste.

Welke voor de hand liggende oplossing had ik over het hoofd gezien?

Dat Dwayne Robinson een angststoornis had, natuurlijk.

Dat verklaarde wel iets. De eerste keer was hij al vroeg op zijn lunchafspraak met mij verschenen. En hij zag er angstig uit, volgens Tiffany. Dat was hij ook. Hij was nerveus over het interview, en misschien was hij ook nerveus omdat hij in een druk restaurant was. Mensen konden hem zien; sommige zouden Dwayne Robinson herkennen.

Dus kreeg hij koudwatervrees en vertrok.

Ik bedankte Tiffany voor mijn jasje en haar hulp. Ik dacht eerst dat ze me met een effectbal op het verkeerde been had gezet, maar toen ik uit Lombardo's vertrok, was ik ervan overtuigd dat ik het raadsel omtrent Dwayne Robinson had opgelost. *Entia non sunt multiplicanda praeter necessitatem.*

Wat ik op dat moment helaas niet wist – en ook niet had kunnen weten – was dat ik ernaast zat. Want zoals dat vaker gaat met theorieën is ook Ockhams scheermes niet waterdicht. Soms is de meest voor de hand liggende oplossing níet de beste.

Ach, ik zei het al: ik blonk niet uit in Latijn. Eerlijk gezegd waren mijn resultaten gewoon *horribilis.*

HOOFDSTUK 30

David Sorren was dol op de confrontatiespiegels. In zijn ogen vormden ze het hart van zijn werk als hoofdaanklager van Manhattan, een letterlijke metafoor van zijn succes.

Ik hou jou altijd in de gaten.

Ik knipper zelfs niet met mijn ogen.

Sinds hij van de rechtenfaculteit van de NYU kwam en zijn ster als aanklager rijzende was, had hij achter confrontatiespiegels gestaan, zijn armen over elkaar geslagen, de das los, en had hij honderden en nog eens honderden criminelen bekeken, gewogen en de maat genomen. Een enkele keer zat er iemand tussen die onschuldig was, maar dat waren uitzonderingen.

Wie zich in een politiebureau aan de verkeerde kant van de confrontatiespiegel bevond, had negen van de tien keer iets te verbergen, zo simpel was dat.

En het was David Sorrens werk, nee, missie, uit te zoeken wat dat was.

En ze er dan op te pakken en hen de spreekwoordelijke douw te geven.

'Ik zeg: we laten die paardenlul de tape horen en kijken hoe hij zich in bochten wringt om eronderuit te komen,' klonk een stem vanachter Sorren. 'Laat hem maar kronkelen, hij draait wel bij.'

Als in 'hij getuigt wel voor het OM'.

Sorren begreep heel goed wat zijn hulpaanklager Kimberly Joe Green zei, maar hij maakte zijn ogen niet los van Eddie 'de

Prins' Pinero, aan de andere kant van het glas.

Pinero zat in een fraai grijs krijtstreeppak met in het borst-zakje zijn handelsmerk, een zwarte pochet, naast zijn advocaat – zijn nieuwe advocaat – in de verhoorkamer op de eerste ver-dieping van het Negentiende District.

Pinero, die niet voor het eerst in zo'n kamer zat, was zich er duidelijk van bewust dat hij zowel bekeken als gefilmd werd. Hij zei geen woord tegen zijn advocaat en staarde recht in het spiegelglas, met een glimlach op zijn knappe, blozende gezicht die leek te willen zeggen: oké jongens, hier ben ik. Jullie kun-nen kijken wat jullie willen!

'Ja, laat hem de tape horen,' zei een tweede stem achter Sor-ren in de observatieruimte. Het was rechercheur Mark Ford. 'Pinero staat op het punt de gevangenis in te draaien. Als we ooit een deal met hem kunnen sluiten, dan is het nu. Ik geef het niet graag toe, maar in dit geval ben ik het met Kimberly Joe eens.'

Ford, een uitstekende rechercheur, en Green lagen, om het zachtjes uit te drukken, regelmatig met elkaar overhoop. Ze hadden in de loop der jaren talloze ruzies uitgevochten. Maar ze wisten van elkaar hoe goed ze in hun werk waren. Weder-zijds respect, al misgunden ze het elkaar nog zo, ging bij de ordehandhavers boven alles.

Ten slotte draaide Sorren zich om naar Green en Ford. De hitte sloeg van het tweetal af.

'Een deal?' vroeg hij. 'Fuck, nee. Ik peins er niet over om die klootzak immuniteit aan te bieden.'

'Maar...'

Sorren onderbrak Green. 'De moord op Marcozza is twee re-chercheurs fataal geworden. Twee goede kerels, met vrouw en kinderen, zeven kinderen bij elkaar. Nee, ik wil Pinero maar op één manier, en dat is met zijn hoofd op het hakblok.'

Meer nog dan de woorden was het de manier waarop hij ze uitsprak.

Met de tanden op elkaar geklemd.

Zonder met de ogen te knipperen.

Alsof het leven van iedereen die in de kamer aanwezig was ervan afhing. 'Christus, immuniteit? Zei ik dat?' grapte Green, die het op haar onderkoelde gevoel voor humor gooide. Als hulpaanklager was ze slim genoeg om te weten wanneer ze zich naar haar baas moest schikken. 'Oké, dus we wachten nog even voordat we de tape laten horen. Wie weet... Misschien graaft Pinero inderdaad zijn eigen graf.'

Sorrens afkeurende blik veranderde langzaam in een tevreden glimlach.

'Precies,' zei hij. 'Laten we die klootzak maar eens een schep gaan geven.'

HOOFDSTUK 31

Eddie Pinero trok snel aan de gesteven manchetten van zijn Armani-overhemd en keek naar de drie mensen in de verhoorkamer. Kijk eens wie we daar hebben, The Three Stooges!

Als hij ze stuk voor stuk had kunnen omleggen en daarmee was weggekomen, had hij het zeker gedaan. Zonder met zijn ogen te knipperen. Hij zou de trekker zelf overhalen, en er nog bij glimlachen ook.

Vooral Sorren, die Eliot Ness-imitatie!

Eén ding wist Pinero zeker: als de openbaar aanklager niet zo op de georganiseerde misdaad geilde, zou híj niet op weg zijn om twee tot vier jaar de bak in te gaan. Natuurlijk had zijn vorige advocaat, Marcozza, niet bepaald geholpen. Pinero begreep nog steeds niet hoe zijn consigliere had kunnen laten gebeuren dat hij op grond van een paar in elkaar geflanste aanklachten wegens woekerrente achter de tralies zou verdwijnen. Tijdens de rechtszaak leek het wel alsof Marcozza er met zijn hoofd niet bij was.

Pinero had nu een nieuwe advocaat, Conrad Hagey, die onder New Yorkse strafpleiters de 'witteboordenridder' werd genoemd. Normaal gesproken bestond zijn clientèle uit Wall Street-jongens en hoge pieten uit het bedrijfsleven: vrijwel allemaal blanke protestantse Amerikanen. Hagey had Pinero's verzoek om hem te vertegenwoordigen in eerste instantie dan ook afgewezen, want hij wilde niet dat zijn goede naam werd besmeurd.

Dat was voor Pinero het moment geweest om zijn cheque-
boekje en zijn met diamanten ingezette Montblanc tevoorschijn te halen. Zes nullen later veranderde Hagey van gedachten. Grappig, hoe dat werkt.

'Heren,' begon Hagey. 'Ik wil voor de goede orde herhalen
dat mijn cliënt hier op basis van vrijwilligheid is en hier ook
beslist weer op basis van vrijwilligheid zal vertrekken. Verder
wil ik beklemtonen dat deze bijeenkomst maar één doel dient,
en het beantwoorden van vragen over de dood van zijn...'

'De moord op,' onderbrak Sorren.

'Pardon?' vroeg Hagey.

'Vincent Marcozza is vermoord. Net als de twee agenten van
de politie van New York City. Ze zijn vermoord, alle drie.'

'En ik leef mee met hun nabestaanden,' mengde Pinero zich
in het gesprek.

'Dat zal wel, ja,' zei Sorren spottend. 'U bent er echt kapot
van, hè?'

Hagey vervolgde zijn inleiding nadat hij de palm van zijn
hand naar Pinero had opgeheven. 'Tijd om met de vragen te
beginnen,' zei hij voordat hij zich tot Sorren wendde. 'Is dat
goed, meneer de burgemeester?'

Sorren glimlachte om de steek onder water, maar liet zich
niet in de kaart kijken. Hij wilde graag met Pinero in de clinch
gaan, maar niet over zijn eigen politieke ambities. Echt niet.
Laten we met de vragen beginnen.

'Heeft u enig idee wie wilde dat Marcozza zou sterven?'
vroeg Sorren om te beginnen. 'Dat wil zeggen, naast uzelf?'

'Ik hield van Vincent,' antwoordde Pinero vinnig. 'We waren
goede vrienden, al heel lang.'

'Ook nadat hij van uw laatste rechtszaak een puinhoop had
gemaakt? Ik bedoel, dat was echt knoeiwerk. Maar dat hoef ik
u niet te vertellen – u was er zelf bij.'

Pinero wendde zich tot Kimberly Joe Green, de hulpaanklager. Green was in die zaak als aanklager opgetreden. 'Uw baas

geeft ú niet veel krediet, vindt u wel?'

Green hapte niet. Ze wachtte tot Sorren verderging – en dat deed hij.

'Meneer Pinero, wie zou het, als u en Marcozza zo goed bevriend waren, in zijn hoofd durven te halen om hem te vermoorden – en u zo teleur te stellen?' vroeg Sorren.

'Dat is een verdomd goede vraag,' antwoordde Pinero. 'Althans, dat denk ik. Ik zal het nieuws blijven volgen, misschien kom ik erachter. Over het nieuws gesproken, hoe gaat het met dat verslaggevertje van u? Brenda Evans? Lekker ding heeft u daar, als ik het mag zeggen.' Hij boog zich over de metalen tafel, zijn armen voor de borst. 'Hoor eens, denkt u nou echt dat ik zo stom ben om mijn eigen advocaat om te laten leggen?'

Sorren haalde quasionverschillig zijn schouders op. 'Stom? Dat weet ik niet. Kwaad? Misschien wel, ja.' Hij richtte zich tot Hagey. 'Ik zou maar oppassen met deze kerel, raadsman. Of u moet ervoor zorgen dat u geen zaak verliest. Zoals deze bijvoorbeeld.'

'Maakt u zich geen zorgen,' zei Hagey, die in een vorig leven aanvaller van het basketbalteam van Princeton was geweest. Hij had zijn portie elleboogstoten ontvangen, en zelf ook de nodige uitgedeeld. 'Het enige wat ik hier tot nog toe heb gehoord, is een hoop gepraat en nul bewijs. U weet toch nog wel wat bewijs is, meneer Sorren?'

'Inderdaad, dat weet ik nog,' zei Sorren. 'En ik weet het niet alleen, ik heb het ook.'

Pinero barstte onmiddellijk in lachen uit. Hij bescheurde zich, alsof hij vooraan zat in Caroline's Comedy Club. Hij bleef net zo lang lachen tot iedereen in de verhoorkamer hem aanstaarde.

Dit was wel de laatste reactie die Sorren had verwacht, en dat wist Pinero maar al te goed. Of eigenlijk was het de op een-na-laatste.

Het klapstuk kwam nu pas.

'En is nu dan het moment aangebroken waarop u ons de opname uit Lombardo's laat horen?' vroeg Pinero. 'Tjonge, ik kan niet wachten.'

Sorrens gezicht sprak boekdelen. Hij kon het niet verbergen. Hoe was het in godsnaam mogelijk dat Pinero van de opname af wist?

Pinero trok weer aan de manchetten van zijn overhemd en leunde achterover in zijn stoel, op zijn gezicht een zelfgenoegzame grijns die zich tot aan de porseleinen kronen op zijn achterste kiezen uitstrekte.

'Wat is er, Sorren?' vroeg hij. 'Ben je je tong verloren?'

HOOFDSTUK 32

'Eén hotdog, graag, met alles erop en eraan,' zei ik. Volgens culinaire snobs staat het in New York op straat bestellen van een hotdog gelijk aan een potje Russische roulette met je spijsverteringskanaal. Zal best. Maar is er een betere manier om uit te vinden of je deze stad misselijkmakend vindt?

Ik ben er zelf nooit ziek van geworden. Dat wil zeggen, één keer, misschien. Maar dat was op de Staten Island Ferry.

Het was iets na twaalven en ik kwam net van de burelen van de *Daily News* op West 33rd Street, waar ik bij mijn vriend Ira een nieuw shot Yankees-tickets had gescoord. Ik had hem jaren geleden aan een baan als sportverslaggever geholpen en sindsdien zorgt hij regelmatig voor kaartjes voor de eerste rij achter de dug-out van de Yankees, vlak naast de plek waar Rudy Giuliani altijd zit. Dat is mijn quid pro quo.

'Alsjeblieft,' zei mijn hotdogman vanachter zijn karretje. Hij stelde zichtbaar eer in zijn werk – het broodje was een meesterwerk van laagjes ui, ketchup, mosterd en zuurkool; ik vertrouwde er maar op dat de hotdog zelf daar ergens onder zou zitten.

Niet dat het er op dat moment erg veel toe deed – ik stierf van de honger, want ik had mijn ontbijt die ochtend overgeslagen en was meteen aan het werk gegaan. Maar toen ik 33rd Street in liep en me op de hotdog wilde storten, hoorde ik achter me een stem. 'Hé, jij bent toch Nick Daniels?'

Het gebeurt me niet vaak dat ik op straat herkend word. Het

overkomt me misschien één, twee keer per jaar, vooral dankzij het feit dat mijn foto iedere week in het colofon van *Citizen* staat.

Ik zou liegen als ik beweerde dat dit soort ontmoetinkjes mijn ego niet een greintje streelden, maar deze keer kon de timing niet slechter zijn.

Ik draaide me met mijn hotdog in mijn hand om en bad dat deze vent, wie hij ook mocht zijn, het niet over een van mijn artikelen wilde hebben.

Bleek dat hij helemaal niet wilde praten.

Er stond een kleerkast voor me met een donkere zonnebril op en gehuld in een sweatshirt van de New York Knicks. Tenminste, ik dacht dat het van de Knicks was, maar het oranjeblauwe logo was nog verder verbleekt dan het team zelf sinds die James Dolan het een paar jaar geleden had overgenomen en alles had verpest.

'Inderdaad, ik ben Nick Daniels,' zei ik. Wat kan ik voor je doen?'

'Stap in die auto!' antwoordde hij.

Hè? Wat?

Hij gebaarde met een rukje van zijn kin naar het gebutste zwarte busje dat langs de stoep stond. De zijdeur stond al open. Als om me een beetje aan te moedigen, tilde hij zijn sweatshirt een stukje op en liet zien dat er een pistool tussen zijn spijkerbroek en zijn uitpuilende buik zat.

Ik verstijfde. Gebeurde dit echt? Buiten, op straat, op klaarlichte dag?

Nou en of het echt gebeurde!

Voor het geval ik nog twijfelde, sloeg de kleerkast de hotdog uit mijn hand. De uitjes, ketchup, mosterd en zuurkool kwakten op de stoep.

En dat kleverige, akelige rommeltje midden in Manhattan deed me ergens aan denken.

Aan mezelf.

Ik ging een ritje maken.

HOOFDSTUK 33

Ik kon het niet helpen, maar ik dacht: dus dit was het dan. Zo ziet mijn dood er dus uit. Wat een giller.

Niet op de vlucht voor de Janjaweed in Darfur, niet geveld door de tyfus die ik een paar jaar geleden in India opliep toen ik aan een artikel over minister-president Manmohan Singh werkte, nee, ik leg het loodje in mijn eigen achtertuin, New York City. En dat vanwege een opname die ik niet had mogen maken.

Christus nog aan toe, hoe was Eddie Pinero zo snel van mij op de hoogte gebracht? Aan de andere kant, verbaasde het me? Hij had waarschijnlijk meer mensen op zijn loonlijst staan dan de NYPD.

'Waar nemen jullie me mee naartoe?' vroeg ik vanachter uit het busje. Ik zat op de metalen vloer. Er waren geen zitplaatsen.

Er waren ook geen antwoorden van mijn ontvoerders.

Mijn begeleider in het sweatshirt van de Knicks zat voorin op de passagiersstoel. Zijn donkere zonnebril was mijn kant op gedraaid, en zijn mond zat stevig dicht. Nadat hij mijn mobiele telefoon had opgeëist en ik hem die met tegenzin had overhandigd, had hij geen woord meer gezegd.

Hetzelfde gold voor de bestuurder, een grote kerel met een babyface, althans, van opzij gezien. Hij zag er niet ouder uit dan een jaar of eenentwintig. Op zijn rechterarm zat een grote, ogenschijnlijk nieuwe tatoeage van het Harley-Davidson-logo. Het oranje was zo fel dat het wel leek alsof de inkt nog nat was.

Ik vroeg opnieuw waar we naartoe gingen, en uit hun aanhoudende stilzwijgen maakte ik op dat er nog engere dingen waren dan dat je te horen krijgt dat je gaat sterven.

Dat je het níet te horen krijgt.

Gedurende een minuut of twintig was ik alleen met mijn gedachten en begon de paniek zich van me meester te maken. Vanaf de vloer van het busje kon ik de voorruit niet zien, maar ik merkte dat we New York uit waren, want voor de stad reden we te snel. Het busje was oud, de ophanging naar z'n grootje. Ik voelde elke hobbel en elke kuil in het wegdek.

We gaan zeker naar een of andere afgelegen, verlaten stortplaats, hè?

Het stond voor mij vast dat ze me daarnaartoe brachten. Brooklyn uit. Naar een of andere uithoek. Ik kon het al bijna ruiken – een godvergeten vuilstortplaats waar de stank zo zwaar was dat hij er als een mist boven bleven hangen.

'Op je knieën!' zou een van hen bevelen. Ik kon de woorden al horen, koud en genadeloos.

Zouden ze me de andere kant op laten kijken?

Welnee, deze verrotte klootzakken niet. Niet als ze voor Eddie Pinero werkten. Ze zouden me zo voor mijn raap schieten, één kogel, door mijn hersens. En ze zouden me er waarschijnlijk recht bij aankijken ook.

O god. Mijn ogen! Waren ze van plan mijn ogen uit te snijden?

Ik begon te zweten, en ik beefde, ik was zo bang als de pest. Maar meer dan dat was ik ervan overtuigd dat ik moest proberen aan deze monsters te ontsnappen.

Maar hoe? Ze hadden mijn mobiele telefoon, en ten minste een van hen droeg een wapen. Wat kon ik doen?

Toen wist ik het weer.

Kleinmaken en doorrollen! Het vervolg op de aflevering in de woestijn.

De hendel van de schuifdeur zat voor me. Als ik erbij kon

voordat meneer Knicks me kon tegenhouden, kon ik springen, en misschien was ik hen dan te snel af en kon ik nog een dagje bijschrijven.

Natuurlijk moest ik de sprong wel eerst overleven. En dit keer zou ik niet op het woestijnzand van Darfur landen.

Maar dan nog waren mijn kansen groter dan wanneer ik in het busje bleef, waar of niet? Met mijn kansen was het klote gesteld. Maar ik kon toch niet zomaar uit een snel rijdend busje springen?

Toch wel – ik had geen keus.

Daar ga je dan.

Op weg naar mijn níet-dood.

Ik ademde diep in en perste de lucht mijn longen in, langs mijn hart dat zo hard klopte dat ik er zelf bang van werd.

Langzaam en voorzichtig bewoog ik mijn rechtervoet zodat ik me kon afzetten voor mijn sprong naar de schuifdeur. Ik kon het maar één keer proberen, een tweede kans kreeg ik niet. Mijn timing moest perfect zijn.

Bij drie, Nick, oké? Je kunt het. Je hebt het eerder gedaan…

Ik telde af, de adrenaline werd naar iedere vezel van mijn lichaam gepompt.

Drie…

Twee…

Eén…

HOOFDSTUK 34

Stop!

Het busje maakte een haarspeldbocht, de banden piepten en slipten verder over wat grind leek te zijn.

Meneer Harley-Davidson achter het stuur trápte niet op de rem, hij ramde er dwars doorheen. Newtons derde wet van beweging deed de rest. Ik tuimelde voorover door het busje en mijn hoofd sloeg tegen de metalen vloer.

Maar in plaats van sterretjes en tjilpende vogels zag ik het volle zonlicht – de schuifdeur van het busje was met een roestig schurend geluid opengeschoven.

En uit dat zonlicht stapte een figuur naar voren die mij hartelijk welkom heette.

Eddie 'de Prins' Pinero.

Hij gebaarde me het busje uit te komen. Hij stak me zelfs de helpende hand toe. De helpende hand? Hier klopt iets niet. Wat is dit?

'Dit' was, zoals al snel bleek, de oprijlaan van wat waarschijnlijk zijn huis was. Ik wist niet wat ik zag. Het was eerder een landgoed. De tuin was weelderig, het uitzicht op het water werd gevangen door een smeedijzeren hek, enorme stenen muren en een parade van gewapende bewakers, waardoor het domein me nog het meest deed denken aan een kruising tussen de huizen van de Kennedy's en de Corleone's.

'Heel vriendelijk dat u naar me toe heeft willen komen, meneer Daniels,' zei Pinero. 'Dat waardeer ik ten zeerste.'

'U zegt het alsof ik een keus had,' zei ik, waarna ik meteen spijt had.

Maar Pinero vond het wel amusant. Althans, hij glimlachte. 'Ik hoop niet dat ik een verkeerde indruk heb gegeven,' zei hij. 'Ik wilde alleen zeker weten dat we elkaar in een vertrouwelijke ambiance konden spreken. Kan ik u iets te drinken aanbieden? Een Laphroaig, misschien? Vijftien jaar oud?'

Hij wist wat ik dronk. Wat wist hij nog meer over me?

'Goed,' zei ik. 'Prima. Een Laphroaig lijkt me heerlijk.'

Pinero knikte naar meneer Knicks, die in het enorme tudorhuis met de schitterende, aan de zijkanten doorlopende veranda verdween. Even later nipte ik van een genereuze Laphroaig uit een geslepen kristallen tumbler met de initialen EP erin.

Voor het eerst sinds ik in het busje was gestapt, stond ik het mezelf toe te denken dat ik zowaar de volgende dag zou meemaken. Maar op mijn gemak voelde ik me nog absoluut niet. Ik was niet bij Pinero om het over het weer of de laatste aflevering van The Sopranos te hebben: Wat denk jij, wordt Tony vermoord of niet?

'Kom, Nick, laten we een wandelingetje maken,' zei Pinero. 'Neem je whisky mee. We moeten praten. Maak je geen zorgen, ik zal je geen haar krenken. Je bent bij mij. Veiliger kan het niet.'

HOOFDSTUK 35

Ik nam nog een slok scotch en zag dat Pinero niet met me mee-dronk. Ik zag ook dat hij niet in een van zijn chique pakken met zijn handelsmerk, de zwarte pochet, rondliep. Het was onmogelijk níet te zien wat hij droeg – een koningsblauw Fi-la-trainingspak. Ik volgde Pinero naar de waterkant, waar de korte golfjes van de Rockaway Inlet tegen de pier die bij zijn be-zittingen hoorde klotsten. Hij stak een sigaret op en inhaleerde diep. Daarna blies hij langzaam uit.

'Goed, Nick, dat tafereel waarvan je daar in Lombardo's ge-tuige was, moet behoorlijk schrikken zijn geweest,' begon hij met een knikje. 'Niet iedereen is van zo dichtbij getuige ge-weest van moord. Bloedstollend, vind je niet?'

'Dat lijkt me de juiste bewoording,' zei ik.

'De juiste bewoording? Ik neem aan dat dat uit de mond van een groot schrijver een compliment is. Dus je was daar voor een interview met Dwayne Robinson?'

'Ja.'

Hij schudde bedroefd zijn hoofd. 'Trieste geschiedenis. Al dat verspilde talent, doodzonde.'

Ik antwoordde niet. Mijn gedachten werden volledig in be-slag genomen door de vraag waartoe dit gesprek moest leiden. Pinero was duidelijk op de hoogte van de opname en de be-tekenis ervan voor hem. In plaats van een tijdje voor woeker-praktijken te moeten zingen, dreigde er nu een proces wegens moord. Waarom wilde hij mij daarover spreken?

Ik besloot niet om de hete brij heen te draaien en ter zake te komen. 'Meneer Pinero, waarom ben ik hier precies?'

De man die de Prins werd genoemd trok lang aan zijn sigaret, zonder zijn blik ook maar een fractie van een seconde van mij af te wenden. Hij knipperde zelfs niet met zijn ogen. Toen legde hij het op kalme toon uit.

Hij wilde me niet vermoorden. Hij wilde me helpen.

Of liever gezegd, waarschuwen.

'Nick, ze hebben me erin geluisd,' zei hij. 'En dat wil zeggen dat ze jou er ook in hebben geluisd. Ik wil graag dat jij me helpt uit te zoeken wie ons probeert te naaien. Ik wil samenwerken, Nick.'

HOOFDSTUK 36

In eerste instantie ging ik er blind van uit dat die gladjakker van een Eddie Pinero een eersteklas potje uit zijn nek had lopen lullen. Hij stond tenslotte aan het hoofd van een maffiafamilie en was bepaald geen schoolvoorbeeld van iemand die het smalle rechte pad had bewandeld. Het mocht duidelijk zijn dat hij een beroep deed op mijn journalistieke instinct en hoopte dat hij mijn nieuwsgierigheid zou prikkelen, zodat ik me verder in de gebeurtenissen in Lombardo's zou verdiepen. Zelf kon hij zijn eigen onschuld niet bewijzen, ik misschien wel.

Al met al was het zo klaar als een klontje. En toch was hij in zijn opzet geslaagd. Om te beginnen had hij me aan het denken gezet. Eigenlijk had die vent mij gewoon door zijn zware jongens laten ontvoeren, maar toch ging ik niet linea recta naar de politie. Wat had ik daar ook moeten doen – een aanklacht indienen?

Nee, in plaats van naar de politie te gaan, keerde ik later die dag doodleuk terug naar Lombardo's Steakhouse, aangetrokken als ijzer door een magneet.

Ik had nog niet geluncht, maar een flinke porterhouse was wel het laatste waaraan ik behoefte had.

Nee, dat vreemde gevoel in mijn buik werd niet veroorzaakt door honger, maar door de gedachte dat het wel erg toevallig was dat ik juist die dag was gevraagd Dwayne Robinson in Lombardo's Steakhouse te interviewen. Of moet ik zeggen dat het misschien juist niet toevallig was?

Dat alles een beetje té goed uitkwam?

Daarom wilde ik mijn nieuwe vriendin Tiffany nog eens spreken.

Toen ik aankwam, wilde ze net de deur uit gaan. Het was halfvier; de lunch was afgelopen. De eetzaal was zogoed als leeg.

'Heb je even?' vroeg ik. 'Het spijt me dat ik je alweer stoor. Ik weet van geen ophouden.'

'Geen probleem, hoor. Wat kan ik voor je doen?'

Maar ze zag er niet bepaald uit alsof het geen probleem was. Het leek er eerder op dat ze zich rot schrok – ze wierp zelfs een blik over haar schouder om te kijken of iemand ons zag.

'Gaat het wel?' vroeg ik.

'Wat?' vroeg ze terwijl ze me weer aankeek. 'O... hm, ja, prima.'

Daar was ik niet van overtuigd, maar ik vervolgde toch.

'Ik hoopte dat je nog iets voor me zou willen uitzoeken,' zei ik. 'Je zei vorige keer dat Dwayne Robinson hier de dag voordat Vincent Marcozza werd vermoord ook was, maar niet aan tafel ging. Ik vroeg me af... Heeft Marcozza hier die dag ook geluncht?'

'Waarschijnlijk wel,' antwoordde ze snel. 'Hij lunchte hier bijna dagelijks. Soms kwam hij dan ook nog dineren. Meneer Marcozza was een goede klant.'

'Zou je het voor me willen nakijken? Dat van die dag voor de moorden? In je reserveringsboek misschien?'

Opnieuw wekte ze de indruk er met haar hoofd niet bij te zijn. Het leek alsof mijn vraag haar overrompelde. Wat is er aan de hand, Tiffany? Nadat ze nog een keer over haar schouder had gekeken, gebaarde ze me haar te volgen.

We liepen naar het reserveringsboek. 'Dat was donderdag, toch?' vroeg ze.

Ik knikte en keek toe hoe ze een paar bladzijden terugbladerde en haar wijsvinger met de robijnrode nagellak over de lijst met reserveringen gleed. Ik maakte gebruik van mijn gave om ondersteboven te lezen en keek mee of ik Marcozza's naam zag.

Maar ik zag hem niet. En Tiffany zag hem evenmin.

'Hm,' zei ze. 'Ik geloof dat hij er niet was, die dag. Dat kwam niet vaak voor.'

'Wie was er welke dag niet?' klonk een scherpe stem achter Tiffany.

HOOFDSTUK 37

Het was de manager van Lombardo's. Jack, toch? Nee, Jason. Aan zijn stem te horen had hij net zo goed de heer Bloedlink kunnen heten. Tiffany verstijfde achter het katheder, als een hert in het schijnsel van koplampen.

Dat leek mij het teken om haar de helpende hand te bieden. 'Mijn schuld. Ik wilde alleen even weten of Vincent Marcozza hier de dag voordat hij werd vermoord óók heeft gegeten. Dat is alles. Niets geheimzinnigs.'

Ik had verwacht dat de man me zou vragen waarom ik dat wilde weten, maar dat deed hij niet. Hij zei alleen: 'Het is ons beleid vertrouwelijk met de reserveringen van onze gasten om te gaan, meneer Daniels.'

Jason kende mijn naam. Dat was vreemd. We waren niet aan elkaar voorgesteld. En we hadden geen visitekaartjes uitgewisseld.

'Mijn excuses,' zei ik. 'Dat wist ik niet.'

'Nee, maar Tiffany wel,' zei hij en hij wendde zich tot haar.

Ze stak verontschuldigend haar handen op. 'Jason, ik weet dat je hebt gezegd...'

Hij onderbrak haar. 'Ik wil het niet horen.'

'Maar...'

'Hou je mond!' blafte hij het arme meisje toe. 'Je bent ontslagen.'

Ontslagen? Dat kun je niet menen.

'Waar slaat dat nou op?' vroeg ik stomverbaasd. 'Ze wilde

me alleen maar helpen. Ik was hier ook klant. Sterker nog, ik bén een klant. Ik wilde een biefstukje gaan eten.'

Mijn nieuwe beste vriend Jason keek me aan alsof ik wat hem betrof dood kon vallen. 'Had ik het tegen jou?'

'Nu in ieder geval wel,' zei ik.

Hij deed twee stappen naar voren, zodat hij pal voor mijn gezicht kwam te staan. Hij stond zo dichtbij dat ik kon ruiken welke kauwgom hij in zijn mond had. Wintergreen.

'In dat geval,' zei hij tussen zijn op elkaar geklemde kaken door, 'wil ik dat je heel goed luistert, oké? Mijn restaurant uit! En waag het niet om terug te komen.'

Hm… De klant is dus niet altijd koning. Laat staan welkom.

'Wat had je in gedachten?' vroeg ik. 'De politie bellen?'

'Niet als jij het niet doet,' kaatste hij terug.

Ik kon niet bepaald zeggen dat ze me om advies hadden gevraagd toen ze de knokscènes in *Fight Club* gingen draaien, maar ik had genoeg vechtpartijen meegemaakt om te weten wat hij bedoelde. Die lul daagde me uit.

Hou je hoofd koel, Nick. Eerst praten, dan pas slaan.

'Hoor eens,' zei ik, 'er is geen enkele reden om dit uit de hand te laten lopen.'

Maar dat had ik nog niet gezegd of hij greep de revers van mijn jasje en duwde me achteruit. 'Ik geloof dat je me niet goed hebt begrepen,' zei hij.

O nee, ik begrijp je uitstekend.

Wat nou, praten?!

Ik zette mijn hakken in de vloer en gaf Jason de duw waar hij zo nadrukkelijk om had gevraagd. Hij balde zijn vuisten en ik kreeg het gevoel dat we in een ijshockeywedstrijd van de Rangers in Madison Square Garden waren beland.

We hadden de poppen aan het dansen, of ik het nou leuk vond of niet.

Kabeng!

Hij deelde een rechter uit, die mijn kaak raakte. Het was een vuile stoot, en echt nergens voor nodig. Goed, makker, als je het op die manier wilt spelen… Ik haalde vol uit – maar raakte alleen lucht: Jason was misschien niet groot, maar wel snel. Te snel om een beetje om hem heen te dansen.

Tijd om te improviseren.

'Nick, voorzichtig!' riep Tiffany vanaf de zijlijn. Nou, dat was ik wel van plan.

Ik liet mijn hoofd zakken, stormde op hem af en sloeg mijn armen om zijn middel. We denderden de eetzaal in, zijn voeten scheerden over de vloer terwijl ik door bleef duwen, als in een footballscrimmage.

En toen, geraas!

Een tafel voor twee, alstublieft!

Of weet u wat? Doet u er maar twee. We ramden de eerste omver en vlogen door, tot we boven op het tafeltje erachter terechtkwamen. De borden en het bestek vlogen in het rond, en wij vielen op de grond en rolden heen en weer terwijl we elkaar slagen toedienden.

En nu deelde ik er heel wat meer uit dan ik moest incasseren. Een mooie rechter op zijn kaak. Nog een rechter op het kuiltje in zijn kin. 'Je hebt erom gevraagd,' schreeuwde ik hem in het gezicht. 'Jij moest het zo nodig uitvechten.'

Echt, dit was nog beter dan een ijshockeygevecht. Op het ijs zouden de scheidsen ons nu wel uit elkaar hebben gehaald.

Zo niet hier.

Jason en ik begonnen echt goed warm te draaien.

HOOFDSTUK 38

'Tjonge, jij hebt me het weekje wel,' zei Courtney terwijl ze het opgedroogde bloed onder mijn neus voorzichtig met een vochtig doekje depte. 'Nog even en ze vernoemen een actieheld naar je.'

We zaten samen op de bank in mijn werkkamer op de redactie van *Citizen*. Ik, de patiënt. Courtney, de bezorgde, prachtig mooie verpleegster. Met een verrassend zachte hand, ook dat nog. En ze had Chanel op.

Uiteindelijk waren we toch door een paar scheidsrechters uit elkaar gehaald. De souschef en een bordenwasser hadden de commotie gehoord en waren de keuken uit gerend. Anders zou ik vet op punten hebben gewonnen.

Dat is mijn versie, en daar blijf ik bij!

Althans, voor de jongens in Jimmy D's Pub. Courtney was een ander verhaal. Ik ging deze onverwachte, warme, liefdevolle stroom medeleven echt niet in de waagschaal leggen. Zo dom was ik nou ook weer niet. Trouwens, ik was verliefd op haar. Smoor en hopeloos, vrees ik.

'Ik ben nou eenmaal nooit zo'n vechtjas geweest,' zei ik terwijl ik met mijn ogen rolde.

'Arme jongen,' lispelde ze, het spelletje meespelend. 'Waarom begint die manager dan ook zomaar met je te vechten?'

'Daar ben ik nog niet helemaal uit,' zei ik. 'Het is vreemd, Courtney, heel vreemd. Ik stuit op het ene raadsel na het andere.'

Ik kon me niet aan de indruk onttrekken dat Jason orders

had. Van iemand die niet wilde dat ik daar rondsnuffelde. Maar wie was dat?

Dat was één vraag die me bezighield. In de nasleep van mijn geluidsopname uit Lombardo's waren nog meer vragen gerezen.

Maar ik lag daar met mijn ogen dicht en het enige waar ik op dat moment aan kon denken was hoe oogverblindend mooi Courtney was. Ze zat vlak bij me, haar haar streek over mijn schouder. Ten slotte kon ik me niet langer inhouden.

'Ik hou van je,' zei ik.

Ik flapte het er gewoon uit – zo, recht voor z'n raap. Ik weet niet precies wat ik dacht. Of eigenlijk dacht ik níet.

Even was daar de hoop dat ze 'Ik hou ook van jou' zou antwoorden. Maar het volgende moment was die hoop de bodem in geslagen – en die klap kwam harder aan dan alle tikken die Jason in het restaurant had uitgedeeld.

Het leek wel alsof ik opeens met ebola of de varkenspest was besmet.

Courtney sprong op van de bank en schoot naar de andere kant van mijn werkkamer. Ze schudde haar hoofd. 'Nee,' zei ze. 'Nee, nee. Zeg dat niet, Nick. Ik wou dat je dat niet had gezegd. Ik zou echt willen dat je dat niet had gezegd.'

'Waarom niet, Courtney? Zeg me waarom niet.'

'O, in godsnaam, Nick! Omdat ik verloofd ben!'

'Maar je houdt helemaal niet van hem.'

'Je vergist je, Nick. Ik hou wel van hem. Ik hou heel veel van Tom. Echt waar.'

Het deed pijn dat te horen, maar ik kon nu niet meer terug. Ze was te belangrijk voor me. Dat had ik eerder niet beseft, maar nu wel.

'Ik geloof je niet,' zei ik. 'Het spijt me, Courtney, maar ik geloof je gewoon niet.'

'Je moet me geloven, Nick.'

'Nee. Misschien wíl je van hem houden.'

Ik keek haar aan. Dat was genoeg. Het grote hete hangijzer hing weer in de kamer. Het was niet mijn bedoeling geweest; en de hare al helemaal niet. Maar het was gebeurd. Courtney en ik hadden met elkaar geslapen. We hadden de liefde bedreven. Het was niet zozeer lust geweest, al had die zeker meegespeeld, als wel liefde. Het was intiem geweest. Heel intiem. We hadden tot het ochtendgloren liggen praten.

'Ik heb al gezegd dat dat een vergissing was,' zei ze.

'Zo voelde het anders niet. Niet voor mij in ieder geval.'

'Voor mij wel, Nick.'

Ook die kwam hard aan. Ik stond op van de bank.

'Meen je dat?' vroeg ik. Ik deed mijn uiterste best geen smekende blik in mijn ogen te leggen.

'Ja,' zei ze.

'Weet je het zeker?' vroeg ik en ik deed een stap naar haar toe.

Ze stak haar hand op. 'Stop,' zei ze. 'Niet doen.'

Ik deed nog een stap. Dit keer zei ze geen stop. Ze zei niet 'niet doen'. Ze zei überhaupt niets. Ze keek me alleen maar aan, met die prachtige blauwe ogen.

Maar voordat ik nog een stap kon zetten, vloog de deur van mijn werkkamer open.

'Dus hier ben je!' zei Thomas Ferramore, Courtneys verloofde, de man van wie ze zei te houden.

HOOFDSTUK 39

Ik geloof niet dat ik het hem kwalijk kon nemen dat hij niet had aangeklopt en zich, zodra hij mijn kamer was binnen gestapt, gedroeg of het zíjn kamer was. De kamer wás namelijk van Thomas Ferramore. Het hele gebouw was van hem. Was er een betere manier om op de kosten van de huur van zijn *Citizen* te besparen dan het hele gebouw waarin de redactie zat gewoon op te kopen?

Ik stond toe te kijken hoe Ferramore, met zijn peper-en-zouthaar en zijn eeuwig bruine kop, op Courtney af beende en een kus op haar lippen drukte. Die leek een eeuwigheid te duren, en zou waarschijnlijk nog veel langer hebben geduurd als Courtney niet na een tijdje haar hoofd had teruggetrokken.

'Tom, wat doe jij hier?' vroeg ze. Goede vraag. Besefte Ferramore soms niet dat Courtney en ik net bezig waren op elkaar verliefd te worden?

'Wat denk je? De mooiste vrouw van de wereld opzoeken, natuurlijk.'

'Je begrijpt best wat ik bedoel,' zei ze terwijl ze speels met haar ogen rolde. (Bah.) 'Je zei dat je morgen terug zou komen.'

'Ik heb mijn plannen gewijzigd,' zei Ferramore. 'Ben je niet blij me te zien, Courtney?'

'Natuurlijk wel,' zei ze. 'Waarom zou ik niet blij zijn? Ook al zit ik op mijn werk.'

Hij had in Parijs moeten zitten om daar zijn nieuwste overname af te ronden. Ik wist niet beter of hij kocht de Eiffeltoren.

En nu stond hij daar in mijn kamer. U bent zich er toch wel van bewust dat u in mijn kamer staat, meneer Ferramore? En dat ik daar zelf ook ben?

Blijkbaar niet.

Niet totdat Courtney me de ongemakkelijkste blik van de wereld toewierp. Ze zei geen woord, maar haar gedachten waren net zo duidelijk als de bovenste regels van een leeskaart bij de oogarts: moet mijn verloofde nu echt binnenvallen op het moment dat een andere man me de liefde staat te verklaren?

Blijkbaar wel.

'Sorry, Nick, ik had je niet zien staan,' zei Ferramore die zijn ogen meteen daarna tot spleetjes samenkneep. '*Holy shit*, wat is er met je gezicht gebeurd?'

'Je zou die andere vent moeten zien,' zei ik – de grap was misschien belegen, maar in het onderhavige geval wel accuraat.

Ferramore was me met een droog lachje ter wille, maar richtte zijn aandacht meteen weer op Courtney, waarmee hij er geen misverstand over liet bestaan dat het hem geen zier kon schelen wat er met mijn gezicht was gebeurd.

Hij stak zijn handen uit en pakte die van Courtney. (Weer bah.) 'Eigenlijk, liefje, wil ik iets met je bespreken.'

Ik interpreteerde dat als een hint. (Shit.)

'Ik zal jullie even alleen laten,' zei ik terwijl ik een stap in de richting van de deur zette.

'Onzin,' zei Courtney. 'Dit is jouw kamer, Nick. Kom, Tom, we gaan wel naar mijn kamer. Nick heeft nog een hoop te doen.'

Voordat Ferramore zelfs maar instemmend had kunnen knikken, vulde mijn kamer zich met het geluid van Courtneys mobiele telefoon. Instinctmatig stak ze haar hand in de zak van haar Chanel-jasje, om te kijken wie het was.

Opeens veranderde Ferramores persoonlijkheid. Nu zag hij er angstig en bezorgd uit. Wat was hier aan de hand? Ging dit over mij? Over Courtney en mij?

'Wie is dat?' vroeg hij aan Courtney.

Ze leek even perplex te staan van het feit dat hij dat wilde weten, en het haar zo onbehouwen vroeg bovendien. 'Harold Clark,' antwoordde ze ten slotte.

Clark was een geroutineerde verslaggever van de *Associated Press*. Zijn bijnaam was 'Beaujolais' – hij stond erom bekend dat hij altijd de primeurs had.

'Niet opnemen!' schreeuwde Ferramore zo ongeveer.

'Waarom niet?' vroeg Courtney. 'Wat is er aan de hand, Tom?'

'Daar wilde ik het nou net met je over hebben, liefje.'

HOOFDSTUK 40

'Nog een kop koffie, Nick?' vroeg de serveerster de volgende ochtend achter de toog van de Sunrise Diner. Terwijl ze op mijn antwoord wachtte liet ze de glazen koffiepot in de lucht zweven, klaar om in te schenken.

'Heel graag,' zei ik. 'Dank je, Rosa.' Ik zou de extra cafeïne die dag nog hard nodig hebben.

Ik was er niet in geslaagd te achterhalen wat Courtney en Ferramore hadden besproken nadat ze mijn kamer hadden verlaten. Ik was zelfs zo bemoeizuchtig geweest dat ik Courtney erover had geprobeerd te benaderen, maar ik was er niet achter gekomen.

Ik was er niet in geslaagd haar te pakken te krijgen.

Courtney was de rest van de dag feitelijk gewoon – *pats!* – verdwenen. Haar voortreffelijke assistent, M.J., zei dat ze zonder een woord te zeggen naar buiten was gestormd. En 's avonds had ze haar telefoon thuis ook niet opgenomen.

En toen brak de volgende dag aan. En toen begreep ik alles.

Net als de rest van Manhattan, zo niet de wereld.

Iemand had een video op YouTube gezet. Het begon met het Franse topmodel Marbella, achter de schermen van een modeshow van Hermès in Parijs. De verpletterend knappe brunette had een cigarillo in de ene hand en een glas champagne in de andere, en hield het hoogtepunt van de nieuwe Jimmy Choo-schoenencollectie stevig in haar mond.

Een stem buiten beeld vroeg het topmodel wie de rijkste man

was met wie ze ooit het bed had gedeeld.

Ze nam de schoen uit haar mond, nipte van de champagne en nam een trekje van de cigarillo, keek recht in de camera en antwoordde met haar Franse accent: 'Thomas Ferramore. Met voorsprong!'

'En wanneer was dat?' vroeg de stem buiten beeld.

Ze giechelde en fluisterde: 'Vannacht.'

Oeps.

Ik had de video zelf niet gezien, maar het nieuws stond in alle kranten, en vooral in de *New York Post* die opengeslagen op de bar van de *diner* lag terwijl ik mijn zacht gebakken eieren met een stapeltje bruine toast verorberde. Hoe ik op mijn huidige gewicht van tachtig kilo blijf? Dankzij een uitstekend genenpakket. Een ander antwoord is er niet.

Hoe dan ook, natuurlijk vond ik het vreselijk naar voor Courtney dat ze zo'n publieke vernedering moest ondergaan, maar tegelijkertijd kon ik het niet helpen dat ik uit eigenbelang hoopte dat dit alles tussen haar en Ferramore zou veranderen.

'Neem me niet kwalijk, is deze telefoon van u?' hoorde ik opeens links van me.

Ik keek opzij en zag de man op de barkruk naast me. Hij moest daar net zijn gaan zitten, want hij was me nog niet opgevallen. Hij wees naar mijn iPhone, die tussen ons in op de bar lag.

'Neem me niet kwalijk,' zei ik en ik schoof hem naar me toe.

'Nee, geen probleem, hij lag niet in de weg. Ik wilde alleen zeker weten dat hij van u was en niet van degene die hier voor mij zat.'

'O,' zei ik. 'Bedankt. Hij is inderdaad van mij.'

Ik wilde al verder lezen, maar hij wees op het artikel over Ferramore.

'Verbazingwekkend, hè?' zei hij. 'Vindt u niet?'

'Inderdaad,' zei ik uit beleefdheid. Ik wist dat de bar van een diner nogal eens een vrijplaats voor gemeenschappelijke kletspraat is, maar ik wilde alleen maar ontbijten en in alle rust lezen om me vervolgens zo snel mogelijk naar mijn werk – en wat me die ochtend verder nog bij *Citizen* te wachten stond – te spoeden.

Maar de vreemdeling was nog niet klaar met zijn gebabbel. 'Dat is het probleem met die roddels,' zei hij. 'De mensen houden er te veel van hun neus in andermans zaken te steken. Maar goed, hoeveel sympathie moet je hebben voor een verloofde miljardair die niet met zijn poten van zo'n ordi Europees topmodel kan afblijven, toch?'

Ik zei niets. Ik wilde die vent niet te veel aanmoedigen.

Niet dat dat er iets toe deed.

'Heb ik gelijk of niet, Nick?' vroeg hij.

Hè?

Hij had niet alleen geen aanmoediging nodig, hij hoefde blijkbaar ook niet meer aan me te worden voorgesteld.

'Ken ik u?' vroeg ik.

'Nee, Nick, je kent me niet,' zei hij met een uitgestreken gezicht. 'Maar ik ken jou wel. En ik weet dat je groot gevaar loopt. We moesten maar eens even praten.'

HOOFDSTUK 41

Goed, je hebt officieel mijn aandacht. Laten we het bandje even terugspoelen. Wie ben jij, verdomme?

'Hoe heet je?' vroeg ik.

'Dat doet er niet toe,' zei hij.

'Voor mij wel. Vooral als je dit gesprek wilt voortzetten.'

Hij glimlachte, een echte brede New Yorkse grijns. Hij genoot. 'Goed, noem me dan maar... Noem me maar Doug. Wil je niet horen waarom je gevaar loopt, Nick?'

'Dat weet ik nog niet,' zei ik. 'Maar ik denk dat die twee agenten daar aan het eind van de bar het zéker willen horen. Zal ik vragen of ze even bij ons komen zitten?'

Ik moet toegeven dat ik behoorlijk met mezelf was ingenomen, dat ik over die twee geüniformeerde agenten was begonnen die een stuk of tien barkrukken verderop met een kop koffie aan de bar zaten.

Maar de onbekende – Doug? – nam zelfs niet de moeite om te kijken. Hij hield zijn blik onafgebroken op mij gericht.

'De laatste keer dat je met twee agenten in een restaurant zat, was anders geen daverend succes, toch? Nee, dat dacht ik toch ook.'

Opeens was ik een stuk minder zelfingenomen – en echt beschermd voelde ik me ook niet meer.

'Wat wil je?' vroeg ik. 'Waarom ben je me gevolgd?'

Hij schoof het revers van zijn sportieve colbertje naar achteren om me zijn holster te laten zien. Die zag er niet uit alsof hij leeg was, en ik had de laatste tijd genoeg pistolen gezien.

'Ik zou het op prijs stellen als je me vriendelijk vraagt waarom je gevaar loopt, Nick Daniels,' zei hij. 'Zeg: alsjeblieft. Zeg dat je het heel graag wilt weten.'

Ik keek naar de mensen om me heen. De Sunrise was, zoals gewoonlijk, afgeladen met mensen die kwamen ontbijten, net als Lombardo's tijdens de lunch.

Ik voelde het zweet letterlijk uit mijn poriën lopen. Niet goed.

'Vertel me alsjeblieft waarom ik gevaar loop,' zei ik met een bijna krakerige stem. De vreemdeling staarde me aan, maar zei niets. Hij wachtte.

'Ik wil het heel graag weten,' voegde ik eraan toe.

Hij boog zich naar me toe.

'Weet je wat nou zo interessant is?' fluisterde hij. 'Dat je zelf al weet wat het antwoord is.'

Hij tilde zijn kin op en inspecteerde mijn blauwe ogen en de zwellingen rondom mijn mond. Ze waren inmiddels naar een rijp, zachtpaars verkleurd. 'Sterker nog, je zou kunnen zeggen dat het zo van je gezicht is af te lezen.'

'Voor wie werk je?' vroeg ik.

'Waarom denk je dat ik voor iemand werk?'

Goede vraag, want hij leek niet het type dat te huur was. Of IBM zou de opdrachtgever moeten zijn. Deze man was gladgeschoren en zat strak in het pak. Hij zag er absoluut niet angstaanjagend uit. Eigenlijk zag hij er gewoon uit als... als een Doug.

Dat vond ik wél angstaanjagend.

'Het is duidelijk dat je van alles over me weet,' zei ik. 'Wat wil je dat ik doe? Vertel me wat je wilt.'

'We boeken vooruitgang,' zei hij met een tevreden knikje. 'Eindelijk. Ik wil dat je niets doet. Wat je je ook in je hoofd gehaald mag hebben, wat je ook bedacht mag hebben, zie ervan af. Ben ik duidelijk?'

'Ik denk het wel.'

'Mooi zo. Want als je niets doet, is er een kans – een kleine kans – dat je de zon nog een keer ziet opkomen. Dat je morgenochtend weer zit te ontbijten.'

Daarna stond hij op en liep weg, de deur uit, de diner uit.

Hij was verdwenen.

Maar zijn woorden stonden in mijn geheugen gegrift.

HOOFDSTUK 42

Twintig minuten later beende ik Hogan Place 1 binnen – dat gebouw staat ook bekend als het Openbaar Ministerie van het district New York County: David Sorrens tweede thuis.

'Goedemorgen,' zei ik tegen zijn secretaresse, een jonge vrouw met een enorme bos haar en een bijpassende houding. 'Nick Daniels. Ik kom voor meneer Sorren.' Ze reageerde alsof ik haar trouwceremonie verstoorde.

'En wie bent ú?' vroeg ze.

'Nick Daniels,' herhaalde ik. 'Ik kom voor David Sorren.'

'Dat had u gedacht.'

'Pardon?'

'Heeft u een afspraak met meneer Sorren?'

'Nee.'

'Verwacht hij u?'

'Nee.'

'Juist. Zoals ik al zei: dat had u gedacht.'

Leuk hoor, heel leuk. Maar zoals je misschien al hebt gemerkt, ben ik vandaag niet in de stemming voor grapjes. Ik ben een man met een missie. Mijn kookpunt is bereikt.

Ik stormde langs haar.

'Hé!' schreeuwde ze. 'Kom terug!'

Maar ze reageerde niet snel genoeg. Tegen de tijd dat ze uit dat rotbureaustoeltje van haar overeind was gekrabbeld, had ik de deur van Sorrens kamer al geopend. De grap was dat hij, toen hij van het dossier dat hij las opkeek en mij zag, zelfs niet met zijn ogen knipperde.

'Hé, Nick!' zei hij. 'Neem plaats.' Bijna alsof hij me wél had verwacht. 'Het is in orde, Molly.'

'Ja, Molly, het is in orde,' bauwde ik hem na. 'Niets aan de hand.'

Ik knipoogde naar zijn secretaresse, die me een vuile blik toewierp en de deur achter zich dichttrok. Toen deed ik datgene waartoe Sorren me had uitgenodigd. Ik ging tegenover hem aan zijn grote houten bureau zitten.

Eerlijk gezegd wist ik niet waar ik moest beginnen. Bij de dreigende man die ik net in de Sunrise Diner had 'ontmoet'? Bij mijn knokpartij met de manager van Lombardo's? Of bij de onthulling van de gastvrouw?

Maar Sorren bleek me voor te zijn. Net toen ik me begon te verontschuldigen voor het feit dat ik zomaar naar binnen was gestormd, onderbrak hij mijn gedachten.

'En, hoe verliep je bezoek aan Eddie Pinero?' vroeg hij. 'Dat is me het landgoed wel, hè, dat hij daar in Sheepshead Bay heeft? Misdaad loont dus wel. Asjemenou.'

Mijn mond viel open. Hoe wist hij dat ik daar was geweest? Toen schoot het me te binnen. 'Wordt zijn huis in de gaten gehouden? Staat Pinero onder surveillance?'

Sorren leunde achterover in zijn stoel en grinnikte ontspannen. 'Welnee. Dat zou te veel manuren kosten, en te veel overuren,' zei hij. Hij stak één vinger in de lucht. 'Er is een veel goedkopere manier.'

'Satellieten?'

Sorren bracht zijn vinger omlaag en tikte tegen zijn neus. Bingo.

'Het is eigenlijk een beetje ironisch,' zei hij. 'Die capo's praten graag buiten, om er zeker van te zijn dat we hen niet afluisteren. Ze weten alleen niet dat we tegenwoordig kunnen liplezen wat ze zeggen. Zo goed kunnen we hen zien.'

Hij nam me nog eens goed op en keek met samengeknepen ogen naar de blauwe plekken in mijn gezicht. 'Maar ik kan me niet herinneren dat je tijdens je bezoek klappen hebt opgelopen.'

'Heb ik ook niet – althans, niet daar,' verklaarde ik. Daarna vertelde ik Sorren de rest van het verhaal, de hele rataplan, alles wat ik had ontdekt sinds ik hem had gebeld om te vertellen dat ik een geluidsopname uit Lombardo's had.

Zo duidelijk als die satellietbeelden waren, zo duidelijk was ook dat ik alle reden had om bezorgd te zijn. Ja toch?

'Begrijp ik je goed,' zei hij met een verwarde blik in zijn ogen. 'Denk jij dat we de verkeerde hebben? Denk jij dat Eddie Pinero niets met de moord op Marcozza te maken heeft? Of met de twee agenten? Is dat je conclusie, Nick?'

'Ik weet het niet zeker. Ik zeg alleen dat ik zo mijn twijfels heb.'

Sorren zwaaide zijn zwarte gaatjesschoenen op zijn bureau, de onberispelijke hakken landden met een klap op het hout. Tot dan toe was hij onverstoorbaar en relaxed geweest. Nu kwam de felheid van die eerste keer weer naar boven.

'Ik begrijp jou niet,' zei hij hoofdschuddend. 'Eerst kom je met een ontstellend bruikbare geluidsopname aanzetten, waardoor hij er gloeiend bij is. En nu zeg je dat ik dat allemaal maar moet vergeten. Wat heeft dat te betekenen, Nick?'

'Ik vind helemaal niet dat je iets moet vergeten. Ik zeg alleen dat ik vind dat je er nog eens over na moet denken, dat is alles.'

'Er nog eens over nadenken?' vroeg hij met een dreunende stem. 'En waar moet ik dan over nadenken? Dat we hier alleen met harde, kille bewijzen werken, heeft een reden. Bewijzen spreken namelijk klare taal – net als de moordenaar op jouw opname. Weet je nog? "Ik heb een boodschap van Eddie".'

Voordat ik kon antwoorden begon de intercom op Sorrens telefoon te piepen. Het was zijn secretaresse, mevrouw Vuile Blik. 'Neem me niet kwalijk, meneer Sorren, maar ze wachten beneden op u.'

'Dank je, Molly. Ik kom eraan.' Hij keek me fel aan met een

blik van: wij zijn hier klaar, Nick. Voorlopig.

Sorren sprong overeind en griste zijn jasje van de stoel. Hij liet hem als de cape van een matador door de lucht zwaaien en trok hem aan.

'Goed, als je me nu wilt excuseren, ik moet een persconferentie geven,' zei hij. 'Een grote, wat dat aangaat. Misschien heb jij er ook belangstelling voor. Vanmorgen is Eddie "de Prins" Pinero gearresteerd voor de moord op Vincent Marcozza.'

HOOFDSTUK 43

Ik had nog liever een dubbele wortelkanaalbehandeling ondergaan dan dat ik die ochtend naar Sorrens persconferentie ging.

Maar aan het nieuws kon ik die dag niet ontsnappen. Het
was op alle nieuwszenders – niet dat dat me verbaasde. Amerikanen hebben altijd van een goed maffiaverhaal gehouden.

Maar was het verhaal dat David Sorren het publiek vertelde
het juiste verhaal? Was het de waarheid?

Bijna iedere nieuwszender had een fragment van Pinero met
handboeien om, gevolgd door een fragment waarin Sorren de
horde journalisten op de trap voor zijn gebouw toesprak. Sorren liet er in beeld en geluid geen misverstand over bestaan wie
er op het Openbaar Ministerie van New York County de baas
was.

Althans, op dat moment.

Als je hem daar tot in de puntjes verzorgd op de juiste plek
voor de camera's zag staan, was het niet moeilijk je hem in een
ander gebouw voor te stellen. Zoals het stadhuis. Qua timing
was Pinero's arrestatie de perfecte aanloop naar het moment
waarop Sorren bekend zou maken dat hij zich kandidaat stelde
voor het burgemeesterschap.

En, was mij in niet mis te verstane bewoordingen te kennen
gegeven, haal het niet in je hoofd om dat te verpesten.

Die avond werd er totaal onverwacht bij mij aangebeld. Wie
het ook mocht zijn, hij was erin geslaagd de huismeester die
nachtdienst had te passeren zonder zich aan te kondigen. Maar

eigenlijk kwam dat niet als een verrassing: pasgeboren baby's vallen minder vaak in slaap dan de man die onze voordeur bewaakt.

Ik keek door het kijkgaatje en kon mijn ogen niet geloven. Maar ze was het echt.

Brenda.

Het was al één ding dat ik haar op de benefietavond in de openbare bibliotheek tegen het lijf was gelopen, maar dit was andere koek.

'Wauw, twee keer per week,' zei ik terwijl ik opendeed. 'Net als vroeger.'

'Dat was dan twee keer te veel,' kaatste Brenda terug terwijl ze langs me heen de smalle gang in liep. Ze zette haar handen op haar heupen en draaide zich naar mij om. 'Waar denk jij verdomme mee bezig te zijn?'

'Wat zeg je? Waar heb je het over?'

'Doe niet alsof je nergens vanaf weet, Nick,' zei ze. 'Ik haat het als je dat doet. Dat was altijd al een probleem van je.'

Die zat. 'Heeft Sorren je gestuurd?' vroeg ik. 'Maakt hij zich zorgen over mij?'

'David weet niet eens dat ik hier ben. Hij zou me nooit vragen om voor hem te bemiddelen. Dat is nooit gebeurd ook.'

Zoals zo vaak was het moeilijk te zeggen of Brenda loog of de waarheid sprak.

'Maar hij heeft je dus wel verteld dat ik bij hem ben geweest?' vroeg ik.

'Ja,' antwoordde ze. 'David en ik zijn een stel, Nick. Stelletjes vertellen elkaar dingen.'

'Daar hoef je mij niet aan te herinneren,' zei ik.

Ze wist precies wat ik daarmee bedoelde. Ogenschijnlijk was onze relatie daarop stukgelopen.

Om een lang en pijnlijk verhaal kort te maken, ik had een belangrijk interview met Bill Gates gedaan en daarin vertelde hij voor het eerst over zijn beoogde pensionering bij Microsoft.

Dat vertelde ik Brenda diezelfde avond nog. Ik bedoel, iedereen weet toch dat alles wat tussen de lakens wordt gezegd binnen de slaapkamer moet blijven? Helemaal als je dat aan elkaar hebt beloofd.

Maar Brenda had haar vingers blijkbaar gekruist gehouden. De volgende dag zond ze het uit. 'Volgens een betrouwbare bron...' begon ze haar verhaal. Het was een groot succes daar bij de televisiemaatschappij waar ze werkte, ze scoorde er veel punten mee.

Maar mij had ze een dolk in mijn hart gestoken.

Ik wist meteen dat ik Brenda Evans nooit meer zou kunnen vertrouwen. Niet dat ik ooit het genoegen kreeg haar dat te vertellen. Vergeet het maar. Tien minuten na haar uitzending ontving ik een 'Beste Nick'-e-mailtje van haar. Inderdaad, ze maakte het uit. Per e-mail. Haar reden? Ik was niet zo gedreven als zij, ze had iemand nodig die dat wel was. Einde verhaal.

'Doe je dit om wat er tussen ons is gebeurd?' vroeg ze me nu. 'Want als je David gebruikt om het mij betaald te zetten, is dat erg oneerlijk tegenover hem.'

'Waarvan verdenk je me precies?' voelde ik me genoodzaakt te vragen.

'Ik ken jou, Nick. Ik weet dat jij op je intuïtie afgaat. Je weet van geen ophouden, ook al zit je er volkomen naast, zelfs al kom je totaal niet in de buurt.'

'Wat ik met jouw nieuwe vriendje heb besproken, is iets meer dan intuïtie. Ik zou weleens groot gelijk kunnen hebben. Er is bewijs, steeds meer bewijs.'

'En als je het nou eens mis hebt? Heb je er ook maar een seconde bij stilgestaan wat het voor David en zijn politieke toekomst betekent als je Pinero's schuld ter discussie stelt?'

Ik schudde mijn hoofd en schamperde: 'Wauw, je hebt het jurkje voor de inauguratie al in de kast hangen, hè?'

Als blikken konden doden was dit verhaal hier afgelopen.

'Dit draait niet om mij, Nick.'

'En daar vergis je je nou voor de volle honderd procent in, Brenda. Het draait altijd om jou, en dat zal het ook altijd blijven doen.'

Dat raakte, zacht gezegd, een gevoelige snaar. Ze kreeg meteen een knalrode kop en ze balde haar vuisten. Blijkbaar vond ze het tijd om de buren te wekken.

'*Fuck you!*' schreeuwde ze. 'Hoor je me? *Fuck you!* Wat ben jij een sukkel, Nick.'

En ze beende mijn appartement uit en stevende regelrecht op de lift af. Ze sloeg zo hard op de knop dat ze vast en zeker een nagel brak.

'Dit betekent zeker dat ik geen kerstkaart meer van je krijg?' vroeg ik vanuit de deuropening.

Hij was een beetje goedkoop, maar ik kon me niet inhouden. Zoals altijd maakte ze het slechtste in me los.

De liftdeur ging open en Brenda stapte de lift in – maar niet zonder het laatste woord te hebben en me de spreekwoordelijke trap onder de gordel te geven. Ze wist hoe ze een man, en mij in het bijzonder, pijn kon doen.

'Trouwens,' zei ze, 'mijn nieuwe vriend is veel beter in bed dan jij!'

Au.

HOOFDSTUK 44

Ik liep de volgende ochtend naar de stationshal van Grand Central Station en slalomde tussen de gonzende menigte van toeristen en mensen uit de voorsteden op een weekendtripje door. Ik moet zeggen dat ik het altijd een fantastisch gebouw heb gevonden en ik ben Jacqueline Onassis eeuwig dankbaar omdat ze het van de sloophamer heeft weten te redden.

Uit het niets botste ik tegen een jongeman met een rugzak over één schouder. Terwijl we ons in verkorte vorm maar beleefd verontschuldigden en weer ieder ons weegs gingen, viel mijn oog op zijn T-shirt. Er stond in grote blokletters RED DARFUR op.

Vanzelfsprekend moest ik meteen aan dokter Alan Cole denken en ik vroeg me af hoe het met hem ging, en waar hij uithing. Hopelijk zou hij binnenkort veilig thuiskomen.

Maar daarmee zou pas een van ons in een veilige haven zijn teruggekeerd. Na alles wat er sinds mijn terugkeer uit Darfur was gebeurd, zou ik bijna naar de relatieve rust van een Janjaweed-achtervolging verlangen...

Misschien keek ik daarom zo uit naar wat ik nu ging doen.

Even geen maffia, moord en doodslag of mysterieuze vreemdelingen die me lieten weten dat ik me met mijn eigen zaken moest bemoeien.

En daar waren alleen maar twee stoelen achter de dug-out in het Yankee Stadium, voor nodig. Een voor mij, en een voor het middelpunt van mijn bestaan: mijn nichtje, Elizabeth.

Volgens haar paspoort is ze veertien, maar dat zou je haar niet geven. Ze is opgeruimd en veel mondiger dan je op grond van haar leeftijd zou verwachten, en toevalligerwijs is ze ook nog eens het dapperste kind dat ik ken.

Correctie, ze is de dapperste méns die ik ken.

Elizabeths trein kwam precies op tijd sissend tot stilstand op spoor 40, en de lange rij deuren opende perfect gelijktijdig. De stormloop op de uitgang haalde het dan misschien niet bij die van een gewone, doordeweekse werkdag in de ochtendspits, maar ook nu waren er zoveel mensen dat ik haar niet meteen zag.

Maar opeens hoorde ik haar, of het vertrouwde geluid waarmee haar aankomst altijd gepaard ging.

Ik begon meteen te glimlachen. Ik zag haar. Zij zag mij niet.

Elizabeth zag niets.

Ze is al sinds haar vijfde blind.

'Je bent je vanghandschoen weer vergeten, hè?' vroeg ik toen ze dichterbij was gekomen.

Ze glimlachte haar stralende glimlach en wreef over haar sproeterige neus. 'En jij draagt weer eens te veel eau de cologne. Ik rook je al toen de trein het station binnen reed.'

Ik omhelsde haar en drukte haar stevig tegen me aan. 'Ik denk dat Jeter vandaag aan slag komt,' fluisterde ik. 'Ik voel het aan mijn water.'

'Ik denk dat hij twéé keer aan slag komt,' fluisterde ze terug. 'Laten we meteen gaan.' Toen deed ze wat ze altijd deed. Ze maakte zich los uit mijn omhelzing, zodat ze in haar eentje, met haar uitklapbare witte stok voor zich uit, kon lopen.

Tik-tik-tik...

Dát is mijn nichtje, Elizabeth.

De dapperste mens die ik ken.

En het perfecte tegengif voor alles wat er die week was gebeurd.

HOOFDSTUK 45

Je vraagt je misschien af of ik Elizabeth niet in gevaar bracht. Daar had ik wel over nagedacht, en ik had zelfs even overwogen ons gezamenlijke dagje af te zeggen, maar dat zou haar hart breken – en voor de maffia zijn vrouwen en kinderen altijd taboe geweest. Zo was de code.

Dus waren Elizabeth en ik samen – en zoals altijd trokken we de aandacht.

Ik begreep ook best dat mensen omkeken. Zelfs dat ze ongelimiteerd staarden. Wie neemt een blind meisje nou mee naar een honkbalwedstrijd?

Ze begrepen er niets van. Het leek wel alsof zíj blind waren.

Zien jullie het dan niet? Is er dan niemand die het ziet?

Honkbal is het kraken van de knuppel en brullen van de menigte, de geur van versgemaaid gras en hotdogs, het geknisper van de pindadoppen onder je voeten.

Elizabeth kon het spel niet met haar ogen zien, maar ze genoot er niet minder van dan de mensen die wel konden zien. Misschien genoot ze er wel meer van. Want terwijl anderen alleen maar keken, kon zij het voelen.

En aan haar brede glimlach had ik genoeg om daarvan verzekerd te zijn.

'En, hoe is het met Courtney?' vroeg Elizabeth toen het spits was afgebeten. We voerden onze gesprekken tussen de innings door. Mijn nichtje had Courtney een stuk of zes keer ontmoet, en ze waren dol op elkaar.

'Courtney vroeg me je de groeten te doen,' zei ik naar waarheid. Maar ik veranderde snel van onderwerp: 'Hoe is het met je moeder?'

'Mamma is eenzaam,' antwoordde Elizabeth. 'Maar ze houdt vol.'

Als ik mijn oudere zus, Kate, sprak, had ik nooit het gevoel dat ze helemaal eerlijk was. Elizabeth daarentegen zei het altijd zoals het was.

'Eenzaam, hè? Zoals in eenzaam en ongelukkig?' vroeg ik.

'Is er ook een ander soort eenzaam?'

'Daar heb je een punt.'

'Het wordt tijd dat ze iemand ontmoet,' zei Elizabeth. 'Ging Courtney niet trouwen?'

'Inderdaad, en met een hotshot ook nog. Je moeder heeft wel een paar afspraakjes gehad, toch?'

'Ja, een paar.'

Ik lachte. 'Het kost tijd, Lizzy.'

'Oké, maar hij is nu al om en nabij de vier jaar dood, Nick. Dat is lang zat.'

Vierenhalf, om precies te zijn. Vierenhalf jaar geleden kreeg de man van mijn zus, Carl, een dodelijke hartaanval toen hij voor zijn werk in Londen was. Hij was pas tweeënveertig. Hoe was dat in godsnaam mogelijk? Waarom gebeurde zoiets? Wie had dat bedacht?

Kate belde zelf om het te vertellen. Ze vroeg me ook naar haar huis in Weston, in Connecticut, te komen, zodat ik haar kon helpen Elizabeth het nieuws te vertellen. Ze durfde het niet in haar eentje te doen. Het meisje was negen en blind, en opeens was ze ook nog haar vader kwijt en had ze een moeder met een gebroken hart.

Ik zal nooit vergeten wat Elizabeth me die warme augustusmiddag vroeg toen ik met haar hand in de mijne op hun bank in de woonkamer zat. Ze droeg een gele zomerjurk en had haar blonde haren met een rij haarspeldjes naar achteren gestoken.

'Zie ik papa terug in de hemel?' wilde ze weten.

Mijn ogen schoten vol. Ik slaagde er nauwelijks in mijn tranen te bedwingen.

'Ja,' zei ik. 'Daar zie je hem iedere dag.'

'Beloof je dat?'

'Dat beloof ik.'

Ik kneep in haar kleine hand en zij kneep terug, en ik dacht maar aan één ding.

Laat God, als Hij echt daarboven is, ervoor zorgen dat ik niet lieg.

'Maar goed, oom Nick,' zei Elizabeth nadat ze snel een slok had genomen, 'vertel me alles over Courtney en die hotshot met wie ze gaat trouwen.'

'Oké, toegegeven, ik vind het vreselijk,' bekende ik.

'Dat wist ik,' zei ze. 'Ik hoorde het aan je stem, door de manier waarop je haar naam uitsprak. Je vindt het echt heel erg. En dat vind ik heel erg voor jou.'

DEEL DRIE

Tot de nek

HOOFDSTUK 46

Het leek erop dat Courtney zich dat weekend schuilhield in haar enorme appartement in Upper West Side. Toen ze zondagavond eindelijk een van mijn talloze telefoontjes beantwoordde, kreeg ik haar zover dat ik bij haar langs mocht komen.

Ze deed open in een slobberend joggingpak en droeg geen make-up, en haar ogen waren zo rood van het huilen dat ze zo op de 'ervoor'-foto van een reclame voor een middel tegen allergie zou kunnen staan.

Maar ik had haar nog nooit zo mooi gevonden. Het enige wat ik wilde was haar in mijn armen nemen. Maar ik deed het niet. Dat zou ik onder die omstandigheden nooit gedaan hebben.

We gingen in de keuken zitten en trokken een fles bordeaux open. Het was een Branaire-Ducru uit 2003, haar favoriete wijn. Ik vroeg me af of Thomas Ferramore dat ook wist. Wist hij wat haar lievelingsdingen waren? Misschien. Misschien hield hij net zoveel van haar als ik. Geloof je het zelf? Laat hem de pest krijgen. Natuurlijk houdt hij niet net zoveel van haar.

Na een paar slokken wijn ademde ze diep in en uit en verbrak ze haar stilzwijgen. 'Ga je gang,' zei ze. 'Stel de vraag van één miljoen maar.'

Met inachtneming van Ferramores bankrekening was het eerder een vraag van honderd miljoen, maar die slechte grap ging ik niet maken. En ik zou mijn best doen het woord topmodel te mijden.

Maar de vraag die ze wilde – moest – horen, stelde ik wel: 'Is het waar?'

'Tom zweert van niet. Hij zei zelfs dat hij het kan bewijzen.'

'Geloof je hem?' Niet doen, Courtney. Hij is niet alleen steenrijk, hij is een schoft.

Courtney staarde naar het wijnglas in haar handen, de donkerrode bordeaux werd weerspiegeld in de tienkaraats diamanten ring. Ze droeg hem nog steeds.

'Ik weet het niet,' antwoordde ze ten slotte.

Het hoge woord was eruit.

Ze vroeg niet naar mijn mening. Ze wilde niet weten wat ze volgens mij moest doen. Misschien omdat ze al wist ik zou zeggen. Zo slim was ze wel.

'Laten we ons op ons werk concentreren,' zei ze. 'Ik geef leiding aan een tijdschrift en jij moet het belangrijkste artikel van je leven schrijven. Klopt het tot zover?'

Ik glimlachte. Ze bewees het weer. Als de Terminator de robot is die alles wat hem niet bevalt vernietigt, dan is Courtney Sheppard de vrouw die alles wat haar niet bevalt in een laatje stopt.

'De politie heeft de verkeerde man voor de moord op Vincent Marcozza gearresteerd,' vervolgde ze. 'En jij bent de enige die dat kan bewijzen.'

'Misschíen hebben ze de verkeerde man gearresteerd,' corrigeerde ik. 'En ik ben nog lang niet in staat om dat te kunnen bewijzen.'

'Nog niet, nee,' zei ze. 'Maar morgen is er weer een dag. En daarna komt er steeds wéér een nieuwe dag.'

Ik keek haar tersluiks aan. 'Wat ben je van plan te doen?' vroeg ik.

Er was iets met de manier waarop ze 'een nieuwe dag' zei, alsof ze een verrassing in petto had.

Niets was minder waar.

HOOFDSTUK 47

'Kom erin,' zei Derrick Phalen van de Taskforce Georganiseerde Misdaad. Hij ontving me met een ontspannen glimlach en een stevige hand in zijn werkkamer in White Plains, in New York. Hij liep terug naar zijn bureau en wees naar de oude, afgeragde grijze stoel ervoor, die eruitzag alsof hij één dikzak van de totale instorting verwijderd was. 'Ga zitten, als je durft,' grapte hij, al was het, gezien de conditie van de stoel, eigenlijk geen grapje.

'Bedankt,' zei ik terwijl ik me er voorzichtig in liet zakken. Toen ik zat, meldde ik: 'Hij heeft het overleefd.'

Een snelle blik op de bescheiden werkkamer van de jonge officier van justitie leidde tot een al even snelle conclusie. Deze vent werkte voor de kost. Zijn bureau ging volledig schuil onder het papierwerk, en om hem heen lagen zulke hoge stapels telefoonboekdikke dossiers dat ze een slotgracht vormden.

Maar de kleine, gele post-its met aantekeningen en telefoonnummers sprongen het meest in het oog. Ze zaten op ieder denkbaar oppervlak – op zijn computer, zijn bureaulamp, zijn nietmachine, zijn koffiemok en zelfs op het ingelijste diploma van de Fordham School of Law dat aan de muur hing.

'Waar kende jij Courtney nou van?' vroeg ik. 'Dat heeft ze me niet verteld.'

'Ik was op het Middlebury College kamergenoot van haar broer, Mike,' zei hij.

Ik had meteen het gevoel dat ik een flater sloeg, ook al wist ik dat het niet zo was. Het enige wat ik wist uit te brengen, was: 'O…'

'Ja,' zei hij. 'Ik weet het. Het is nu al bijna tien jaar geleden dat Mike stierf, en nog steeds kan ik niet geloven dat hij echt dood is.' Hij wreef nadenkend over zijn kin. 'Hij was een geweldige vent. Ik was die ochtend in Manhattan, we zouden samen gaan lunchen. Hij heeft twintig minuten voordat het eerste vliegtuig binnenkwam nog een boodschap op mijn mobiele telefoon ingesproken.' Phalen zweeg even. 'Ik luister er nog steeds af en toe naar.'

'Jezus, dat spijt me,' zei ik.

'Ben je mal, het spijt míj: het was niet mijn bedoeling om op ons eerste afspraakje al meteen over zo'n akelige ervaring te beginnen.' Hij ging rechtop zitten en rechtte zijn schouders. 'Dus, vertel, wat kan ik voor je doen? En voor Courtney?'

Om je de waarheid te vertellen, Derrick Phalen, weet ik dat niet precies. Daar hoop ik hier achter te komen.

'Heeft Courtney je er meer over verteld?' vroeg ik. 'Heeft ze überhaupt iets verteld?'

'Alleen dat je me over Eddie Pinero wilde spreken,' zei hij. 'Ik neem aan dat het om een artikel voor *Citizen* gaat. Zit ik tot zover goed?'

'Ik hoop van wel,' zei ik. Intuïtief haalde ik de taperecorder uit mijn leren tas en zette hem op het bureau.

Phalen keek ernaar zoals Superman naar kryptoniet kijkt.

'Het spijt me, Nick,' zei hij. 'Zoals ik al tegen Courtney zei, sta ik je met alle plezier te woord, maar ik wil niet dat je me citeert – of dat je iets opneemt – met betrekking tot iemand naar wie door deze afdeling een onderzoek is ingesteld. Zo zijn de regels nu eenmaal.'

'Sorry, daar had ik niet aan gedacht,' zei ik. Het was de eerste en enige keer dat ik niet helemaal eerlijk tegen hem was. Hij zou weldra begrijpen waarom.

'Maakt niet uit,' zei hij. 'Maar geloof me, als je voor de Taskforce Georganiseerde Misdaad werkt, probeer je het aantal vermeldingen van je naam in de pers tot het minimum te beperken.'

'Dat begrijp ik,' zei ik. Ik hield mijn bandrecorder in de lucht en wierp er net zo'n kryptonietblik op als Phalen had gedaan.

'Om je de waarheid te vertellen, heeft dit ding me de laatste tijd niets dan problemen opgeleverd.'

'Hoe bedoel je?' vroeg Phalen.

Bingo. Mijn opening.

Een week eerder was ik nog bang geweest dat er geruchten over mijn opname van Vincent Marcozza's moordenaar zouden uitlekken. En nu zat ik daar om er zelf voor te zorgen dat dat gebeurde.

'Je zou kunnen zeggen dat Eddie Pinero door mijn toedoen op verdenking van moord gevangenzit,' zei ik. 'Is dat een openingszin of niet?'

Phalen leunde achterover in zijn stoel, en op zijn smalle gezicht verscheen een betekenisvolle glimlach. '*Holy shit*, was jij dat? Ik heb alleen gehoord dat er stomtoevallig een journalist in Lombardo's zat die Vincent Marcozza's moordenaar heeft opgenomen.'

'Ja, en daar wil ik het met je over hebben,' zei ik. 'Want ik denk niet dat dat stomtoevallig was.'

Ik verwachtte dat Phalen me zou vragen wat ik daarmee bedoelde. Maar dat deed hij niet.

Hij stond op en stelde me een vraag die ik van mijn leven niet verwacht had.

HOOFDSTUK 48

'Hou je van *pasta fagioli*?' vroeg Phalen.

Wat? Zeg dat nog eens? Wat een bizarre overgang.

Phalen wachtte mijn antwoord niet af. 'Er zit een tentje aan de overkant van de straat, en zo'n lekkere pasta fagioli als ze daar maken, heb je nog nooit geproefd. In ieder geval is het de lekkerste van White Plains. Kom, laten we een bord pasta gaan eten, het is lunchtijd.'

Voor ik het wist liep ik achter hem aan zijn kamer uit. Terwijl we naar de lift beenden, vroeg ik me af wat er aan de hand was.

Ik was niet paranormaal begaafd, maar zoveel begreep ik wel: Derrick Phalen wilde niet in zijn kantoor over Eddie Pinero's betrokkenheid – of liever gezegd, de afwezigheid daarvan – bij de moord op Vincent Marcozza praten.

En daar had hij vast zijn redenen voor. Hopelijk ging hij me die tijdens de lunch vertellen. Kom maar door met die pasta fagioli!

Maar zover was het nog niet. De lift was nog niet boven of de stem van een man in de gang hield ons tegen. Hij riep Phalen.

Phalen mompelde iets binnensmonds.

'Wat zei je?' vroeg ik.

'Hè?' vroeg hij. 'O, niets. Ik zei dat we de volgende lift wel nemen.'

Maar ik wist wel zeker dat hij iets anders had gezegd. Sterker nog, hij had maar twee woorden gemompeld. *Holy shit.*

Alsof hij het niet kon geloven. Maar wat kon hij niet geloven? Dat deze rouwdouwer de gang uit kwam?

'O, hallo, Ian,' zei Phalen toen de man bij de lift was gekomen. 'Hoe gaat het?'

'Goed,' zei hij. 'Heb je even?'

Ze begonnen over zaken – tenminste, dat denk ik. Ik luisterde niet, maar gaf mijn ogen de kost en zag hoe deze twee mannen fysiek van elkaar verschilden. Derrick Phalen was slank en stevig gebouwd, met kortgeknipt haar en een vierkante kaak. Ian LaGrange was veel groter en aanmerkelijk breder. Bot gezegd was hij ronduit vet. Zoals het buffet in Caesars Palace, in Vegas, waar je ongelimiteerd kon opscheppen.

Natuurlijk wist ik op dat moment nog niet dat Ian Ian LaGrange was.

'O, sorry,' zei Phalen, die plotseling besefte dat hij mij niet had voorgesteld. 'Ian, dit is Nick Daniels.'

'Aangenaam, Nick,' zei LaGrange terwijl we elkaar een hand gaven.

Phalen wendde zich tot mij. 'Ian is plaatsvervangend procureur-generaal en heeft de leiding over de Taskforce Georganiseerde Misdaad. Ik noem hem altijd de Godfather.'

'En dat klinkt goed, dat moet ik toegeven,' zei LaGrange, in zijn onverzorgde baard glimlachend. 'En, waar waren jullie naar op weg?'

'We gaan even een hapje eten,' zei Phalen. 'Aan de overkant van de straat.'

LaGrange monsterde hem. 'Draag je je vest?' vroeg hij.

'Het is maar aan de overkant van de straat,' herhaalde Phalen.

'Ja, en Lincoln ging alleen even naar de schouwburg. Ga aantrekken.'

Phalen keek LaGrange geïrriteerd aan, als een tiener die door zijn vader op de huid wordt gezeten.

'Vest?' vroeg ik.

'Kogelvrij vest,' zei Phalen voordat hij terugliep naar zijn kamer. 'Ik ben zo terug.'

Wacht even. Had hij een kogelvrij vest nodig om in het openbaar te kunnen verschijnen? En belangrijker – waar was het mijne?

'We kunnen ook iets laten bezorgen, hoor!' riep ik hem achterna. Het klonk leuk, maar ik meende het wel.

'Maak je geen zorgen, het is gewoon beleid hier,' zei LaGrange in een poging mij gerust te stellen. 'Er is nooit een aanslag gepleegd op iemand die voor onze taskforce werkt.'

Ik wilde al grappen dat eens de eerste keer moet zijn, maar wist me nog net in te houden. Ik had de man net ontmoet. Ik kende zijn gevoel voor humor niet en wist verder ook niets over hem. Op zijn lichaamsomvang na.

'En, wat doe jij voor werk, Nick?' vroeg hij. Heel rustig, heel terloops.

O-o. Oppassen nu.

'Ik schrijf,' zei ik.

'Echt waar? Wat schrijf je?'

'Artikelen, voor het grootste deel. Ik werk voor het tijdschrift *Citizen*. Ken je dat?'

'Zeker,' zei hij. 'Heb je daarvoor met Derrick afgesproken? Voor een artikel?'

Er klonk geen uitgesproken zorg in zijn stem, maar ik verstond hem heel goed tussen de regels door: hij vroeg het niet voor de gezelligheid.

En ik was niet van plan een antwoord te geven dat Phalen in de problemen bracht.

'Nee. Derrick helpt me alleen maar aan achtergrondinformatie bij een roman waaraan ik werk,' zei ik. 'Om te kijken of dingen aannemelijk zijn en zo.'

'Je meent het? We verstrekken ook weleens inlichtingen voor Alex Cross-boeken.'

'Die heb ik nooit gelezen,' zei ik.

Ik hield scherp in de gaten hoe LaGrange stond te knikken en was opgelucht toen hij van onderwerp veranderde. Hij vroeg naar welk restaurant we gingen.

'Eigenlijk weet ik dat niet,' zei ik tegen hem.

LaGrange leek me te geloven. Hij leek niet door te hebben dat ik loog over mijn reden om Phalen hier op te zoeken.

Hij geloofde dat van die roman.

Althans, dat dacht ik.

Maar ik had het mis. De grote verrassing was echter hoe die dikke man dat wist.

Zoals Phalen al zei...

Holy shit.

En hoe!

HOOFDSTUK 49

Nadat Derrick Phalen van zijn lunch met Nick Daniels was teruggekeerd, staarde hij ruim twintig minuten naar het rasterpatroon van het systeemplafond boven zijn bureau. De openbare aanklager had heel wat te verteren – en dan heb ik het niet over de pasta fagioli. En ook niet over het buitengewoon interessante verhaal van Nick Daniels.

'Klop, klop!' zei iemand bij de deur.

Phalen keek instinctmatig op, maar dat was eigenlijk niet nodig: hij wist dat het Ian LaGrange was, en niet alleen vanwege diens maar al te vertrouwde bariton.

Nee, hij had erop gerekend dat de Godfather vroeg of laat langs zou wippen, en ook dat het eerder vroeg dan laat zou zijn.

'Ha, Ian. Wat kan ik voor je doen?'

'Niets bijzonders,' zei LaGrange. 'Hoe was je lunch met die schrijver – die aan een roman werkt?'

Phalen draaide zijn ogen naar het systeemplafond. 'Breek me de bek niet open. Laat ik het erop houden dat het de laatste keer is geweest dat ik een vriendin een dienst bewijs.'

'Waarom? Hoe bedoel je?'

'Die vent aan wie ik je bij de lift voorstelde, schrijft voor het tijdschrift *Citizen*. Als gunst aan zijn eindredactrice stemde ik toe hem wat achtergrondinformatie te geven, voor een roman waar hij aan werkt. Maar toen bleek er helemaal geen roman te zijn.'

'Ik volg je niet,' zei LaGrange. 'Waarom was hij hier dan wel?'

164

'Het was een list,' zei Phalen. 'Die kerel kwam me wijsmaken dat Eddie Pinero niet degene is die de opdracht voor de moord op Vincent Marcozza heeft gegeven. Wat een flauwekul, zeg.'

'Je neemt me in de maling.'

'Ik wou dat het waar was. Die vent is er zo een die overal een samenzwering in ziet. Het leek wel alsof ik met Oliver Stone zat te lunchen.'

LaGrange lachte. 'En als Eddie Pinero niet achter de moord op Marcozza zit, wie dan wel, volgens hem?'

'Dat is het hem nou juist. Dat weet hij niet.'

'Ach, gossie. En laat me raden, hij wil dat jij hem helpt dat uit te zoeken.'

'Precies,' zei Phalen.

'Wat heb je gezegd?'

'Een beleefde variant op "Probeer je ideeën maar ergens anders aan de man te brengen, mafketel". Wat had ik anders moeten zeggen?'

'Goed gedaan,' zei LaGrange terwijl hij een denkbeeldige pet bij Phalen aantikte. 'Hou die vent op afstand, oké? Bij dat soort schrijvers staat het woord brokkenpiloot op het voorhoofd gedrukt.'

'Komt voor elkaar.'

LaGrange slenterde verder en Phalen leunde weer achterover in zijn stoel, en zijn blik dwaalde weer af naar het rasterpatroon van het systeemplafond. Hij ademde langzaam uit.

Hij had de hele tijd zijn adem ingehouden, in de hoop dat LaGrange hem zou geloven.

Het was niet gemakkelijk geweest.

Verdorie, nee, Ian LaGrange – de Godfather – was echt niet zover gekomen omdat hij zich zo gemakkelijk een oor liet aannaaien. Hem iets wijsmaken was wat koorddansen voor zz Top was.

Maar dat viel nog in het niets vergeleken bij wat Phalen nu ging doen.

HOOFDSTUK 50

'Ik lijk verdomme wel gek,' mompelde Phalen terwijl hij tegen middernacht door de verlaten, donkere gang van het kantoor van de Taskforce Georganiseerde Misdaad liep.

Maar hij was natuurlijk helemaal niet gek. Hij wist precies wat hij daar deed.

Hij werkte nu bijna drie jaar voor de TGM, en als hij daar íets had geleerd, was het wel dat zijn familie van collega-aanklagers één ding gemeen had met de maffiafamilies die ze achter de tralies probeerden te krijgen: het motto Vertrouw Niemand.

Ook de Godfather niet.

Toegegeven, je kon onmogelijk voor de TGM werken als je niet een klein beetje naar paranoia neigde. Phalen hoefde maar aan het standaard-kogelvrije vest te denken.

Je zorgen maken over maffiosi, dat was één ding. Maar je zorgen maken over de mensen met wie je werkt – of ze wel loyaal zijn, of erger nog, of ze er niet op uit zijn je te grazen te nemen – dat was andere koek.

Ziehier: Ian LaGrange.

Had hij die kop koffie niet omgestoten, dan had Phalen het verborgen microfoontje onder de enterknop van het toetsenbord van zijn computer waarschijnlijk nooit gevonden. Maar toen hij het zag, stond het buiten kijf wie het daar had geplaatst.

Hij kon het alleen niet bewijzen.

En dus liet hij het microfoontje zitten waar het zat.

Vanaf dat moment deed Phalen zijn werk in de wetenschap

dat LaGrange hem daar altijd kon horen. Voor anderen was dat misschien een ondraaglijke last geweest – altijd je woorden zorgvuldig te moeten kiezen, je altijd als een goede soldaat te moeten gedragen.

Voor Phalen daarentegen was het alsof hij een proefwerk moest maken waarvan hij de antwoorden al had.

Hij wist in iedere situatie wat hij moest zeggen. Hij was altijd op zijn qui-vive.

Zoals ook die middag waarop hij Nick Daniels vroeg of hij van pasta fagioli hield, zodat ze zijn kamer konden verlaten en vertrouwelijk konden praten.

En toen was de grote verrassing gekomen.

De één meter vijfennegentig lange Ian LaGrange kwam als een lijnverdediger van de New York Giants door de gang rennen. Phalen wist toen onmiddellijk dat deze ogenschijnlijk toevallige ontmoeting bij de lift allesbehalve toeval was.

LaGrange was ontzettend geïnteresseerd in Nick Daniels en wat hij over Eddie Pinero en Vincent Marcozza had te zeggen. Een beetje té geïnteresseerd.

Er klopte iets niet. Dit zaakje stonk, en niet zo'n beetje.

Daarom stond Phalen op het punt LaGrange een wederdienst te bewijzen.

Hij had die avond geduldig in zijn kamer zitten wachten tot iedereen naar huis was gegaan. Daarna had hij gewacht tot de schoonmaakploeg de laatste dweilemmer had leeggegoten.

En nu was hij dan eindelijk alleen met het kleine afluisterapparaatje.

Een Flex-8 'F-Bird' om precies te zijn. Het nieuwste, meest geavanceerde digitale opnameapparaatje, dat ook door de TGM zelf werd gebruikt. Voorzien van een piepklein batterijtje. Onderweg naar een nieuw huis.

De werkkamer van de Godfather.

Phalen draaide de deurknop aan het einde van de gang langzaam om en liep naar binnen, zo stil als een muis.

Of als een rat.

En nu gaan we jóu afluisteren, Ian.

HOOFDSTUK 51

Ik moest toegeven dat Derrick Phalen verstand had van pasta fagioli. Hij was heerlijk, overheerlijk. Hij herinnerde me aan mijn Italiaanse lievelingsrestaurant, Il Cena'Colo, in mijn geboorteplaats Newburgh.

Maar beter nog dan Phalens pasta fagioli was wat erbij kwam – en dan heb ik het niet over het Italiaanse brood. Dat was mijn volgende zet.

Bedankt voor de vliegende start, Courtney.

Phalen had tijdens de lunch rustig naar me geluisterd – hij had af en toe een logische vraag gesteld, maar vooral geluisterd. Hij wekte niet de indruk op het punt te staan Eddie-Pinero-moet-vrijkomen-T-shirts te laten drukken, maar hij keek me evenmin aan alsof ik gek was.

Hij haalde een pen uit zijn zak en schreef een telefoonnummer op een servet.

'Ik ken iemand in Greenwich die je misschien kan helpen,' zei hij terwijl hij het servet naar me toe schoof. 'Bel hem en spreek met hem af.'

'Hoe heet hij?' vroeg ik.

'Hoodie Brown.'

'Hoodie?'

'Dat begrijp je wel als je hem ziet. Zeg tegen hem dat je een vriend van mij bent. Dat is alles.'

'Wat doet hij voor werk?'

'Dat merk je vanzelf,' zei Phalen.

Ik haalde mijn schouders op. Okidoki.

De volgende middag zat ik in een trein naar Greenwich, in Connecticut, voor een afspraak om 14.00 uur met Hoodie Brown. Toen ik door de telefoon 'Derrick Phalen heeft me gestuurd' zei, was het alsof ik aan de deur van een clandestiene nachtclub het geheime wachtwoord had uitgesproken. Ik was binnen.

'Kom maar mee,' zei de receptioniste in het kantoor waar hij werkte.

Greenwich was de hoofdstad van de hedgefondsenwereld, en wat ik in de lobby van zo'n kantoor deed was me een raadsel. D.A.C. Investments? Waarom had Phalen me naar een beurshandelaar gestuurd?

Maar dat bleek niet het geval te zijn. De receptioniste, een lange, slanke brunette die zo uit de *Vogue* leek te zijn weggelopen, leidde me langs een lange, bedrijvige beursvloer naar een rustige kamer achter in het gebouw. En daar ontmoette ik Hoodie Brown.

Het was meteen duidelijk waarom hij zo heette.

De man die ik een hand gaf droeg niet alleen een grijze Caltech-sweater met een *hoodie*; hij had de capuchon ook daadwerkelijk op, à la de Unabomber. Sterker nog, hij leek een beetje op de Unabomber.

'En, wie is de PIK?' vroeg hij terwijl hij achter zijn bureau ging zitten. Ik zag dat er geen plek voor mij was. Geen stoel, geen bank. Nada voor bezoekers.

'PIK?' vroeg ik.

'Persoon in kwestie,' legde hij uit. 'Wie onderzoeken we?'

O. 'Dwayne Robinson,' zei ik. 'De pitcher van...'

'Ik weet wie hij is,' zei Hoodie. 'Of was.'

'Ik wil vooral weten of hij banden met de georganiseerde misdaad heeft,' voegde ik eraan toe.

Hoodie knikte en begon op de drie toetsenborden op zijn

bureau te roffelen. En dan stonden er ook nog eens minstens twee keer zoveel beeldschermen voor zijn neus.

'Ben jij privédetective?' vroeg ik.

Hij gaf geen antwoord. Hij had niet eens gemerkt dat ik hem een vraag had gesteld.

'Om te beginnen halen we zijn bank- en eventuele politiegegevens boven water,' zei hij op niet veel meer dan een fluistertoon. 'Daarna kijken we of de FBI een dossier over hem heeft. Dat duurt niet zo lang.'

Mijn mond viel open. Een FBI-file? En dat duurt niet zo lang?

'Hoe krijg je dat voor elkaar?' vroeg ik ongelovig.

'Met een honderdtwintig gigabyte optische glasvezelverbinding,' antwoordde hij.

'Nee, ik bedoel…'

'Ik weet wat je bedoelt, vriend. Het antwoord wil je niet weten. Misschien denk je dat dat niet waar is, maar geloof mij, je wilt het echt niet.'

Als jij het zegt, Hoodie… Wie je ook zijn mag.

Ik voelde me opeens een beetje als een kind dat voor het eerst in het diepe zwemt. Misschien liep het goed af.

Of ging ik te diep?

Eerlijk gezegd wist ik heel goed wat het antwoord op die vraag was. En ík droeg geen kogelvrij vest, zoals Derrick Phalen.

HOOFDSTUK 52

Ik stond daar zonder iets te zeggen in de kamer van Hoodie Brown, en ik wachtte en wachtte, eerbiedig. En huiverend ook. Ik had het gevoel dat ik in een koelcel stond, zo koud was het daar. Hoodie, dat sprak voor zich, was erop gekleed. Ik bepaald niet.

Gelukkig had hij gelijk en duurde het niet al te lang. Na een minuut of wat keek Hoodie voor het eerst op van al die computers voor hem.

'Ken je ene Sam Tagaletto?' vroeg hij.

De naam zei me niets. 'Nee,' zei ik. 'Nooit van gehoord.'

'Dwayne Robinson blijkbaar wel. Ongeveer een maand geleden schreef hij in één week twee cheques voor hem uit. Allebei voor vijftig mille.'

'Ik denk niet dat Dwayne nog zoveel geld had. Dat weet ik eigenlijk wel zeker.'

'Had hij ook niet,' zei Hoodie. 'Beide cheques waren ongedekt.'

Gaan de alarmbellen al af?

'En wie is Sam Tagaletto?' vroeg ik.

'In ieder geval geen padvinder, zoveel is zeker,' zei hij. 'Hij is twee keer gearresteerd, onder meer voor illegale weddenschappen: een in Florida en een, recenter, hier in New York.'

'Hoe recent?'

'Een jaar geleden. Hij heeft een halfjaar voorwaardelijk gekregen.'

'Heb je iets over banden met de maffia?' vroeg ik.

Hoodie draaide zijn hoofd in mijn richting. 'Je bedoelt naast het feit dat hij een bookmaker is?'

'Ja, ik weet het, maar ik heb namen nodig. Het liefst van iemand die ik ken.'

'Wacht even,' zei Hoodie.

Hij wendde zich weer tot zijn toetsenbord, en zijn vingers schoten bijna net zo snel over het bord als mijn gedachten door mijn hoofd.

Denk na, Nick. Wat heeft dit allemaal te betekenen? Wat kan het betekenen?

Dwayne Robinson was een bookmaker een flinke som geld schuldig en kon niet betalen. Hij had die vent, Sam Tagaletto, maar liefst twee ongedekte cheques gegeven.

Misschien had Dwayne daarom zelfmoord gepleegd. Of was hij om die reden uit het raam gegooid? Omdat hij een bookmaker geld verschuldigd was en niet eerbiedig genoeg was geweest?

Er moest meer aan de hand zijn. Het was nu officieel onmogelijk voor te stellen dat ik toevalligerwijs aan de tafel naast Vincent Marcozza was beland.

Maar als het inderdaad een valstrik was, zoals Pinero dacht, wie had die val dan gezet?

Dwayne Robinson? Dat leek me sterk. Dwayne was vroeger een sterpitcher geweest, geen hersenchirurg.

Of zat er iemand anders achter en had Dwayne me dat willen vertellen?

Ik wist alleen dat het hoog tijd was om ene Sam Tagaletto te ontmoeten. Dat wil zeggen, gesteld dat ik hem kon vinden.

'Heb je een huidig adres van die vent?' vroeg ik ten slotte aan Hoodie. 'Van die Tagaletto?'

Maar hij was me al voor. Ik had de vraag nog niet gesteld of het gesnor van een printer vulde de kamer. Hoodie overhandigde me niet alleen het laatste adres waarop Tagaletto stond ingeschreven, maar ook zijn laatste politiefoto's.

'Kan ik verder nog iets voor je doen?' vroeg hij.

Ja, me vertellen wat jij verdomme voor een hedgefonds doet. Hoewel, laat maar. Dat wil ik waarschijnlijk ook niet weten.

'Nee, je hebt meer dan genoeg gedaan,' antwoordde ik. 'Hartstikke bedankt, man.'

Ik schudde Hoodies hand, bedankte hem nog een keer en liep naar de deur.

'O, nog één ding,' zei hij. 'Het spreekt voor zich, maar ik zeg het toch even. Dit gesprek heeft nooit plaatsgevonden.'

Ik knikte. 'Welk gesprek?'

HOOFDSTUK 53

Ik had nooit geheimen gehad voor Courtney, persoonlijk noch zakelijk. Maar ik was het aan Hoodie Brown en Derrick Phalen verplicht het gesprek dat ik nooit had gevoerd te verzwijgen.

Wat ik wél tegen Courtney kon zeggen, was dat Phalen had beloofd me te helpen, maar dan wel in het geheim. Dat was geen leugen; het was alleen niet de hele waarheid. Het was, zoals dat heet, een halve waarheid. Of zoals een van mijn professoren aan de Northwestern University zei: 'De waarheid houdt je uit de gevangenis, maar een leugentje om bestwil redt je de huid.'

Nu moest Courtney me nog wel even terugbellen.

Ze nam haar mobiele telefoon niet op, en M.J. van het secretariaat zei dat Courtney was vertrokken zonder te zeggen waar ze naartoe ging.

De laatste keer dat Courtney dat had gedaan, had Thomas Ferramore het nieuwtje over de YouTube-video van een zeker topmodel verteld.

Waarom kreeg ik opeens zo'n vreemd voorgevoel?

Het antwoord werd me duidelijk toen ik de trein uit Greenwich was uit gestapt. Ik liep door Grand Central Station en passeerde een kiosk waar net de laatste editie van de *New York Post* in de rekken was gelegd.

Voilà! Daar had je haar weer, het Franse topmodel Marbella, op de cover, met een glas champagne in haar hand en een schalkse glimlach op haar gezicht.

'GEINTJE!' was de kop.

Vijftig cent later had ik mijn hoofd tussen de pagina's begraven.

Blijkbaar had Marbella in een interview met een Frans televisiestation beweerd dat ze – *au contraire* – nooit met Thomas Ferramore had geslapen. Het was een slechte grap, verzekerde ze, en ze betreurde het ten zeerste dat er tussen de miljardair en zijn 'allerliefste fiancée' onenigheid was ontstaan.

Ja, ja. Jij bent omgekocht, snoes.

Maar dat was niet het enige.

En dat was overtuigender, op de schaal van geloofwaardigheid, en creatiever.

De CEO van ParisJet, het Franse bedrijf waarmee Ferramore over overname had onderhandeld, had het Franse zakenblad *Les Echos* laten weten dat Ferramore tijdens zijn verblijf in Parijs dag en nacht besprekingen met hem had gevoerd.

'Geloof mij, de heer Ferramore had geen tijd voor gekkigheid of gescharrel,' citeerde het blad.

Ik vouwde de *Post* op, klemde hem onder mijn arm en liep naar de uitgang aan Lexington Avenue om een taxi te pakken. Ik voelde de stroom forenzen die zich naar hun treinen haastten en de vibratie van hun voetstappen op de brede marmeren vloer.

Maar eigenlijk was ik gevoelloos en verward en voelde ik me behoorlijk verloren.

Het nieuws in de *Post* zal voor Courtney niet als een verrassing zijn gekomen. En waarschijnlijk was ze na deze nieuwe ontwikkeling haastje-repje in haar huwelijkssage teruggekeerd. Daar had Ferramore waarschijnlijk wel voor gezorgd. En waarom ook niet? New York is niet voor niets de stad van de alibi's.

Maar geloofde ze het ook echt?

Het eindoordeel rinkelde een minuut later in mijn zak. Eindelijk belde Courtney terug.

'Ik heb het artikel gelezen,' zei ik. 'Weet je al wat je gaat doen?'

'Ja,' antwoordde ze.

HOOFDSTUK 54

Het was niet het woord zelf, maar de manier waarop Courtney het uitsprak. Alsof ze al met Thomas Ferramore voor het altaar stond. Wat is hierop uw antwoord?

'Ja.'

Ik wist meteen geen woord meer uit te brengen. Courtney hoefde het me niet meer te vertellen. De spanning was gebroken. Mijn hart ook.

'Je moet me begrijpen, Nick,' zei ze. 'Ik trouw met Tom, maar ik wil wel dat jij er voor me blijft.'

'Ik was er voor je,' zei ik.

'Dat weet ik. Beloof me dat je er altijd voor me zult zijn. Beloof je dat?'

Wat kon ik zeggen? Ik mocht dan nog zoveel van haar houden, ze was in eerste plaats een vriendin, meer dan wat ook.

'Alsjeblieft!' drong ze aan. 'Beloof je het? Ik wil het je horen zeggen, Nick.'

Ik ademde diep in en slikte in dezelfde beweging mijn trots in.

'Goed,' zei ik.

Natuurlijk had ik geen idee hoe ik die belofte gestand moest doen.

Een paar uur later, terwijl de zon boven Manhattan onderging, arriveerde ik in de North Cove Marina in het zuiden van Manhattan en klom aan boord van de Sweet Revenge, het vierenvijftig meter lange Trinity-jacht van Thomas Ferramore. Ik heb huizen gezien die kleiner waren. Sterker nog, ik ben er in zo een opgegroeid.

In één woord? Wauw!

De bar bevond zich op de boeg, op de achtersteven speelde een jazzband – echt een goede combo – en daartussen was het een 'wie is wie' uit de uitgevers- en modewereld en uit wat er van de financiële en de Wall Street-elite over was.

Eén keer raden wat ik als eerste deed – en het was niet de hand van Thomas Ferramore schudden.

'Een vijftien jaar oude Laphroaig,' zei ik tegen de ingehuurde barkeeper, die eruitzag alsof hij nog maar net zijn rijbewijs had, laat staan drankjes mocht serveren.

De jongeman keek me aan alsof ik Swahili had gesproken. 'Een wat?' vroeg hij.

'Een vijftien jaar oude Laphroaig,' hoorde ik achter me.

Het was Courtney, en ze hield een volle fles van mijn favoriete Schotse whisky in haar hand.

'Hier,' zei ze terwijl ze de barkeeper de fles aanreikte. 'Bewaar deze achter de bar. Hij is voor meneer Daniels en voor niemand anders.'

'Ja, mevrouw,' zei hij terwijl hij snel een dubbele voor me inschonk. 'Eén Laphroaig, vijftien jaar oud.'

Courtney voerde me bij mijn arm weg van de bar. 'Dank je dat je bent gekomen,' zei ze. 'Het betekent heel veel voor me. Je bent geweldig.'

Maar blijkbaar nou ook weer niet zó geweldig, dacht ik, maar ik nam een grote slok whisky en knipoogde naar haar. 'Daar zijn vrienden toch voor?' vroeg ik.

Ze zond me een stralende glimlach en boog zich voorover om me iets in mijn oor te fluisteren, maar plotseling stopte de muziek. Daarvoor in de plaats kwam het geluid van een mes dat tegen kristal werd getikt. O nee, ook dat nog: Thomas Ferramore ging een toost uitbrengen.

En zo kwam hij opnieuw tussenbeide. Ik kon er maar beter aan gewend raken.

'Kom even bij me staan, schatje!' brulde hij kaarsrecht en trots vanaf de brug. Hij droeg een witte namaakkapiteinsjas met epauletten op de schouders en een insigne op de mouw. Twee knappe blonde vrouwen flankeerden hem – waarschijnlijk zijn pr-team. Die vent was onuitstaanbaar. Ik begreep niet wat Courtney in hem zag. Zelfs niet als ik heel erg mijn best deed.

Terwijl zij naar hem toe liep, bedankte Ferramore zijn gasten dat ze op zo'n korte termijn naar dit 'prachtige feest van de liefde' hadden kunnen komen. Een aanzwellend gejuich van de hele meute was zijn deel. De hele meute behalve ik, natuurlijk. Ik hield een hand in mijn zak en stak mijn middelvinger naar hem op.

Ferramore was niet beledigd en vervolgde: 'Courtney en ik willen vanavond duidelijk maken dat geen enkel gerucht, geen enkele ongefundeerde roddel en geen enkele kletspraat ooit tussen ons in zal komen. We zullen alle stormen weerstaan!'

Ferramore draaide zich naar Courtney en trok haar in zijn armen. Terwijl ze elkaar kusten, stak hij zijn hand triomfantelijk in de lucht. Vanuit zijn vrienden – of wie deze horde extravagant geklede mensen ook mocht zijn – steeg een nog luider gejuich op.

Meteen daarna explodeerde het eerste vuurwerk in de avondlucht, een prachtige collage van alle kleuren van de regenboog te midden van een zee van sterren. Eerlijk is eerlijk, het was een fantastisch schouwspel.

Maar het echte hoogtepunt van die avond moest nog komen – en vanzelfsprekend zou ik daarvan deel uitmaken.

HOOFDSTUK 55

Die middag had ik met Hoodie doorgebracht.

En nu was ik bij Houdini op bezoek.

Thomas Ferramore had net het onmogelijke klaargespeeld, het was echt een prestatie van formaat. Hij was op achteloze wijze uit een situatie ontsnapt waaruit ontsnappen onmogelijk leek.

Diep vanbinnen had Courtney misschien nog wel bedenkingen, maar daar, op dat jacht van hem, ten overstaan van de beau monde van Manhattan, had Ferramore zijn buit nog stevig vast. En dat was het enige wat hem interesseerde.

En mij ook.

Ik had voor Courtneys strategie moeten kiezen en mijn biezen moeten pakken.

Maar ik pakte iets heel anders: nog een dubbele whisky... En nóg een... En nóg een.

Nadat ik een uur op het feest was geweest en de jeugdige huurbarkeeper na twee derde fles whisky bedacht dat ik het beter bij een derde had kunnen laten, besloot ik Thomas Ferramore precies te gaan vertellen wat ik van zijn huwelijk met Courtney vond.

Ik kon hem alleen niet vinden. Dus deed ik het op één na ergste.

Ik zei het tegen Courtney.

Ik zette haar klem tegen de stuurboordreling en zei met een dubbele tong en veel luider dan de bedoeling was: 'Je mag niet met hem trouwen! Je begaat een vergissing! Zie je niet in dat het een vergissing is? Je bent slim, Courtney – doe niet zoiets doms.'

Haar ogen vulden zich met tranen en iedereen die zich binnen gehoorafstand bevond draaide zich om en staarde naar het misbaar dat ik maakte. Courtney was zo van slag dat ze nauwelijks een woord kon uitbrengen.

'Ik zie alleen een dronkenlap die net zijn belofte heeft gebroken,' zei ze.

Toen liep ze weg en liet mij alleen achter – voor zover je alleen bent als er zo veel sensatiezoekers om je heen staan. En ik gaf hen waar voor hun geld. Alle whisky in mijn verder lege maag klotste langs mijn gebroken hart omhoog en baande zich een weg naar de opening waardoor hij oorspronkelijk binnen was gekomen. En vervolgens hing ik met een misbaar dat pijn aan mijn oren deed over de reling en voorzag de vissen van krachtvoer.

Ik had me natuurlijk dood moeten schamen, maar daarin schuilt de kortstondige schoonheid van de dronkenschap: de volledige afwezigheid van zelfbewustzijn. Evenwel slaagde ik erin één verstandige beslissing te nemen, namelijk om naar de badkamer te zoeken en me op te frissen, zodat ik naar huis kon gaan zonder de taxichauffeur tegen me in het harnas te jagen.

Terwijl de mensen op het dek voor me uiteenweken als de zee voor Mozes met de mazelen, brabbelde ik waggelend: 'Een badkamer... Een badkamer... Mijn koninkrijk voor een badkamer.'

Niemand lachte, en ik geloof niet dat ik het hen kwalijk kon nemen. Ik had me op een voor Courtney heel bijzondere avond als een varken gedragen. Ik had mijn beste vriendin in de steek gelaten.

Ik kwam in een lange gang en begon meteen als een wilde aan de deurknoppen te draaien. Alle deuren zaten op slot.

Maar uiteindelijk ging er eentje open. Ik zocht op de tast

naar de lichtschakelaar en dacht maar aan één ding: laat dit in godsnaam een badkamer zijn!

Maar toen het licht aanfloepte, kon ik mijn ogen niet geloven. 'Dit meen je niet!' flapte ik eruit. 'Dit kan niet waar zijn!'

HOOFDSTUK 56

Het leek wel een spelletje Cluedo, maar dan een variant met een seksverslaafde erin. Thomas Ferramore... In de voorraadkamer... Met zijn broek op zijn enkels.

Een zeer knappe blondine zat op haar knieën voor hem. Overbodig te zeggen dat ze niet zat te bidden. Ik wist het niet helemaal zeker, maar ik meende dat ze een van de twee prmeisjes was.

Er schoot een flits van paniek over Ferramores gezicht, maar die verdween verrassend genoeg net zo snel als hij verschenen was. Blijkbaar werd je geen miljardair als je niet in staat was razendsnel te handelen – zelfs met je lul uit je broek.

'Opstaan, liefje,' zei hij bedaard tegen de jonge blondine. 'Ga je maar lekker op het feest vermaken.'

Ze knoopte haar witte blouse snel dicht, depte haar lippen en maakte dat ze wegkwam. Ik nam het haar niet kwalijk dat ze mij niet aankeek.

Ferramore daarentegen deed niet anders. Zijn donkere blik boorde zich in de mijne. Hij staarde me aan zonder met zijn ogen te knipperen. En van alles wat hij op dat moment had kunnen doen, koos hij ervoor te glimlachen.

'Zo, dus je hebt me betrapt,' zei hij zodra we alleen waren. 'Wat nu? Heb je al een plan de campagne?'

Die klootzak nam niet eens de moeite zijn broek op te hijsen.

'Wat denk je zelf dat ik ga doen?' kaatste ik terug. 'Op je eigen verlovingsfeestje? Na wat je net tegen Courtney hebt gezegd?'

Hij schudde zijn hoofd en lachte nog wat. 'Het is jouw woord tegen het mijne, en jij bent behoorlijk dronken, vind je niet?'

'Niet zo dronken dat ik blind ben, makker. Ik zag wat ik zag.'

Sterker nog, plotseling had ik het gevoel dat ik een stuk of tien koppen koffie had gedronken. Niet dat ik zo nuchter als een pasgeboren kalf was, maar aan mijn gedachten en de woorden die ik uitsprak mankeerde helemaal niets.

'Hou jij wel van Courtney?' vroeg ik.

'Doet dat er iets toe?'

'Voor mij wel, ja.'

Hij lachte opnieuw. 'Ja, dat weet ik,' zei hij. 'Je bent echt weg van haar, toch? Daarom dacht je waarschijnlijk wel met haar te kunnen neuken terwijl je wist dat ze mijn verloofde was.'

Daar overviel hij me volkomen mee. Hoe wist hij dat?

'Heeft zij je dat verteld?' vroeg ik ongelovig.

Hij lachte nog harder, hij bulderde nu echt, en het drong tot me door dat er nog een andere verklaring mogelijk was.

'Christus, je laat haar volgen.'

'Ik hou mijn investeringen goed in de gaten, Nick – macht der gewoonte. Ergens bewijst het alleen maar dat Courtney en ik voor elkaar bestemd zijn. En wat jou betreft, je mag van geluk spreken dat ik er niet mee zat.'

'Goed, als het er zo voor staat...' zei ik. 'Als je toch al weet wat er tussen Courtney en mij is voorgevallen... Waarom vertellen we haar niet samen wat ik hier net aantrof, zodat ze zelf kan beslissen?'

'Als je dat doet, kun je je fijne baantje bij *Citizen* op je buik schrijven.'

'Vast wel, maar denk maar niet dat mijn vertrek daar geruisloos zal verlopen.'

'Dat geloof ik meteen. Wel jammer voor Courtney. Je begrijpt toch wel dat ook zij in dat geval haar baan kwijt is?'

Schaakmat! En dat wist hij maar al te goed. *Citizen* was Courtneys kindje, haar lust en haar leven.

Toen pas bukte Ferramore zich om zijn broek op te trekken. 'Om te bewijzen dat alles koek en ei is, stel ik voor dat ik een cheque voor je uitschrijf en dat we daarna vergeten dat dit ooit is gebeurd.'

Probeerde die eikel me nou echt om te kopen? Een grotere belediging was niet denkbaar.

'Dat hangt ervan af,' zei ik. 'Wat levert het vandaag de dag op als je jou met je broek op je knieën tijdens een pijpbeurt betrapt?'

'Dat is een verdomd goede vraag,' klonk een trillende stem achter mij. 'Wat levert dat op, Tom?'

HOOFDSTUK 57

Ik draaide me om en zag Courtney in de deuropening staan, haar armen strak voor haar borst, alsof ze zichzelf probeerde te troosten. Maar haar ogen schoten vuur.

We hoefden niet te vragen hoe lang ze daar al stond.

Het was duidelijk dat ze genoeg had gehoord.

Maar er waren geen tranen, zoals eerder met mij op het dek. Ze was nu niet verdrietig, ze was kwaad – ze was woest op Ferramore, en nog kwader op zichzelf. Ik meende wel te weten wat ze dacht: hoe kan ik zó stom geweest zijn?

'Vertel eens, Tom, wat heb je dat Franse topmodelletje betaald om haar een ander verhaal te laten vertellen?' vroeg ze. 'Hoeveel stond er op die cheque?'

Ik verwachtte dat Ferramore op dat moment toch enige spijt zou hebben. Misschien zelfs iets van klasse.

Maar tjonge, wat kan een mens zich vergissen. En wat hebben rijkelui toch een ongelooflijk hoge pet op van zichzelf.

Die eikel grijnsde. 'Vergeleken bij die CEO van ParisJet was het een prikkie. Ik heb zijn hele bedrijf moeten kopen.'

Plotseling rukte Courtney haar tienkaraats diamanten ring van haar vinger en wierp een fastball naar Ferramores borst.

'Kom, Nick, laten we gaan,' zei ze.

Het waren de vijf mooiste woorden die iemand ooit tegen me had gezegd.

'Ik hoop dat jullie extreem gelukkig worden, samen,' zei Ferramore vrolijk terwijl hij zijn riem vastgespte. 'O, trouwens, jullie zijn allebei ontslagen! Succes met het zoeken naar een nieuwe baan.'

'Maak je geen zorgen, dat gaat wel lukken,' antwoordde Courtney. 'Weet je, ik kan opnieuw beginnen. Maar jij? Jij blijft altijd dezelfde klootzak!'

Bravo, Courtney!

Ze draaide zich om en liep weg, en ik wilde direct achter haar aanlopen, maar ik kon het niet laten – het moment was te mooi, ik kon de kans niet laten liggen.

'Trouwens, Ferramore,' zei ik terwijl ik een blik op zijn belachelijke witte jasje wierp, 'de kapitein van de Love Boat belde. Hij wil zijn uniform terug.'

HOOFDSTUK 58

Was dit een film geweest, dan zouden Courtney en ik de hele nacht hartstochtelijk hebben liggen vrijen op de klanken van een saxofoonsoundtrack. Vervolgens zouden we zalig in elkaars armen wakker zijn geworden zonder dat er ook maar een haartje van zijn plaats was gekomen.

Tot zover de film; films hebben sowieso vaak een laag realiteitsgehalte.

Ik had, toen ik wakker werd, Courtney niet in mijn armen – ze bevond zich niet eens in mijn appartement. Wél had ik een enorme kater en een kapsel waar Lyle Lovett een puntje aan kon zuigen.

Courtney was toen ze van Ferramores jacht af stormde misschien van streek geweest, ze was niet zo onverstandig om met mij in het scenario van *De zoete wraak* terecht te komen. En al was ik dan dronken, ik had niet geprobeerd haar meer dan een kus op mijn wang te ontfutselen. Denk ik. Op het feest had ik me tenslotte meer dan afschuwelijk gedragen en mijn belofte aan haar gebroken.

'We gaan naar twee adressen,' had Courtney tegen de taxichauffeur gezegd. 'Eerst naar dat van hem, daarna naar het mijne.' Maar ze hield de hele rit mijn hand vast, en voor mijn huis gaf ze me die kus op mijn wang. En daarmee liep die avond ten einde.

Althans, ik dénk dat hij daarmee ten einde is gelopen. De volgende ochtend was alles nogal mistig. Sterker nog, mijn eerste lucide gedachte kreeg ik pas na een kop hete, loeisterke koffie en een ijskoude douche.

Volgens Thomas Ferramore werkte ik niet meer voor *Citizen*. Van de ene op de andere dag was ik een geweldige baan kwijt, waarschijnlijk de beste baan die ik ooit gehad. Ik was de laan uit gestuurd. Ik had de zak gekregen omdat ik had gedaan wat ik moest doen.

Maar zonder werk zat ik niet. Ik had nog een onmogelijke opdracht uit te voeren.

Met dank aan Hoodie Brown begaf ik me, gewapend met een adres en een lelijke politiefoto, naar de South Bronx, op zoek naar Sam Tagaletto. Ironisch genoeg woonde hij vlak bij het Yankee Stadium. Had hij Dwayne daar leren kennen?

Tagaletto's woning bevond zich op de eerste verdieping van een bouwvallig hoekhuis van bruine bakstenen die er, voor zover ze er überhaupt nog in zaten, uitzagen alsof ze letterlijk verkruimelden. Blijkbaar hechtte deze man weinig waarde aan uiterlijke schijn.

En trouwens ook niet aan wie het pand waarin hij woonde binnen kon komen.

Niet alleen ontbrak er een buzzer, de voordeur werd zelfs opengehouden met, hoe kan het ook anders, een van de bakstenen uit de voorgevel.

Was ik eenmaal binnen, dan zou mijn plan vrij eenvoudig zijn. Een kind kon de was doen: belletje lellen!

Ik ging de trap op, sloeg hard op de deur van appartement 1-B en rende naar de tweede verdieping. Om me ervan te verzekeren dat ik op het goede adres was, moest ik een glimp van Tagaletto zien op te vangen – als hij tenminste thuis was.

Dat was hij.

Na een scherpe klik van het nachtslot ging de deur van zijn appartement zo ver open als de deurketting toestond. Op dat moment zag ik hem: een lange, magere man met een smal, gevlekt gezicht – zelfs zijn moeder kan niet van hem gehouden hebben. Godallemachtig, hij was nog lelijker dan op die verschrikkelijke politiefoto.

Tagaletto liet zijn donkere, diepliggende ogen naar links en naar rechts dwalen, en ik gluurde nog een keer over de reling van de tweede verdieping. Daarna trok hij zich als een schildpad terug in zijn woning.

Ik installeerde me om te wachten.

Hopelijk moest die vent nog ergens naartoe, want dat zou mij de gelegenheid verschaffen die ik nodig had. Ik had geluk nodig. Maar met míjn geluk kon het niet anders of de man was een kluizenaar. Sam Tagaletto, de aan agorafobie lijdende bookmaker van de South Bronx...

Geweldig. Nee, echt geweldig.

Maar minder dan een halfuur later hoorde ik weer een nachtslot opengaan.

Zowaar, Sam Tagaletto verliet zijn appartement! Waar zou hij heen gaan? En zou ik erin slagen hem te volgen zonder dat hij me in de gaten kreeg en me een pak rammel gaf?

HOOFDSTUK 59

Het aantal keren dat ik in mijn leven iemand had geschaduwd was op de vingers van één hand te tellen. En dan hield ik alle vijf de vingers nog over ook.

Kortom, toen ik met een bonzend hart achter Tagaletto aanging, deed ik een volkomen nieuwe ervaring op. Hoe dichtbij is té dichtbij?

Het leek me het beste om de proef niet op de som te nemen, dus bewaarde ik in het begin een veilige afstand, en ik verloor hem bijna uit het oog toen hij op een druk kruispunt een hoek omsloeg. Om de waarheid te zeggen was ik Tagaletto zonder zijn nicotineverslaving beslist op het drukke trottoir kwijtgeraakt, maar nu hoefde ik alleen de grijze wolk boven zijn hoofd in de gaten te houden. De man rookte harder dan een schoorsteen in de winter.

Mager en onverzorgd als hij was, imponeerde Tagaletto fysiek niet echt. Maar op de een of andere manier lukte het hem wel er bedreigend uit te zien. Misschien omdat je van een kilometer afstand zag dat je hem geen kunstjes moest flikken. Die uitstraling beheerste hij tot in perfectie.

Ik bleef nog een tijdje achter hem. Tot hij opnieuw een hoek omsloeg, en voor de etalages uit het zicht verdween.

Ik versnelde onmiddellijk mijn pas. Tagaletto bleek een smal steegje in geschoten te zijn naast een pizzatent met een rood oplichtende neonreclame voor het raam: *Slice of Heaven.*

'Shit, waar is hij?' mompelde ik toen ik bij het steegje kwam en buiten adem om de hoek gluurde. Ik zag alleen tegen de zijkanten opgestapelde vuilniszakken, niemand daartussen. Voorzichtig liep ik het steegje in. Waar was hij verdomme gebleven?

Het meest voor de hand liggende antwoord zag ik halverwege: een metalen deur, de enige in de steeg. Ik durfde er mijn hoofd om te verwedden dat hij toegang tot de keuken van de Slice of Heaven gaf, maar ik piekerde er niet over er naar binnen te gaan, en niet omdat het er naar peperoni en uien rook.

Ik wilde me net omdraaien en maken dat ik wegkwam, toen ik hoorde dat de deur openging – het geluid van roestige scharnieren weerkaatste tegen de muren. Ik verstopte me snel achter een vuilniscontainer die zo stonk dat ik mijn mouw voor mijn neus moest houden.

Er was een vijf centimeter brede spleet tussen het opgestapelde vuilnis en de muur, precies genoeg om Tagaletto naar buiten te zien stappen.

Hij stak een sigaret op. En hij was niet alleen.

Holy shit.

Ik herkende de andere man direct. Wie zou hem niet herkend hebben? Het was Carmine Zambratta, alias de Zamboni.

Een betere bijnaam heeft een maffioso nog niet gehad. Zambratta zag er niet alleen als een dweilmachine uit, zo gedroeg hij zich ook; hij werd als 'klusjesman' ingezet als er een 'oneffenheidje' moest worden weggewerkt. Iedereen in New York kende zijn gezicht. Zijn politiefoto had talloze keren op de voorpagina's van New Yorkse sensatieblaadjes gestaan – en iedere keer was de kop een variant op hetzelfde thema: NIET SCHULDIG!

Er was maar één maffioso die Zambratta's vermogen om aan veroordelingen te ontsnappen wist te evenaren. En dat was Eddie 'de Prins' Pinero.

Waarom was ik dan zo verbaasd Zambratta daar te zien?

Omdat hij niet bij Eddie Pinero hoorde. Integendeel zelfs. De

Zamboni werkte voor een rivaliserende baas, Joseph D'zorio.

Even staarde ik als aan de grond genageld naar de twee maffiosi. Toen haalde ik mijn iPhone uit mijn zak en toetste de camerafunctie in. Ik stak de telefoon omhoog en keek op het schermpje of ik Tagaletto en Zambratta goed in beeld had.

Shit. Wat nu weer?

Zambratta was verdwenen. Waar was hij in godsnaam heen gegaan?

'Achter je, klootzak,' hoorde ik toen. En ik voelde dat er een pistool tegen mijn kaak werd gezet.

HOOFDSTUK 60

'Ken ik jou?' vroeg Zambratta retorisch.

'Nee,' zei ik terwijl ik mijn best deed om niet te gaan trillen. God alleen weet hoe dat 'nee' klonk. Alsof ik het in mijn broek deed, waarschijnlijk. De verkeerde man op de verkeerde plek. Een vis op het droge. En niet bepaald op mijn gemak.

'Inderdaad, ik ken jou niet,' zei hij. 'Hoe komt het dan dat jij mij wel kent?'

'Ik ken u niet.'

Zambratta spande de haan van zijn pistool, de *klik!* echode in mijn oor.

'Lul niet,' zei hij. 'Iedereen kent me. Ik ben een legende.'

Ik probeerde normaal te ademen, maar dat was zogoed als onmogelijk. 'Ik weet wel wie u bent,' corrigeerde ik mezelf. 'Ik bedoelde dat ik niet wist dat u hier zou zijn.' Wat bedoelde ik daar in godsnaam mee? Ik keek hem een fractie van een seconde aan.

Hij keek me heel intens en geconcentreerd aan, en ik had genoeg gezien om te weten dat hij zich afvroeg wat hij met me zou doen.

'Sam!' riep hij.

Tagaletto liep naar de vuilniscontainer, zijn nieuwste sigaret tussen zijn dunne lippen. 'Jezus, wat een lucht,' zei hij. Hij haalde zijn schouders op. 'Wie is dat?'

'Zeg jij het maar,' zei Zambratta. 'Jij hebt hem hier mee naartoe genomen.'

'Ik heb hem nog nooit gezien. Geen idee wie die malloot is.'

'Zeker weten?'

'Natuurlijk weet ik dat zeker.'

'Hoe heet je?' vroeg Zambratta aan me.

Mijn eerste ingeving was een naam te verzinnen. Gelukkig kreeg mijn tweede, rationelere ingeving de overhand. 'Nick Daniels,' antwoordde ik.

'Omdraaien en gezicht naar de muur, Nick,' zei Zambratta terwijl hij een paar stappen naar achteren deed. Hij had de woorden nog niet uitgesproken of Tagaletto kwam me een handje helpen – met een harde duw. Zodra mijn handpalmen tegen de bakstenen sloegen, begon hij me te fouilleren.

Hij haalde mijn portemonnee uit mijn zak.

'Hé!' zei ik instinctief, maar ik legde mezelf het zwijgen op.

'Draai je om,' beval Zambratta. 'Maar hou je handen mooi hoog in de lucht.'

Ik deed wat me was opgedragen en zag dat Tagaletto mijn rijbewijs bekeek. Hij knikte naar Zambratta. Ik had de waarheid verteld. Was dat iets waard onder maffiosi? Waarschijnlijk niet.

'En wie mag jij zijn, Nick Daniels?'

'Ik ben journalist.'

'Aha. En we zitten achter Sam aan?'

De waarheid had lang genoeg geduurd. Het werd tijd voor een leugen. Vooruit, Nick, denk snel!

Sneller!

'Ik werk aan een artikel,' antwoordde ik. 'Over bookmakers. Of eigenlijk gaat het over New Yorkers die door hun gokverslaving in de problemen komen.' Niet slecht, onder de omstandigheden.

'En die lulkoek moet ik geloven?'

Ik knikte naar Tagaletto. 'Hij is toch bookmaker, of niet?'

'En wat ben ík dan?' vroeg Zambratta. 'Kom ik nou ook in dat artikel?'

'Absoluut niet,' zei ik. 'Sterker nog, ik begin in te zien dat het hele idee waardeloos was. Echt waardeloos. Dus ik smeer 'm. Mag ik mijn handen laten zakken?'

Zambratta grinnikte. Ik was zijn hofnar, en dat vond ik best. Alles beter dan dat ik zijn volgende slachtoffer was.

'Wat zullen we met hem doen, Sam?' vroeg Zambratta. 'Heb jij een goeie inval?'

Tagaletto haalde zijn schouders weer op en drukte zijn peuk uit tegen de muur. 'Het is duidelijk dat die gast dingen weet die hem niets aangaan,' zei hij.

'Bedoel je te zeggen dat-ie dood moet?'

'Jij mag het zeggen. Maar ik zou het doen.'

Zambratta knikte. 'Ga je gang,' zei hij terwijl hij Tagaletto zijn pistool toewierp. 'Maak hem maar af.'

HOOFDSTUK 61

Ik zweer dat het pistool de afstand tussen Zambratta en Tagaletto in slow motion aflegde. Dat gevoel had ik tenminste. Het stuk ijzer met de stompe neus vloog door de lucht, en mijn leven stond op het spel.

Ik keek toe hoe de bookie een onhandige poging deed het pistool op te vangen en het bijna liet vallen. Daarbij gleed zijn sigaret tussen zijn lippen uit. Het was duidelijk dat zijn handen net zo verbaasd waren als de rest van zijn lichaam. Meen je dat echt? vroeg de blik op zijn gezicht.

Volgens mij meende Zambratta het maar al te serieus.

'Alsjeblieft,' zei ik. 'Doe het niet!' Ik ben verliefd op een fantastische vrouw en ik mag pas doodgaan als ik weet of het wederzijds is.

'Bek dicht!' blafte Zambratta.

Ik staarde naar Tagaletto terwijl allerlei ironische gedachten door mijn hoofd schoten. Zo zag hij er, hoewel hij het pistool vasthield, helemaal niet meer zo dreigend uit. Integendeel, hij leek eerder zenuwachtig, en net zo angstig als ik – en hij was niet degene die net een doodvonnis tegen zich had horen uitspreken.

Hij kan het niet! Hij heeft het niet in zich!

'Wat is er, Sam?' vroeg Zambratta. 'Waar wacht je op? Schiet hem dood.'

Tagaletto zei geen woord. Hij kreeg het zelfs niet voor elkaar Zambratta aan te kijken. Of mij. Zijn hoofd was gebogen en zijn ogen dwaalden over de smerige bestrating van het steegje.

'Dit is nergens voor nodig,' probeerde ik weer. 'Ik vorm geen enkele bedreiging voor jullie. Als jullie me laten gaan, is dit nooit gebeurd.'

'Bek dicht, zei ik!' blafte Zambratta weer. De aderen in de boomstamdikke nek boven de kraag van zijn bruinleren jack puilden uit.

Toen keek hij naar Tagaletto. 'We hebben niet de hele dag, Sam. Als je er de ballen niet voor hebt, moet je het zeggen.'

Christus nog aan toe! Zambratta spoorde hem aan een moord te plegen – een moord op mij!

Ik keek vol afschuw toe hoe Tagaletto zijn blik ophief. Hij keek me recht in de ogen. Vervolgens hief hij zijn arm en richtte het pistool op mijn borst.

Doe iets, Nick! Spring boven op hem! Doe iets!

Ik zag dat Tagaletto's hand begon te trillen. Hij ondersteunde hem met zijn andere hand. Hij probeerde zijn zenuwen te bedwingen. Het moest zijn eerste keer zijn.

'Doe het niet,' zei ik tegen hem.

Toen haalde hij de trekker over.

De lucht om me heen explodeerde, de vernietigende knal van het schot boorde zich in mijn oren.

Maar ik voelde nog geen pijn.

Ik bekeek mezelf. Geen bloed. Geen zichtbare wond.

Had Tagaletto op een afstand van nog geen twee meter misgeschoten?

Toen keek ik pas naar Tagaletto. Hij stond daar alleen niet meer. Hij lag, op de grond, in een enorme plas bloed.

'Je mag van geluk spreken dat ik altijd een reserve bij me heb,' zei Zambratta. Hij stak zijn tweede pistool in een holster in zijn jasje.

Ik kon niet bewegen en had het gevoel dat ik verlamd was. Ik wilde vragen waarom Tagaletto dood was, en ik niet. Maar ik kon geen woord uitbrengen.

Zambratta antwoordde evengoed. 'Sam was een onverantwoordelijke klootzak, dat is-ie altijd al geweest,' sneerde hij. 'Nu is het een verslaggevertje. Morgen is het de FBI.'

Hij liet mijn rijbewijs in zijn zak glijden en gooide mijn portemonnee op de grond. Toen nam hij me pas echt goed in de zeik.

'Ik heb niet de opdracht gekregen je nu al om te leggen,' zei hij.

HOOFDSTUK 62

De hele weg terug naar mijn appartement spookte Zambratta's laatste zin door mijn hoofd, net als het pistoolschot dat het leven van Sam Tagaletto had beëindigd. En daar kwam nog bij dat hij nu niet meer naar mijn rijbewijs hoefde te kijken om te weten wie ik was.

Want hij werkte voor Joseph D'zorio.

Alles kwam bij elkaar, op een manier die ik nooit had kunnen bedenken. En dat was geen goed nieuws. Mensen die ik niet kende, en die ik nooit had ontmoet, wisten wie ik was en wilden mij dood hebben. Maar nu nog niet.

Reden te meer om linea recta naar de politie te rennen – niet om te lopen! – maar dat deed ik niet. Ik vond dat niet verstandig.

Nu nog niet. Mijn zoektocht naar de waarheid nam me te veel in beslag. Dat jochie dat ooit met open mond in de bioscoop naar Woodward en Bernstein in *All the President's Men* had zitten kijken, was nu geobsedeerd door de vraag wat Dwayne Robinson en mij op die bloederige dag in Lombardo's bij elkaar had gebracht. Of liever gezegd, wíe ons bij elkaar had gebracht.

Als ik het goed begreep, was het verhaal ermee begonnen dat Dwayne Robinson een aantal slechte weddenschappen had afgesloten en geld verloor dat hij niet had. Hij stond in het krijt bij Sam Tagaletto, maar Tagaletto was maar een tussenpersoon. Dwayne stond eigenlijk in het krijt bij Joseph D'zorio. Nadat Dwayne twee ongedekte cheques had uitgeschreven, had

D'zorio zijn armen kunnen breken of hem naar de bodem van de Hudson kunnen jagen.

Maar met spierkracht alleen zou D'zorio geen maffiabaas zijn geworden. Hij was slim, sluw zelfs. Hij was een schaker, geen damspeler. Dus bedacht hij een manier waarop Dwayne zijn schuld kon afbetalen. De voormalige linkshandige sterwerper hoefde alleen zijn aloude radiostilte te doorbreken en in een ogenschijnlijk willekeurig steakhouse een interview te laten afnemen door een geloofwaardige journalist die het hele verhaal voor zoete koek zou slikken.

En laat die bandrecorder maar draaien!

Ik heb een boodschap van Eddie.

Zo liet D'zorio Eddie Pinero in de val lopen. Hij had gebruikgemaakt van Dwayne en mij. Maar hij had vooral gebruikgemaakt van het feit dat Pinero een motief had om de man die al sinds jaar en dag zijn advocaat was, dood te willen.

Het was een perfect plan. Natuurlijk hoorde ik de verwijzing naar Pinero op mijn bandrecorder. Dat kon niet missen. Als ik mijn jas niet in Lombardo's had laten hangen en niet met de gastvrouw, Tiffany, had gepraat, zou ik nooit achterdochtig zijn geworden.

Want op dat moment begon D'zorio's plan een beetje al te perfect te worden. Althans, voor mij.

Nu was het de vraag of ik mijn theorie kon bewijzen, althans in de ogen van iemand die er in politiekringen toe deed. En of ik er lang genoeg voor zou leven.

Zodra ik in mijn appartement was, pakte ik het visitekaartje van Derrick Phalen. Het was iets na tweeën. De kans was groot dat hij op zijn kamer zat. Maar hij had me gevraagd hem alleen op zijn mobiele telefoon te bellen.

Phalen nam snel op, al nadat zijn telefoon één keer was overgegaan, en hij zei dat hij me binnen een paar minuten zou terugbellen. Toen hij terugbelde, hoorde ik op de achtergrond straatgeluiden. Hij was dus naar buiten gegaan om met mij te praten. Was hij extreem paranoïde of alleen maar superslim?

'We moeten praten,' zei ik tegen hem. 'Je zult verteld staan.'

'Je weet pas de helft,' antwoordde hij. 'Als je hoort wat ik gisteravond heb ontdekt, sta jíj versteld.'

HOOFDSTUK 63

Phalen zei dat hij niet meteen kon vertellen wat hij wist en er niet over de telefoon over wilde praten. 'Kun je vanavond naar mijn appartement komen?' vroeg hij.

Is de paus katholiek? Natuurlijk, ik laat me nergens door tegenhouden.

Die avond, op weg naar Derrick, belde ik Courtney. Ze was rustig en terughoudend, dus ik bracht Thomas Ferramore niet ter sprake en vertelde evenmin wat er die dag in de Bronx was gebeurd. Ik zei wel dat ik naar Phalen ging, en zij zei: 'Wees voorzichtig, Nick. Ik wil niet ook jou kwijtraken.'

Even na achten nam ik de afslag van de Henry Hudson Parkway die naar het hart van de wijk Riverdale in de Bronx leidt. Phalen woonde iets verderop, in een straat met aan weerszijden vooroorlogse panden van bruine bakstenen. Als ik niet beter had geweten, zou ik hebben gezworen dat ik in Upper East Side in Manhattan was.

Op één verschil na: parkeerruimte. Hier vond ik een parkeerplaats op nog geen vijftien meter van Phalens adres.

Toen ik mijn schoudertas pakte en de stoep op liep, herinnerde ik me een grapje dat mijn oom Leo me een keer had verteld. Ik moet negen of tien zijn geweest.

'Hoe zorg je ervoor dat een uilskuiken vol spanning afwacht?' vroeg hij.

'Weet ik niet. Hoe?'

Oom Leo glimlachte. 'Dat zal ik je zo vertellen… Uilskuiken.'

Ik kon niet wachten tot ik zou horen wat Phalen voor me had. Ik snelwandelde naar zijn bruinstenen huis en mijn hart ging flink tekeer. Maar met één voet op de stenen trap naar de voordeur bleef ik staan.

Had ik mijn auto wel op slot gedaan?

Ik kon het me niet meer herinneren.

Ik stak mijn hand in mijn zak, en mijn duim zocht de knop op mijn elektronische sleutel, waarmee de auto open- en dichtging. Ik drukte hem in en keek of de achterlichten van mijn Saab knipperden – maar dat deden ze niet.

Ik klikte nog een keer.

Zonder succes.

Ik vloekte binnensmonds en liep terug omdat ik dacht dat ik te ver van mijn auto af stond. Ik had de sleutel nu uit mijn zak gehaald en richtte hem op het dashboard. Nu stond ik zeker dichtbij genoeg.

Maar de achterlichten knipperden nog steeds niet.

Wat krijgen we nou weer?

Ik schudde de sleutel even heen en weer en drukte de knop nog een paar keer stevig in. Had het batterijtje dat erin zat zijn beste tijd gehad?

Nee. Mijn tijd was gekomen.

BOEM! zei mijn Saab.

HOOFDSTUK 64

Mijn auto kwam een meter omhoog, en er schoot een oranje vuurbal op me af die me omverblies; ik sloeg zo hard tegen de stoeptegels dat ik even buiten westen was.

Toen ik weer bijkwam, dreunde de explosie nog na in mijn oren. Ik hoorde glasgerinkel en metaal dat werd verwrongen – mijn auto!

Ik krabbelde voorzichtig overeind, maar de hitte van de vlammen was zo intens dat ik een paar stappen naar achteren moest doen. Ben ik in orde? Ben ik ernstiger gewond dan ik denk? Ben ik überhaupt nog onder de levenden?

Ik keek naar mijn geblakerde kleren en mijn vraag werd ten dele beantwoord. De rook rees letterlijk van mijn sweater omhoog. Ik was duizelig en doodsbang, maar vooral opgelucht dat ik nog leefde.

Oké, Nick. Je bent in orde.

Toen werd ik me van de volgende afschuwelijke scène bewust – en ik hoorde een schreeuw waarvan al mijn nekharen overeind gingen staan.

Ik keek om me heen en zag een chocoladebruine labrador die op de stoep aan de overkant aan een lijn trok. De hond draaide rondjes en blafte alsof hij gek was geworden.

Toen zag ik waarom.

Zo snel als ik kon rende ik naar de overkant van de straat en rukte intussen mijn sweater van mijn lijf. Bij de stoep aangekomen zette ik af en vloog door de lucht.

De eigenaar van de hond, een kind van zestien, zeventien jaar, lag op de grond; de vlammen sloegen van hem af en hij gilde van de pijn. In een poging het vuur te smoren dook ik boven op hem, met de sweater voor me uit. 'Help me!' smeekte hij. 'Help me, alsjeblieft!'

Ik bedolf de knul onder mijn lichaam en mijn sweater. Maar de vlammen gaven het niet op – ik had hulp nodig.

Godzijdank kwam die ook. *Psssj!* Ik voelde een ijskoude wolk wit poeder op mijn huid. Het leek wel een lawine, en hij kwam net op tijd.

Ik hoestte en proestte, nauwelijks tot ademhalen in staat. Degene die met de brandblusser was verschenen, had blijkbaar besloten het tankje helemaal leeg te spuiten. Ik vond het prima. En het was helemaal prima voor de jongen die onder me lag.

'Gaat het?' vroeg ik terwijl ik van hem af rolde.

'Weet ik niet…' kon hij alleen maar uitbrengen.

Inmiddels liep de straat vol met mensen die uit de bruine bakstenen huizen stroomden. Iedereen die zich binnen gehoorafstand van de explosie had bevonden, kwam naar buiten om te zien wat er gebeurd was. Ze begrepen er niets van – maar ik wel, en ik kreeg het ijs- en ijskoud, alsof er niet één maar tientallen brandblussers op me leeggespoten waren.

Er was net een poging gedaan me te vermoorden.

Voordat ik het wist werd ik overeind geholpen. 'Bent u gewond?' vroeg een man. 'Gaat het, meneer?'

Ik hoorde de vraag, maar antwoordde niet. Ik kon alleen maar om me heen kijken, naar de bezorgde, angstige gezichten om me heen. Met ieder gezicht dat ik niet herkende, werd ik banger. 'O nee!' riep ik opeens. 'O god, nee.'

En weg rende ik. Heel hard, zo hard als mijn elastiekerige benen konden.

Alsof iemands leven ervan afhing.

HOOFDSTUK 65

Ik rende als de spreekwoordelijke gek over straat, bedekt met een laagje wit poeder, in nasmeulende kleren, mijn huid zwart van het roet, mijn haar verschroeid en de blik in mijn ogen radeloos.

Ik rende als een bezetene en keek bij iedere stap om me heen in de hoop Phalen te zien.

Was dat Derrick daar, bij de brandkraan?

Nee.

Was dat hem, daar op de stoep?

Godverdomme! Ook niet.

Ik knalde tegen mensen op en baande me een weg door de straat. Het was een straatfeest van ramptoeristen, met mijn brandende auto in het middelpunt en mijzelf in de hoofdrol.

Ik bereikte de voorgevel van Phalens huis en sprong de trap op. De voordeur zat op slot – shit! – dus draaide ik me naar de rij belknoppen aan de zijkant. Ik zocht in mijn zak naar het nummer van zijn appartement en herinnerde me toen dat ik het op de achterkant van zijn visitekaartje had geschreven.

2c!

Ik ramde de muis van mijn hand tegen de zoemer. Terwijl ik wachtte, leken de seconden een eeuwigheid te duren. Er schoten allerlei plausibele scenario's door mijn hoofd: Derrick staat onder de douche. Doet een dutje. Is nog niet thuis. Wat dan ook – als het maar niet was wat ik vreesde.

Ik stond nog steeds op de buzzer te drukken toen de voordeur opeens openging. Een man met een badjas aan kwam kijken wat al die commotie op straat veroorzaakte.

'Hé joh, ben je niet goed bij je hoofd?' vroeg hij toen ik hem bijna ondersteboven liep om binnen te komen.

De trap was recht voor me. Ik nam twee treden tegelijk en sloeg de hoek naar de eerste en daarna naar de tweede verdieping om. De man in de badjas schreeuwde nog steeds tegen me en dreigde de politie te bellen.

Mijn blik schoot langs de deuren. 2C was aan het einde van de gang, aan de voorkant van het pand.

De deur zat op slot. Natuurlijk zat hij op slot.

Ik bonsde op de deur en riep Derricks naam. Alsjeblieft, zeg dat je thuis bent!

Maar hoe langer ik sloeg, hoe minder hoop ik had.

Ik draaide me om, op zoek naar iets waarmee ik die klotedeur kon inbeuken. Toen wist ik wat ik nodig had. Verdomd, ik had het antwoord zo ongeveer óp me.

Maar er hing geen brandblusser in de gang naar Derricks appartement.

Ik vloog naar de derde verdieping. Yes! Bij de trap hing een groot blusapparaat, glanzend rood met zilver. Ik rukte het van de muur, rende weer omlaag naar Phalens deur en ramde hem er steeds opnieuw zo hard mogelijk tegenaan – nu zag ik er waarschijnlijk helemaal als een gek uit.

Ten slotte versplinterde ik de deur. Ik kon bij de sloten. De deur vloog open. Ik wilde Derrick al roepen.

Maar dat deed ik niet. Ik zakte op mijn knieën en staarde naar de gaten waar de ogen van Derrick Phalen hadden gezeten.

DEEL VIER

Bewijslast

HOOFDSTUK 66

Terug op straat, in gesprek met rechercheurs uit het district waaronder Phalens adres viel, zag ik iemand op de plaats delict verschijnen die ik op dat moment echt niet wilde spreken – ik wilde hem niet eens zien.

Officieel viel Riverdale in de Bronx buiten de jurisdictie van de hoofdaanklager van Manhattan. Officieus leek de hoofdaanklager van Manhattan zich daar geen bal van aan te trekken.

De twee rechercheurs die me ondervroegen evenmin. Meer dan een knikje kregen ze niet van Sorren, maar ze trokken zich meteen terug.

Sorren stak een sigaret op, nam me in één blik van top tot teen op en hield het in het begin nog netjes: 'Alles goed?'

'Ja,' zei ik. 'Ik geloof van wel.'

In dat geval…

Sorren deed een stap naar voren en kwam voor me staan. 'Waar dacht jij mee bezig te zijn?'

Ik kwam overeind van de bumper van de ambulance en ging vlak voor hem staan. Ik was nog nooit van mijn leven zo leeggezogen en van slag geweest, maar ik was niet van plan me door hem, of door wie dan ook op die plaats delict daar, te laten ringeloren. Ik was een van de slachtoffers, of niet soms? O, dat dacht ik ook.

'Ik heb je op je kantoor al verteld wat ik ervan dacht. Weet je nog? Jij zei tegen mij dat ik geen bewijzen had. Je insinueerde dat ik die eerst maar eens moest gaan zoeken.'

Sorren zwaaide ongelovig met zijn hand door de lucht. 'En dus ga je naar de TGM en vertel je de aanklager een of ander lulverhaal over een artikel dat je schrijft?'

'Hoe weet jij dat?' vroeg ik.

'Op weg hiernaartoe heb ik Phalens baas gesproken, ene Ian LaGrange. Hij zei dat je hun hebt voorgelogen.'

'Dat klopt, ik heb gelogen,' zei ik. 'En Phalen wilde niets met me te maken hebben. Ik ben hiernaartoe gekomen omdat ik wilde proberen hem op andere gedachten te brengen. Dat is alles.'

Sorren meesmuilde. Ik wist zeker dat hij begreep dat dat niet waar was – niet nu Phalen was vermoord en ik maar net aan datzelfde lot was ontsnapt. 'Luister, Nick,' zei hij bits. 'Als je Phalen wilt beschermen, had je dat moeten doen toen hij nog leefde.'

Ai. Die zat. Ik nam het mezelf al kwalijk dat ik Derrick bij deze puinzooi had betrokken. Het schuldgevoel dat ik bij mijzelf teweegbracht was al erg genoeg. Maar het schuldgevoel dat Sorren me gaf, maakte het nog net iets erger.

Overigens had hij wel gelijk. Ik besefte weer dat Sorren een slimme kerel was en dat ik hem nog hard nodig zou hebben – misschien zelfs wel om in leven te blijven.

'Derrick Phalen hielp me,' gaf ik toe. 'Hij zei dat hij iets groots had ontdekt, iets waarvan ik versteld zou staan.'

'Goed. Dat is beter. En wat was dat?'

'Dat zou hij me vanavond vertellen. Daarom ben ik hier. En dat is de waarheid, David. Ik ben volkomen eerlijk.'

'En je hebt geen idee wat hij je wilde gaan vertellen?' vroeg Sorren. 'En draai er niet omheen, Nick.'

'Dat doe ik ook niet,' zei ik. 'Ik weet het niet. Ik heb geen flauw idee.'

'Kut.'

'Dat kun je wel zeggen, ja.'

Sorren nam een laatste, felle trek van zijn sigaret en gooide hem op de grond. Ik keek hoe hij hem kwaad met zijn hak uitdraaide.

Natuurlijk, als ik niet naar beneden maar voor me uit had gekeken, dan had ik hem wel gezien, de man die me briesend en met geheven vuist aanviel.

Maar het was die verschrikkelijke nacht voortdurend hetzelfde liedje.

Ik zag het niet aankomen.

HOOFDSTUK 67

Mijn rechterwang implodeerde en de pijn kwam zo snel en zo hevig dat ik dacht dat ik door een stadsbus werd aangereden.

In zekere zin was ik dat ook. Ian LaGrange was met zijn één meter vijfennegentig en bijna honderdveertig kilo langs Sorren gestormd en had me vanuit het niets vol in het gezicht geslagen, en terwijl ik achteruit tegen de ambulance aan viel, hoorde ik hem brullen: 'ZIE JE NOU WAT JE GEDAAN HEBT, KLOOTZAK? ZIE JE WAT JE HEBT AANGERICHT?'

En hij was nog niet klaar.

Hij kwam opnieuw op me af, zijn lange, machtige armen zwaaiden al door de lucht. Als Sorren niet voor hem was gaan staan en hem had tegengehouden, zou hij me waarschijnlijk eerst bewusteloos hebben geslagen om vervolgens mijn gezicht te bewerken. En dat terwijl ik nu al sterretjes en felle kleuren zag die normaal gesproken niet op mijn palet voorkwamen.

'Hou op! Rustig!' blafte Sorren terwijl hij hem naar achteren duwde – althans, dat probeerde hij. LaGrange woog bijna veertig kilo meer dan Sorren, en hij zag er niet uit alsof hij van plan was zich te laten tegenhouden in zijn voornemen mij nog meer meppen te verkopen.

Dat wil zeggen, tot Sorren het over een andere boeg gooide. Terwijl LaGrange doorschreeuwde dat Derrick Phalen dankzij mij was vermoord, herinnerde Sorren hem eraan dat we daar niet alleen waren.

Hé, hallo? Heb je die persbusjes niet gezien?

'Kijk eens om je heen, LaGrange!' zei Sorren tussen zijn op elkaar geklemde kaken. 'Dit is hier niet de juiste plaats voor.'

Om de ene of andere reden deed dat het 'm. LaGranges woede werd blijkbaar alleen overtroffen door zijn angst een sensatie op de nieuwsbulletins van de stad te worden (om van YouTube nog maar te zwijgen). De verslaggevers en hun cameramannen sprintten al op ons af. LaGrange bond onmiddellijk in.

'Er valt hier niets te zien, jongens!' zei Sorren tegen de verslaggevers. 'We komen zo met een statement. Nog even geduld a.u.b.'

Dat accepteerden ze met tegenzin.

Sorren wachtte geduldig tot wij weer met z'n drieën waren. Toen richtte hij zich tot LaGrange.

'Doe me een plezier, Ian,' zei hij kalm. 'Vertel de recherche over Phalen wat je weet – over zijn familie, over wat hij precies bij jullie taskforce deed, et cetera… Alles.'

LaGrange knikte. Hij wist dat Sorren maar één ding wilde, en dat was ons uit elkaar houden. Maar hoewel hij al wegliep, kon hij zich niet beheersen.

'Wat ze ook zeggen,' zei LaGrange terwijl hij zich omdraaide en met zijn dikke wijsvinger naar mij wees, 'het is jouw schuld dat Derrick is vermoord.'

'Het spijt me,' zei ik. Dat was het enige waar ik aan dacht.

Nee, het was nog erger dan dat.

Dat was het enige wat ik kon zeggen.

HOOFDSTUK 68

'Wat een klootzak,' zei Sorren toen LaGrange naar de rechercheurs liep. 'Laat je niet door hem van de wijs brengen.'

'Daar is het te laat voor,' zei ik. Ik wreef over mijn kaak, die door de zwaaistoot flink begon op te zwellen. 'Ik geloof dat hij een tand heeft losgeslagen.'

'Ja, hij is zijn boekje ver te buiten gegaan.' Sorren schoof ongemakkelijk met zijn voeten. 'Ik weet dat je volledig in je recht staat, maar als je overweegt een aanklacht tegen hem in te dienen…'

'Zie ik eruit als iemand die hem voor zoiets voor de rechter wil slepen?'

'Nee, ik geloof het niet,' zei Sorren, duidelijk opgelucht. 'Bedankt, Nick.'

'Geen probleem. En nu sta jij bij me in het krijt, toch?'

'Daar komen we nog wel op terug. Luister, zodra Ian klaar is, zorg ik ervoor dat de rechercheurs jou horen, dan kun jij hier weg. Maar je begrijpt waarschijnlijk wel dat je vanaf nu politiebescherming nodig zult hebben.'

'Is dat nodig? Wacht even, ik druk me verkeerd uit. Ik bedoel: zou dat helpen?'

'Dat weet ik niet,' zei hij met een blik op het uitgebrande, narokende karkas dat tot voor kort mijn auto was. 'Je mag het zelf zeggen. Maar ik durf wel te stellen dat degene die jou dood wilde hebben, niet opeens van gedachten is veranderd.'

Ik knikte. 'Maar het is niet Pinero.'

'Dat zei je al,' antwoordde Sorren terwijl hij een sigaret zocht. Het leek alsof hij maar met een half oor naar me luisterde.

'Het was Joseph D'zorio,' zei ik.

Plotseling was hij een en al oor en kon zijn peuk wel even wachten. 'Hoe weet je dat? Wie is je bron? Vertel op, Daniels.'

'Ik kan je niet alle details geven, maar Dwayne Robinson was hem geld verschuldigd dat hij niet had. Dus...'

Sorren stak zijn handen op; hij was slim genoeg om te begrijpen waar ik heen wilde. 'Wacht even,' zei hij met een stem vol ongeloof. 'Wou jij soms zeggen dat Lombardo's die dag doorgestoken kaart was?'

'Het was allemaal doorgestoken kaart, ja. D'zorio wist dat ik een bandrecorder bij me zou hebben om geen woord van Robinson te missen. Hij wist dat Pinero in de val zou lopen.'

'Dat zal best. En hoe ben jij daarachter gekomen?'

'Ik kan niet onthullen wie mijn bron is.'

'Dan niet. Maar als je wilt dat ik je help, heb ik meer nodig dan jouw intuïtie.'

Ik spreidde mijn armen. Kijk om je heen! 'Ziet dit er als intuïtie uit? D'zorio wist dat Phalen en ik hem op het spoor waren.'

'Misschien is dat zo; misschien heb je het opgelost. Maar als ik de losse eindjes niet aan elkaar kan knopen, heb ik geen zaak.'

'En Pinero?' vroeg ik.

'Wat is er met Pinero?'

'Hij wordt verdacht van moord met voorbedachten rade.'

'Ja, dat krijg je als de losse eindjes aan elkaar worden geknoopt,' zei Sorren.

'En als je je vergist?'

'Daarom moet ik je bron spreken.'

'Er is nog iemand anders met wie je eens zou moeten praten,' zei ik. 'De manager van Lombardo's.'

'En waarom zou ik dat moeten doen?'

'Omdat Dwayne Robinson dat tafeltje niet zelf heeft uitgekozen. Als hij die dag naast Marcozza moest zitten, heeft iemand dat geregeld. De vraag is: wie? Wie is het meesterbrein?'

Sorren ging weer op zoek naar zijn sigaret en stak hem tussen zijn lippen. Vervolgens kwam de Zippo tevoorschijn. Terwijl hij de sigaret opstak en diep inhaleerde, kon ik hem zo ongeveer hóren nadenken. Jezus nog aan toe, wetsdienaren en misdadigers zijn écht op hun shotje nicotine gesteld. Eerst Sam Tagaletto, en nu Sorren weer. Ik deed een stap opzij, tegen de wind in. Mijn ouders rookten allebei als een schoorsteen en ze zijn allebei aan kanker overleden.

'Laat me er een nachtje over slapen,' zei hij. 'Maar in de tussentijd heb jij politiebescherming nodig, Nick, of het nou Pinero, D'zorio of de tandenfee is. We willen dat jij in leven blijft. Oké?'

Hij stak zijn hand uit om die van mij te schudden. Met zijn andere hand stak hij zijn aansteker in zijn zak – alleen liet hij hem ernaast glijden. Hij viel op de grond, stuiterde van het asfalt omhoog en bleef bij mijn voet liggen.

'Ik pak hem wel,' zei ik terwijl ik me bukte.

En toen werd mijn hoofd eraf geknald.

HOOFDSTUK 69

Jezus christus! Wat nu weer? Wat gebeurde er? Mijn hoofd lag er niet af – maar het had weinig gescheeld!

De achterruit van de ambulance was aan diggelen gegaan en daalde als een puntige regen op me neer. Een fractie van een seconde eerder, en die ruit was mijn hoofd geweest, met een kogel tussen mijn ogen.

'Weg hier! Weg! Weg!' hoorde ik. Het was Sorren, en hij schreeuwde naar mij.

Hij was in elkaar gedoken en duwde me naar de voorkant van de ambulance, maar op dat moment werd de echo van het geweerschot overstemd door de collectieve schreeuw die van de straat kwam. De menigte buurtbewoners vloog alle kanten op. Het was een waar inferno. Ren voor je leven!

'Ik durf wel te stellen dat degene die jou dood wilde hebben, niet opeens van gedachten is veranderd,' had Sorren net tegen me gezegd.

Je meent het…

Een tweede kogel doorboorde de zijkant van de ambulance, op nog geen halve meter van mijn borst, en de inslag reet de lucht aan stukken. Ik kreeg het idee dat de schutter niet vanuit de juiste hoek schoot.

Nog niet.

De schutter, waar hij ook was, maakte gebruik van een langeafstandsgeweer, zoveel was wel duidelijk.

Toen hoorde ik een heel ander geluid. *Pop! Pop-pop-pop! Pop! Pop-pop-pop!*

Dit waren handwapens – en de kogels gingen de andere kant op. Ze beantwoordden het vuur. Dat krijg je ervan, eikel, als je op een straat vol agenten schiet!

Ik gleed, mijn lendenen zo ongeveer tegen de bumper aan geplakt, om de voorkant van de ambulance heen. Sorren kwam vlak achter me aan.

'Gaat het?' vroeg hij, buiten adem.

Ook ik hapte naar lucht. 'Ja, het gaat. Jij?'

'Puik, Nick. Geweldig. Nog helemaal heel. Maar ik geloof niet dat ik graag met jou op straat rondhang.'

En opeens was het voorbij, net zo snel als het was begonnen – geen vuurwerk meer. Het geschreeuw en de consternatie maakten plaats voor een angstaanjagende stilte.

Maar niemand kwam overeind. Niemand durfde zich bloot te stellen.

Een vrouw die zeven meter verderop achter de karmozijnrode stenen van een bordes zat weggedoken, keek me aan. De uitdrukking op haar gezicht sprak boekdelen: zou het echt voorbij zijn?

Voor u waarschijnlijk wel, mevrouw, had ik tegen haar kunnen zeggen.

Maar niet voor mij.

David Sorren greep me bij mijn arm. 'Blijf hier,' zei hij. 'Verroer je niet.'

'Wat ga je doen?'

'Kijken of we de schutter hebben.'

Sorren kwam vanuit zijn hurkhouding overeind en gluurde over de motorkap van de ambulance.

'Wees wel voorzichtig, hè?' zei ik.

Hij knikte en glimlachte. 'Denk je nog steeds dat je geen politiebescherming nodig hebt?'

Ik weet zeker dat Sorren dacht dat hij nog nooit zo'n retorische vraag had gesteld, maar ik vroeg me af of het antwoord wel echt voor de hand lag. Ik was even daarvoor door agenten omringd geweest, maar het had angstaanjagend weinig gescheeld of ik was met twee geweerschoten omgelegd. Die agenten mochten dan tot de besten van New York behoren, ik had geen idee in hoeverre ze in staat waren me te beschermen.

Op dat moment trok een rij felgele panden aan het eind van de straat mijn aandacht. Van een van de daken scheen een wit licht, en ik zou zweren dat het mijn naam riep. Vooruit, Nick! Smeer 'm. Maak dat je wegkomt.

HOOFDSTUK 70

Ik wilde in eerste instantie naar Courtneys appartement gaan, maar daar zouden ze me vast komen zoeken. Dus ging ik ergens anders heen, ergens waar het veiliger was.

'Hoeveel heeft dat taxiritje je gekost?' vroeg mijn zus, Kate, terwijl ze met een mok kamillethee – het enige cafeïnevrije drankje dat ze om één uur 's nachts uit het keukenkastje had weten te toveren – tussen haar handen aan het hoofd van de keukentafel ging zitten.

'Honderdzesenzeventig dollar,' zei ik. 'En daar kwam de fooi nog bij.'

Kate schudde haar hoofd vol ongeloof. 'Je had vooraf een vast bedrag met de chauffeur moeten afspreken. Dat had je geld bespaard, Nicky.'

Ik begon te lachen. Dat gaf me een fijn gevoel, maar niet lang.

'Wat is er zo grappig?' vroeg Kate. Toen snapte ze het. 'O ja, daar heb je gelijk in. Na zo'n nacht is geld misschien niet zo belangrijk.'

'Dat is het niet eens,' zei ik. 'Ik ben er vooral nog niet aan gewend dat jij de zuinigste van de familie bent.'

Eerlijk gezegd verbaasde dat me helemaal niet. Kates man had in olie gehandeld, en toen hij nog leefde hadden ze bakken geld. Dankzij zijn verzekeringspolis bezat ze na zijn dood nog meer. Maar met zijn overlijden was haar gevoel van veiligheid verdwenen. Daarvoor was een geheel nieuwe waardering van dingen in de plaats gekomen, om te beginnen van het leven zelf. Het ware belang van de dollar bungelde ergens onder aan de lijst.

Kate nam een slok thee. 'Het leven is één lange effectbal, nietwaar?'

'Dat is het zeker,' zei ik.

Vanuit de opening van de keukendeur klonk plotseling bijval, in een slaperige stem. 'Zeg dat wel. Het leven is één lange, lastige effectbal.'

We draaiden ons allebei om en zagen Elizabeth in haar roze pyjama staan.

'Wat doe jij uit je bed, jongedame?' vroeg Kate. 'Je moet morgen naar school.'

Elizabeth liet de stralende glimlach zien die ze van haar vader én haar moeder had. 'Blinden ontwikkelen hun gehoor beter dan andere mensen, weet je nog?'

'Hoe is het met jou, liefje?' vroeg ik.

'Ik wist dat je er was, oom Nick.'

'Laat me raden... heeft mijn eau de cologne me verraden?'

Ze lachte. 'Waarom ben je hier midden in de nacht?'

'Dat is een lang verhaal.'

'Ik heb de tijd.'

'Nee, die heb je niet,' zei haar moeder. 'Morgen is er weer een schooldag. Je moet naar bed.'

'En om de waarheid te zeggen geldt dat ook voor mij,' zei ik terwijl ik opstond. 'Breng jij me even naar de gastenkamer, Lizzy?'

'Zeker. Met genoegen.'

Ik volgde mijn nichtje de trap op naar de eerste verdieping, en het was verbazingwekkend om te zien hoe ze alle treden, ieder hoekje en elk meubelstuk perfect in haar hoofd had. Ze hoefde geen enkele keer op de tast naar iets te zoeken – ook niet naar mijn hand.

'Ben je hier morgen nog als ik uit school terugkom?' vroeg ze halverwege de trap.

'Dat weet ik nog niet,' antwoordde ik.

Ze bleef staan en draaide zich naar me toe. 'Wauw,' zei ze. 'De meeste mensen die op zo'n vraag "dat weet ik nog niet" antwoorden, weten het wel. Maar ik hoor aan je stem dat je het echt niet weet.'

Elizabeth had het zoals gebruikelijk helemaal bij het rechte eind. Ik had geen idee wat de volgende dag zou brengen, laat staan wáár de dag mij zou brengen. Ik was, ondanks haar bescherming, op de vlucht voor de politie, en had de voorkeur gegeven aan een afgelegen huis in de bossen van Weston in Connecticut. 'Pizzabezorgers hebben altijd moeite ons te vinden,' grapte Kate vaak. 'En FedEx ook.'

Toch had ik de taxichauffeur voor alle zekerheid opdracht gegeven nog een paar keer rond te rijden voordat ik hem vroeg de oprit op te rijden. Maar van het Weston-front geen nieuws. We werden niet gevolgd.

Ik was ten minste één nacht veilig.

De volgende dag zou de pleuris wel weer uitbreken.

HOOFDSTUK 71

Ik ging op het zeer comfortabele bed in Kates logeerkamer aan het einde van de gang liggen en trok het frisse, schone dekbed over mijn hoofd – om de een of andere reden dacht ik dat het me zou helpen in slaap te vallen. Dat bleek niet het geval.

Zodra ik mijn ogen sloot, zag ik Derrick Phalen, en hoe ik ook lag te woelen en te draaien, ik kon dat beeld niet van me afschudden. Vooral zijn lege oogkassen niet.

Zou ik die ooit níet meer voor me zien? Ik betwijfelde het.

Ik was echt dood- en doodmoe, maar ik kon de slaap niet vatten. Thuis in Manhattan zou ik naar de straatgeluiden hebben geluisterd, dat deed ik altijd als ik mijn hoofd leeg moest krijgen. In feite telde ik dan claxons in plaats van schapen.

Maar in de bossen van Connecticut was er niets dan stilte. En die was, deze nacht, oorverdovend.

Gefrustreerd duwde ik het dekbed van me af en tastte naar mijn iPhone op het nachtkastje.

In de taxi rinkelde die aan één stuk door, en toen had ik hem uitgezet. Geen wonder dat sommige mensen wilden weten waar ik was, niet in de laatste plaats een erg kwade David Sorren.

Maar alleen over Courtney voelde ik me rot. Echt rot. Hoewel ik haar een sms'je had gestuurd om te laten weten dat ik in orde was, had ik niet geantwoord toen ze sms'te waar ik was. Het was beter dat ze niet voor mij hoefde te liegen. Het was ook beter dat ze niet nog verder bij mijn problemen betrokken raakte dan ze al was.

Ik zette mijn iPhone aan. De display gaf 03.04 uur aan.

Ik had inderdaad zes berichten van Sorren, en nog meer van Courtney. Sorrens berichten konden wel tot de volgende ochtend wachten, maar ik vond dat ik die van Courtney ten minste even moest afluisteren. Ik wist zeker dat de moord op Derrick Phalen haar had geschokt. Zij had me tenslotte naar hem toe gestuurd, en hij was een vriend van haar.

'Nick, met mij weer,' begon haar bericht. 'Bel alsjeblieft even terug. Alsjeblieft, Nick.'

Omdat ik er bijna niet tegen kon haar stem te horen wilde ik de volumetoets indrukken, maar op dat moment begon de telefoon te trillen.

Shit! Welke knop had ik ingedrukt?

Nee, er was gewoon iemand die me om drie uur in de ochtend belde!

Ik was zo bang Kate en Elizabeth wakker te maken dat ik niet eens op het schermpje keek wie er belde.

'Hallo?' fluisterde ik.

'Hallo, Nick.'

'Wie is dit?'

Ik wist meteen dat ik de stem eerder had gehoord, alleen kon ik hem niet plaatsen. Maar dat deed hij voor mij. 'Ik heb je toen in die diner al gewaarschuwd, Nick, maar je hebt niet naar me geluisterd,' zei hij. 'Je had moeten luisteren.'

Ik schoot overeind en knipte het bedlampje aan. Jezus. Het was die kerel uit de Sunrise Diner, die met het pistool. Die had gezegd dat ik zwaar in de problemen zat.

'Weet je niet hoe laat het is?' vroeg ik.

'Natuurlijk wel,' zei hij. 'Ik weet zelfs in welke kamer je zit, Nick. In de enige kamer waar het licht brandt.'

Het was midden in de nacht en hij was hier.

HOOFDSTUK 72

In een oogwenk stond ik bij het raam dat op de voortuin van het huis uitkeek. Ik rukte het gordijn open en drukte mijn neus tegen het glas. Het kon me niet schelen of hij me kon zien – kon ik hém zien?

Was hij daar echt? Zo klonk het wel. En zo zag het er ook uit.

Zelfs met de weerspiegeling van het licht in de kamer kon ik de brandende koplampen van de auto die op de oprit stond niet missen. Maar dat was het enige wat ik zag. Waar hang jíj uit, klootzak?

Het leek alsof hij mijn gedachten kon lezen en een spelletje met me speelde. Het volgende moment stapte hij uit de duisternis en verscheen zijn angstaanjagende silhouet vlak voor zijn auto. Zijn elleboog was gebogen, zijn telefoon aan zijn oor.

'Dus jij had gedacht dat niemand je hier zou kunnen vinden, hè?' vroeg hij. Maar het was geen vraag. Het was dikdoenerij. Hij leek nogal vol van zichzelf.

'Ik bel de politie,' zei ik.

'Vast, net als toen in die diner.'

'Dat was anders.'

'Waarom? Omdat je niet alleen in dit mooie huis in Disturbia bent?'

De referentie aan Kate en Elizabeth alleen was al genoeg om me de rillingen over mijn lijf te laten lopen. En plotseling sloeg mijn angst om in pure woede. De adrenaline spoot door mijn lichaam. Wie die vent ook mocht zijn, hij maakte me pislink.

'Nou moet je eens goed naar me luisteren,' zei ik terwijl ik mijn greep op de telefoon verstevigde – ik kneep er zo hard in dat ik bang was dat ik mijn hand zou breken.

'Nee, luister jij maar naar mij,' onderbrak hij me ruw. 'Je zit er tot je nek toe in, tot ver over je nek. Dat kun je niet ontkennen, toch, Nick?'

'Wie ben je verdomme?'

'Het is drie uur 's nachts, dus laten we het erop houden dat ik je ergste nachtmerrie ben. Mee eens?'

Toen stapte hij uit het licht van de koplampen en verdween weer in de duisternis.

Shit! Waar was hij?

En de vraag die me nog veel meer angst aanjoeg was: waar ging hij naartoe?

HOOFDSTUK 73

Ik rende de gastenkamer uit en riep Kate en Elizabeth. Ondertussen toetste ik met één hand 911 in en tastte met de andere naar de lichtschakelaar in de gang.

Maar Kate was me voor. *Klik!*

De gang baadde in het licht en haar blik boorde zich in de mijne. Ze was haar kamer uit gerend alsof het huis in brand stond. In een joggingbroek en een T-shirt, de ogen vol paniek.

'Wat is er?' vroeg ze. 'Nick, wat is er?'

'Ja,' zei Elizabeth, die tegelijkertijd uit haar kamer kwam, 'wat is er aan de hand?' Beiden kregen antwoord toen ik de stem van de telefoniste van de alarmcentrale uit de telefoon hoorde komen. Godzijdank was ze heel kalm en zelfverzekerd. Een noodgevallendeskundige.

Ik dreunde razendsnel het adres op. 'Er staat een man voor het huis,' zei ik vervolgens. 'Ik denk dat hij wil inbreken. Hij is gewapend.'

Kate was met een paar stappen bij Elizabeth en pakte haar hand. 'Kom,' zei ze. 'Nu, meteen.'

Ze nam Elizabeth mee naar de trap naar de derde verdieping, naar de zolder.

'Wacht, ik wil bij jullie blijven,' smeekte Elizabeth.

'Nee,' drong Kate aan. 'Jij gaat naar de zolder en trekt de deur achter je dicht. Wat je ook hoort, je doet niet open. Begrepen?'

Elizabeth knikte, vechtend tegen de tranen. Ze legde haar hand op de reling, bleef staan en draaide zich om. Plotseling vloog ze de hal door. Aan mijn stem alleen had ze genoeg om precies te weten waar ik was.

'Wees voorzichtig, oom Nick,' zei ze terwijl ze me stevig omhelsde. Daarna holde ze terug naar de trap en rende zo snel naar boven dat je je bijna niet kon voorstellen dat ze de treden niet kon zien.

Ondertussen was Kate in haar slaapkamer verdwenen. Ik wilde haar alweer gaan roepen toen ze weer tevoorschijn kwam.

'Wat heb jij daar in godsnaam?' vroeg ik.

Maar ik zag het maar al te goed. Ze hield een pistool in haar hand.

Mijn bloedeigen zus!

De democraat die ik nog niet zo lang geleden had horen zeggen dat de National Rifle Association een leger van republikeinse gekken was.

'De tijden zijn veranderd,' zei ze. 'Hier, pak aan.'

Ik wist niet hoe snel ik hem moest aannemen. 'Bedankt.'

'Hij is geladen,' voegde ze eraan toe.

'Dat mag ik hopen. Anders heb je er niet veel aan.'

Ze rolde met haar ogen en heel even waren we weer de broer en zus van vroeger, uit Newburgh. Heel even.

'Wat nu?' vroeg ze.

'Goed luisteren. En wachten tot de politie hier is.' Als ze het huis tenminste kunnen vinden...

Ik liep naar de trap en gluurde naar beneden. Zou hij een ruit inslaan? Of zou hij van vlakbij het slot van de voordeur kapotschieten?

Ik keek naar Kate en bracht een vinger naar mijn mond. *Ssst.*

We hielden onze adem in. Even dacht ik Elizabeth op zolder te horen. Godallemachtig, wat moest zij bang zijn.

'Wat denk je?' fluisterde Kate na een tijdje. 'Is hij verdwenen of niet?'

Ik wilde antwoord geven toen we een geluid hoorden. Het

was een ander geluid dan ik had verwacht. Het was de motor van een auto.

Was de politie er?

Ik rende naar het logeerkamerraam en staarde naar de oprit. Nee, geen politie.

Maar ook niemand anders.

De oprit was verlaten, zijn auto verdwenen. Meneer Sunrise Diner, wie hij ook mocht zijn, had ons de stuipen op het lijf gejaagd.

Maar daar was het bij gebleven.

Waarom?

Wie was die klootzak?

Wat wilde hij van me?

HOOFDSTUK 74

Goed, misschien was politiebescherming toch niet zo'n gek idee…

Trouwens, het was een beetje gek om het aanbod af te slaan nu ik midden in de nacht naar de alarmcentrale had gebeld. De volgende ochtend had ik, zoals David Sorren het uitdrukte, 'het licht gezien'. Ja, hij was ook kwaad op me, maar hij was vooral opgelucht dat ik hem had gebeld, al was het maar omdat ze de man die me had beschoten nog steeds niet hadden opgepakt.

'Hij zat op een dak dat hij via de achterkant van het pand ernaast kon verlaten,' legde Sorren uit. 'We hadden geen schijn van kans.'

'Denk je dat hij Derrick ook heeft vermoord?' vroeg ik.

'Doet dat er iets toe? Vooruit, Nick, word eens wakker!'

Goed punt. 'Bedoel je soms dat ik hoe dan ook doelwit ben?'

'Precies,' zei hij. 'En daarom beginnen we ermee dat de twee politieagenten die jou gaan beschermen je uit Connecticut weghalen. Ze brengen je naar je appartement. O ja… Nick?'

'Ja? Ik luister, David.'

'Haal het niet in je hoofd er nóg een keer tussenuit te knijpen. Begrepen?'

'Begrepen.'

Die had ik verdiend. Ik had het ook verdiend dat ik me ontzettend rot voelde omdat ik Kate en Elizabeth in gevaar had gebracht. Wat had ik verdomme dan verwacht? Dat maffiosi

232

een ethische code hadden die het hen verbood vrouwen en kinderen iets aan te doen?

Op de achterbank van de politieauto, waar ik genoeg tijd had om over dat soort zaken na te denken, raakte dat besef me als een mokerslag. Ik sprak met mezelf af dat ik ervoor zou zorgen dat Courtney buiten schot bleef. Als ze tenminste naar me zou luisteren.

'Oké, meneer Daniels, het werkt als volgt,' zei politieagent Kevin O'Shea, een van de twee agenten die me naar Manhattan had teruggebracht. We bevonden ons in mijn appartement, waar ze me pas naar binnen hadden laten gaan nadat O'Shea en zijn partner Sam Brison met getrokken wapens hadden gecheckt of alles veilig was.

'Dit draagt u te allen tijde op uw lichaam. Bij het eerste spoor van onraad, wat het ook mag zijn, drukt u op de paniekknop.'

O'Shea gaf me een halsketting die bestond uit een sportschoenveter en iets wat er als een goedkope plastic garagedeuropener uitzag. James Bond en Q waren ver te zoeken.

Ik deed hem om en keek omlaag. De paniekknop, toepasselijk genoeg felrood, was zo groot als een kwartje en hing precies midden op mijn borst.

'Als je het mij vraagt, is het een perfecte schietschijf,' grapte ik. Blijkbaar was ik de eerste niet.

'Ja, dat horen we vaker,' zei Brison.

Hij legde verder uit dat er altijd één agent voor mijn voordeur zou staan en dat de andere eerst alle deuren in de kelderverdieping zou controleren en daarna in de lobby zou blijven. Als er bezoek voor me was – het soort bezoek dat me níet wilde vermoorden – moest de portier eerst aan de agent vragen of hij verder mocht, en daarna aan mij. Uitzonderingen werden niet gemaakt.

'Nog vragen, meneer Daniels?'

'Wat gebeurt er als ik naar buiten wil?'

'Om wat te doen?' vroeg O'Shea met samengeknepen ogen.

'Weet ik niet,' zei ik. 'Als ik naar de bioscoop wil of zo.'

'De bioscoop? Zei u de bioscoop? Ik geloof dat u niet helemaal begrijpt in welke situatie u terecht bent gekomen.'

'Het was maar een voorbeeld.'

Hij schudde zijn hoofd. 'Nee, u gaat niet naar de bioscoop en ook niet ergens anders heen. Voorlopig blijft u veilig en wel in uw eigen appartement.'

'Goed, dan heb ik nog één vraag. Hoe lang duurt "voorlopig"?'

'Tot u hoort dat het voorbij is.'

Lekker verhelderend.

De twee agenten liepen naar de deur. Er viel niet veel meer te zeggen. Toch kon ik me niet inhouden.

'Doe voorzichtig, jongens, oké?' vroeg ik.

En ik meende het. Al begreep ik dat het hun wat vreemd in de oren klonk. Ze wisselden een verbaasde blik.

'Doen we,' zei Brison laconiek.

'Ik meen het,' zei ik. 'Mensen die zich bij mij in de buurt ophouden, komen op een afschuwelijke manier aan hun eind.'

HOOFDSTUK 75

Mocht ik me ooit hebben afgevraagd hoe het is om huisarrest te hebben, dan wist ik het nu. Ik had het me alleen nooit afgevraagd.

En terecht.

Dit.

Is.

Klote.

Mijn kleine schoenendooswoning voelde al na een paar uur als een luciferdoosje aan. Ik zweer dat de muren op me afkwamen.

Ik zat tot in de middag achter mijn MacBook. Courtney had gelijk: dit werd het verhaal van mijn leven. Het enige wat ik nog moest doen, was het opschrijven.

Waarom lukte me dat niet?

Misschien omdat ik niet wist of ik lang genoeg zou leven om het te kunnen afmaken?

Tien jaar geleden, toen de fatwa nog tegen hem van kracht was, schreef ik een lang stuk over Salman Rushdie. Ik vroeg hem hoe het voelde dat er mensen waren die hem met alle geweld dood wilden, dat er een substantiële beloning op zijn hoofd stond, dood of nog doder. Zijn antwoord? *Er zijn gevoelens waarvoor woorden niet toereikend zijn.* En vergeet niet dat dat werd gezegd door een verdomd goed schrijver die zich had verdiept in doodsbedreigingen.

Pas nu ik naar mijn lege computerscherm staarde, begreep

ik wat hij bedoelde. Het hielp natuurlijk evenmin dat ik het artikel, áls ik het al zou schrijven, niet meer in *Citizen* kon publiceren. Ik hoefde de televisie maar aan te zetten om daaraan herinnerd te worden.

Zeg maar dag tegen televisie als verstrooiing.

'…en daarom schakelen we nu over naar Brenda Evans, die voor het gebouw van *Citizen* staat.'

Daar was de 'Beursbabe', mijn ex-vriendin, die voor het World Financial Network verslag deed van Thomas Ferramores 'verbazingwekkende mededeling' dat hij het tijdschrift *Citizen* opdoekte.

'En dat wekt natuurlijk vooral verbazing,' zei Brenda die haar microfoon vasthield alsof het een Emmy Award voor nieuwsuitzendingen was, 'omdat meneer Ferramore met *Citizen* winst maakte. Verkopen zou één ding zijn geweest, maar het tijdschrift wegdoen?'

Ik kende Brenda lang genoeg om te weten wat er nu zou komen. De gloed in haar ogen, de hoofdbeweging: het was tijd om te roddelen.

'De geruchten worden dan ook steeds sterker,' vervolgde ze in de camera, 'dat Ferramore uit rancune handelt, als gevolg van zijn verbroken verloving met de eindredacteur van en de drijvende kracht achter *Citizen*, Courtney Sheppard. Geen van beiden heeft een officiële verklaring afgelegd, maar volgens mijn bronnen is het met hun relatie slecht afgelopen – heel slecht.'

Bingo!

Ik had genoeg gezien en gehoord. Niet alleen van Brenda, maar van de hele televisie. Waren Ferramore en *Citizen* niet in het nieuws, dan was de Moord in Riverdale het wel. Het was te pijnlijk. Ik verdroeg het niet meer naar de foto van Derrick Phalen te moeten kijken.

Courtney blijkbaar ook niet. Zoals gebruikelijk had ze besloten mijn advies niet op te volgen en kwam ze toch. We hadden elkaar aan de telefoon gehad voordat ik de tv had aangezet.

Zo'n twintig minuten later stond ze voor mijn deur. Ze was twee uur te vroeg. Toen de portier me belde om te laten weten dat Courtney in de lobby stond, vroeg ik: 'Weet je het zeker?' Ze had me over de telefoon gezegd dat ze avondeten voor me wilde meenemen, onder de aanname dat we veel te bespreken hadden – te veel voor over de telefoon.

Maar toen ik de deur opendeed, zei Courtney geen woord. Ze keek... ik weet niet – het woord deemoedig kwam in me op. Ze stapte mijn appartement in, deed de deur achter zich dicht en staarde diep in mijn ogen terwijl ze op haar onderlip beet. Toen kuste ze me zoals ik nog nooit gekust was.

Ten slotte zei ze: 'Hé, Nick. Hoe is het?'

Ik haalde mijn schouders op. 'Z'n gangetje, z'n gangetje.'

Nu we de koetjes en kalfjes achter de rug hadden, konden we naar de slaapkamer. We trokken elkaars kleren uit. Daarna konden we elkaar niet stevig genoeg vasthouden. Ik hoefde haar niet te vertellen hoe ik naar haar verlangde en hoe hard ik haar nodig had, en zij mij ook niet. Gelukkig, meneer Rushdie, is dat de andere kant van het verhaal. Extreme angst, zeker, maar ook intense hartstocht.

Er zijn gevoelens, en daden, waarvoor geen woorden nodig zijn.

Maar woorden kunnen ook volkomen op hun plaats zijn, zoals op het moment waarop Courtney zei: 'Je had gelijk, Nick.'

Ik grijnsde en zei: 'Voor alles is er een eerste keer.'

HOOFDSTUK 76

Tot zover de afdeling vreugde en genot.

Ik sloot mijn ogen en ademde diep in, tot op de bodem van mijn longen. Ik hoopte dat ik, als ik mijn ogen opendeed, niet meer onder een loodgrijze lucht aan het graf van Derrick Phalen op Trinity Church Cemetery zou staan. Ik hoopte dat het een nare droom was geweest.

Maar nee, het was zo echt als echt maar zijn kon, en het was hartverscheurend triest. Er mochten dan veel oud-spelers van de Yankees naar de begrafenis van Dwayne Robinson zijn gekomen, Derricks uitvaart met uitzicht op de Hudson River was evenmin gespeend van New Yorkse zwaargewichten. Aanwezig waren: de burgemeester van New York, de burgemeester en de hoofdaanklager van de Bronx en twee Congresleden die in hun campagne allebei zwaar op het aanpakken van de georganiseerde misdaad hadden ingezet. Derricks overwinningen in de rechtszaal hadden aan hun verkiezing bijgedragen, en dat waren ze niet vergeten.

David Sorren – de man die burgemeester wilde worden – was ook aanwezig, net als Ian LaGrange. Ik vermeed ieder oogcontact met LaGrange, maar het ontging me niet dat Sorren hem nauwlettend in de gaten hield. Was hij bang dat LaGrange nog een keer op me af zou komen?

Mocht dat het geval zijn, dan kon hij maar beter ook met de officieren van justitie van de TGM rekening houden. Sommigen van hen wierpen me voortdurend vuile blikken toe.

Ironisch genoeg bleek Derricks familie – zijn ouders en zijn zus – nog het meest vergevingsgezind te zijn. Of ze waren te verdoofd om kwaad te zijn; toen Courtney en ik hen kwamen condoleren, kon ik het onderscheid niet maken.

Dankzij de niet-aflatende media-aandacht en de gebruikelijke kletspraat die niet door de pers maar via andere wegen wereldkundig was gemaakt, was het algemeen bekend dat Derrick Phalen en ik met elkaar te maken hadden gehad. Ze wisten alleen niet wát we met elkaar te maken hadden gehad.

Ik verwachtte dat Derricks zus, Monica, me die vraag zou stellen toen ze even later naar mij en Courtney toe kwam. Ze vroeg of ze me onder vier ogen kon spreken.

Ik was nog nooit zo opgelucht geweest dat ik me had vergist. Monica had geen vraag, maar een antwoord voor me.

Sterker nog, het was niet 'een' antwoord, het was hét antwoord.

HOOFDSTUK 77

'Ik ga hier pas weg als jij hier klaar bent,' zei Courtney, die ik nog nooit zo begripvol, lief en onbaatzuchtig had gezien. Ik had ook nooit eerder het gevoel gehad zo dicht bij haar te staan, en ik was nog nooit zo verliefd geweest. De timing was waardeloos, ik weet het, maar zo was het nu eenmaal.

Ze liep in de schaduw van een van de enorme eiken die verspreid over de begraafplaats stonden. Zwart stond haar altijd goed, en die dag vormde geen uitzondering op de regel. Wie haalde het nou in zijn hoofd haar te bedriegen?

David Sorren stond vlak bij me met de hoofdaanklager van de Bronx te praten. Onze blikken kruisten elkaar even en hij gaf me een knikje. Ja, David, ik sta nog steeds aan de goede kant van het gras.

Ik wendde me tot Monica. Ze was lang en slank en haar kastanjebruine haar viel tot op haar schouders. Op de brug van haar neus zaten een paar sproeten.

Het enige wat ik over haar wist, kwam van Derrick. We hadden het tijdens die lunch over zijn reputatie van openbaar aanklager met wie niet te spotten viel. 'Als je denkt dat ík een harde ben, moet je mijn zus eens leren kennen,' had hij met een lachje gezegd.

Nu deed ik dat dus. Maar ik had er alles voor overgehad als dit onder andere omstandigheden had kunnen gebeuren.

'Ik wil je zeggen hoezeer het me spijt dat Derrick is vermoord,' zei ik tegen haar.

'Je voelt je er medeverantwoordelijk voor, hè?'

Ik knikte. 'Ja.'

'Dat moet je niet doen,' zei ze op zakelijke toon. 'Derrick was geen boekhouder of loodgieter. Het was zijn werk maffiosi achter de tralies te krijgen. Zware, belangrijke criminelen, het schuim der aarde. Wist je dat hij een kogelvrij vest moest dragen?'

Ik knikte opnieuw. 'Ja. Dat wist ik.'

'Dat heeft hem wel geholpen, hè?'

Derrick had beslist gelijk toen hij zei dat zijn zus pas echt een harde was – of ze moest er, net als Courtney, heel goed in zijn alles in een laatje te stoppen. Maar wat ik vooral in haar stem hoorde, was woede. Ze moest zoveel woede in zich hebben gehad dat een deel ervan op Derrick was overgeslagen.

'Maar goed, daar wilde ik het niet met je over hebben,' vervolgde ze. 'Ik heb gisteren iets gevonden wat van mijn broer was.'

Ze haalde iets uit haar zwarte handtasje. Het was zo klein dat ik het niet in haar gesloten vuist kon zien.

'Wat is het?' vroeg ik.

'Als je ooit in Derricks werkkamer bent geweest, weet je dat hij een tic had om overal post-its op te plakken. Die kleine gele papiertjes zaten overal op zijn bureau geplakt.'

Ik herinnerde het me. 'Ja, dat weet ik. Ik heb ze gezien toen ik bij Derrick in White Plains was.'

'Dat stomme appartement van hem hing er dus ook vol mee,' zei ze. 'Ik was daar gisteravond om iets van Derricks levensverzekering uit te zoeken. En toen vond ik dit.'

Ze opende haar vuist en liet een kleine usb-stick zien, zo een die je bij iedere computerwinkel voor een tientje kunt kopen. Hij was nog geen drie centimeter lang.

'Wat staat erop?' vroeg ik.

'Ik heb geen idee. Ik heb niet gekeken wat erop staat, maar ik ben ervan overtuigd dat Derrick had gewild dat jij hem kreeg.'

'Hoe weet je dat?'

'Omdat er een post-it op zat. En daar had hij jouw naam op geschreven.' Ze stak haar hand uit en legde de geheugenstick in de mijne. 'Maar je moet me één ding beloven, goed? Beloof het me. Anders krijg je hem niet.'

Jezus, ik was bereid haar te beloven wat ze wilde om de inhoud van die stick te kunnen zien. Het kon toch niet anders of Derrick had me de avond waarop hij stierf willen vertellen wat erop stond?

'Natuurlijk,' zei ik. 'Zeg het maar.'

'Wil je uit respect voor mijn broer tegen niemand zeggen dat je dit hebt tot je kans hebt gehad te zien wat erop staat?'

'Zeker.'

'Goed,' zei ze. Maar ik voelde dat ze nog iets wilde zeggen. Ze leek alleen niet te weten hoe ze dat moest doen.

'Toe maar,' zei ik. 'Het is in orde. Ik sta bij je broer in het krijt, en voor mijn gevoel ook bij jou.'

'Dat is niet zo. Alleen…'

Ze zweeg. In haar oog welde een traan, die ze snel wegveegde. 'Iedereen die met Derrick heeft gewerkt, zei mooie dingen over hem, dat hij ontzettend goed was in zijn werk en dat hij een geweldige kerel was en zo. Maar ik wil dat hij niet voor niets is gestorven. Kun je me dat ook beloven?'

Ik pakte Monica's hand en drukte die stevig. 'Ja, dat beloof ik je ook,' zei ik. 'Daar zal ik voor zorgen.'

Al wordt het mijn dood.

HOOFDSTUK 78

Agent Kevin O'Shea keek naar zijn partner, Sam Brison, in de lobby van het gebouw waarin mijn appartement zat. 'Kop of munt?' vroeg O'Shea terwijl hij een glanzende munt in de lucht gooide.

'Kop,' zei Brison.

Blijkbaar deden de eerste twee agenten van de dag dit iedere ochtend. In plaats van om de beurt in de lobby en voor mijn deur te gaan staan, gooiden ze er een muntje voor op.

O'Shea ving het kwartje op en gluurde onder zijn hand. 'Shit,' mompelde hij onder zijn hoekige, borstelige snor. Het was kop.

'Ha!' zei Brison en hij liep naar de comfortabele bank in de lobby. Voor mijn deur stond alleen een metalen klapstoeltje, zonder kussentje. Dat zei genoeg.

O'Shea en ik namen de lift naar boven waarbij ik het, in mijn ogen schitterende, acteerwerk waarmee ik na de begrafenis was begonnen, voortzette. Ik wilde namelijk niet de indruk wekken dat ik haast had, maar ik kon niet wachten tot ik thuis was en die geheugenstick in mijn computer kon steken.

'Zeg, alles goed?' vroeg O'Shea terwijl hij tegen de achterwand van de lift leunde. 'Ik heb het gevoel dat je gespannen bent vandaag. Ben je gespannen? Is er iets, Nick?'

Goed, over mijn acteerwerk zullen we het verder maar niet hebben. Blijkbaar was ik de volgende sir Laurence Olivier niet.

'Nee, hoor,' zei ik. 'Het was een zware ochtend, dat is alles. Ik hou niet van begrafenissen.'

'Niemand houdt van begrafenissen,' stemde O'Shea in, en hij knikte, maar bleef me aankijken alsof de naald van zijn lulkoekmeter in het rood stond. Ik wist zeker dat hij er nog even over had willen doorgaan als ik niet door de liftbel was gered. We waren op mijn verdieping aangekomen.

O'Shea stak zijn hoofd naar buiten en keek naar links en naar rechts. 'Oké,' zei hij.

Ik liep achter hem aan over de beige vloerbedekking met golvende witte streepjes erin. Het was een beetje hallucinerend, dat tapijt. Je hoefde er maar een tijdje naar te staren of je kreeg hoogtevrees.

'Wat ben jij van plan?' vroeg O'Shea toen we bij mijn deur waren gekomen. Ik had mijn sleutel gepakt en wilde de deur openmaken.

'O ja, ik was het even vergeten,' zei ik.

Hij wierp me een afkeurende blik toe, als een ontevreden vader. 'Soms is er niet meer voor nodig dan dat, Nick, dat je één keer iets vergeet.'

Ik gaf hem de sleutel, zodat hij mijn appartement kon checken voordat ik naar binnen ging.

'Even uit nieuwsgierigheid,' zei ik, 'wie bewaakt mij eigenlijk terwijl jij binnen kijkt of de kust veilig is?'

Hij aarzelde niet. 'Sam, daarom zit hij in de lobby.'

'Maar stel nou dat iemand me, bijvoorbeeld, achter de deur naar het trappenhuis opwacht?'

O'Shea grinnikte. Hij besefte dat ik hem alleen maar opnaaide. 'Wou je soms dat ik even ga kijken?' vroeg hij langzaam.

'Nee, hoor, dat zit wel goed,' zei ik en ik lachte luchtig. Ook O'Shea lachte. Ik mocht hem wel, en zijn partner ook. Maar wat wil je: ze deden hun best ervoor te zorgen dat ik bleef leven.

'Mooi zo,' zei hij terwijl hij mijn deur grijnzend openmaakte. 'Blijf hier wachten. En hou je een beetje gedeisd.'

'Ik zal het proberen. Maar als het lukt, zou dat voor het eerst zijn.'

HOOFDSTUK 79

Ik moest best lang wachten, daar voor mijn deur, en ik kon niet helpen dat mijn gedachten naar mijn oude leventje wegdreven, en ik wilde dat dit allemaal niet gebeurd was. Behalve dan dat Courtney het met Ferramore had uitgemaakt natuurlijk.

'En niet even snel mijn koelkast plunderen!' riep ik naar O'Shea.

Ik had al drie dagen achter elkaar afhaalmaaltijden gegeten. Met al die Chinese, Japanse, Mexicaanse en Italiaanse bakjes leek ik de Verenigde Naties van de kliekjes wel.

'Hé, heb je me gehoord?' vroeg ik.

O'Shea was nu al een minuut in mijn appartement, zo ongeveer een halve minuut langer dan hij of Brison normaal gesproken nodig hadden om mijn tweekamerappartement uit te kammen.

Ik kreeg een onaangenaam gevoel en mijn gedachten schoten alle kanten op.

Instinctmatig deed ik een stap naar voren om door de deuropening naar binnen te kunnen kijken, tot ik me plotseling inhield. Dat was het laatste wat ik moest doen, nietwaar?

Ik keek naar mijn gestreepte stropdas en schoof hem opzij. Ik voelde de contouren van het alarm om mijn nek. Zelfs onder mijn overhemd kon je de grote paniekknop niet missen.

Shit, wat moest ik doen? Hem indrukken?

Nee. Nog niet.

'Kevin?' riep ik weer, luider nu. En zonder grapjes over de

koelkast te maken. 'Alles goed daar? Hé, Kevin?'

Ik hoorde niets. Helemaal niets. Mijn appartement, de gang – overal stilte.

Toen hoorde ik hem, goddank!

'Ja, ja, alles goed,' meldde O'Sheas stem.

Ik kon hem nog niet zien, maar ik hoorde dat hij naar me toe kwam. Hij zuchtte diep en begon het uit te leggen: 'Ik dacht even dat ik iets hoorde en...'

Pffft! Pffft!

Voordat ik nog meer hoorde, spoot een straal helderrood bloed vlak bij de deur door de gang. Toen stortte het lichaam van Kevin O'Shea met een klap voor mijn voeten op de grond, in de achterkant van zijn hoofd een gapend groot gat.

Nee! Nee! Nee! Nee!

Ik deed een onhandige stap naar achteren waarbij ik bijna over mijn eigen voeten struikelde. Mijn knieën begonnen te trillen en ik kon niet meer helder denken.

Rennen, Nick! Nu, rennen!

Ik draaide me om en sprintte de gang door, en de bizarre beige-witte strepen van de vloerbedekking vervaagden voor mijn ogen. Nog drie meter tot het trappenhuis. Zou ik het halen?

Net op tijd!

Ik duwde de deur naar de trap open. Ik permitteerde me een razendsnelle blik over mijn schouder. Eén korte blik.

Meer had ik niet nodig – ik zag meer dan me lief was.

De man die met een pistool met geluidsdemper erop losjes in zijn hand mijn appartement uit stormde, was de man die me had moeten vermoorden toen hij er daar in dat steegje naast die pizzatent in de South Bronx de kans voor kreeg.

Tenminste, ik wist zeker dat Carmine Zambratta, de Zamboni, dat dacht toen zijn blik de mijne kruiste.

Hij hief zijn wapen en mijn hart stond even stil.

Blijf rennen, Nick!

HOOFDSTUK 80

Ik wierp mezelf zo ongeveer de trap af, mijn voeten waren nauwelijks in staat de rest van mij bij te houden. Zou ik hem te snel af zijn?

Zou hij kans zien op een vrij schot? Waarschijnlijk wel.

Op het moment dat ik op de paniekknop wilde drukken om Brison in de lobby te alarmeren, wist mijn enige hersencel die niet in de adrenaline verdronk, zijn stem te verheffen. Wacht! Jij moet niet naar mij toe komen, Brison – ik kom wel naar jou!

Maar ik neem wel iemand mee.

Ik rende maar door – de achtste verdieping... de zevende – mijn schoenen bonsden over de betonnen traptreden en mijn hart bonsde in mijn borst.

Hoever lag hij achterop? Liep hij in?

En toen hoorde ik het.

Niets.

Er kwamen geen voetstappen van boven, geen geluid van een naderende Zamboni. Ik was alleen in het trappenhuis, en die ene hersencel die nog werkte, begreep meteen waarom.

Hij nam de lift.

Kut!

Op de overloop van de vijfde verdieping kwam ik slippend tot stilstand en probeerde ik hijgend mijn gedachten te ordenen.

Naar boven?

Of naar beneden?

Of blijven waar ik ben?

Wat moet ik doen?

In een flits had ik het antwoord – althans, dat dacht ik. Ik moest me in iemands appartement verstoppen – ik zou gewoon net zolang op deuren bonzen tot iemand opendeed en me binnenliet. Daarna zou ik de politie bellen.

O nee! De politie!

Het beeld van Brison op de bank in de lobby denderde mijn gedachten binnen. Hij had geen schijn van kans. Ik moest hem waarschuwen.

Ik zou toch iemand meenemen, Brison? Misschien is hij er eerder dan ik!

Ik knalde mijn duim tegen de paniekknop en rende verder de trap af.

De vierde verdieping...

De derde...

Mijn longen brandden en ik voelde het al in mijn benen, maar het pijnlijkst was dat ik niet wist wat ik moest verwachten.

Hoe zou Brison op de paniekknop reageren? Zou hij regelrecht naar de lift en daarmee in Zambratta's armen lopen?

'Knibbel knabbel knuisje, wie knabbelt er aan mijn huisje?' vroeg de heks aan Hans en Grietje.

De tweede verdieping...

De eerste...

Ik móest als eerste in de lobby zijn!

Er mochten onder mijn bewakers niet nog meer doden vallen.

HOOFDSTUK 81

De kleine dingen die we vanzelfsprekend vinden.

Zoals het ruitje in de deur tussen het trappenhuis en de lobby. Zeven jaar in dat gebouw gewoond, en het was me nog niet eerder opgevallen. Niet één keer.

Maar het was er wel, niet groter dan een brood – sterker nog, eerder een snee brood – maar groot genoeg om er een glimp van Brison door te kunnen opvangen.

Hij had zijn wapen getrokken en zijn gezicht stond zo strak dat ik dacht dat het zou barsten.

Hij hield het wapen roerloos op de lift gericht. Hij keek. Hij wachtte.

Ik deed het een noch het ander.

Ik... Nou ja, ik stormde de deur door, als de gek in paniek die ik op dat moment was. Pas toen Brison zich onmiddellijk omdraaide en me bijna een kogel door mijn hoofd had gejaagd, besefte ik dat dat misschien toch niet zo'n goed idee was geweest.

'Jezus christus!' zei hij terwijl de vinger om de trekker natrilde. 'Ik had je bijna vermoord!'

'Sorry.' Wat moest ik verdomme anders zeggen?

Brison zwaaide zijn pistool terug naar de lift, en ik volgde zijn blik naar de rij met de nummers van de verdiepingen. De 4 lichtte op. En daarna de 3.

'Het is Carmine Zambratta,' zei ik snel, nog steeds buiten adem.

'Weet ik.'

'Hij heeft O'Shea neergeschoten.'

Ik zag aan Brisons gezicht dat hij dat ook wist. Of het in ieder geval ter kennisname had aangenomen. 'Leeft hij nog?' vroeg hij.

'Weet ik niet,' zei ik hoofdschuddend. 'Ik denk het niet.'

Brison slikte moeizaam, hij verwerkte de bittere pil. Maar meer tijd had hij niet. Of we zouden allebei net als O'Shea eindigen.

'Snel, achter de receptie!' riep hij naar me. 'Haast je! Blijf op de grond!'

Ik dook achter de receptie van de portier – die eruitzag als zo'n incheckbalie op het vliegveld – en vroeg me af hoe Brison wist dat Zambratta in de lift zat, of dat het überhaupt Zambratta was.

Toen zag ik het beeldscherm van het gesloten circuit met een in vieren gedeeld scherm aan de muur rechts boven me hangen. Daar had Brison op gekeken toen ik de paniekknop indrukte. En natuurlijk had hij de portier gezegd er als de sodemieter vandoor te gaan. En hulp te halen?

Ik staarde naar het beeldscherm, en mijn ogen schoten heen en weer alsof ik naar een partijtje pingpong keek. Links de draaideur van de ingang. Rechts de binnenkant van de lift.

En daar was hij, in zwart-wit. Korrelig en vaag. En, niet te vergeten, angstaanjagend.

De Zamboni.

Brison had hem ongetwijfeld onmiddellijk herkend. Hoe kon het ook anders? Die man was het boegbeeld van het gilde der maffiamoordenaars. Een soort beroemdheid. Hij vermoordde mensen, en hij kwam ermee weg. Nog even en hij presenteerde zijn eigen televisieshow.

Ik zag het pistool met de geluidsdemper in zijn vlezige hand, ik zag zijn brede schouder tegen de wand van de lift. Carmine Zambratta kwam voor mij, hij wilde dat ik stierf. Dat wilde hij heel graag.

En tegelijkertijd had hij er niet relaxter en beheerster uit kunnen zien. Was dat ziek of niet?

'Wat doet hij? Staat hij nog steeds aan deze kant van de lift?' vroeg Brison met staccatostem. Zijn keel moet kurkdroog geweest zijn. Als hij probeerde kalm te klinken, slaagde hij er niet in – al was ik de laatste persoon op aarde die hem kwalijk nam dat hij een beetje nerveus en bang was.

Ik zat verscholen op mijn hurken en kon de monitor perfect zien. Brison, vanaf zijn positie, niet. Allesbehalve.

Ik moest zijn ogen zijn.

Opletten geblazen, Nick.

HOOFDSTUK 82

'Ja,' zei ik tegen Brison terwijl ik me met een snel handgebaar het zweet van mijn voorhoofd wiste. Zambratta stond nog steeds tegen de zijkant van de lift gedrukt. Hij had zich niet verroerd. Wat was hij van plan?

En waar bleef die lift, verdomme?

Dat kloteding had allang in de lobby moeten zijn, toch? En op dat moment...

Ding!

Precies tegelijk met het signaal. De lift kwam tot stilstand en het geluid van het schelle belletje sneed door de stilte in de lobby heen. Daar gaan we dan...

Ik sloeg mijn armen om me heen, en mijn blik was aan het beeldscherm gekluisterd.

Brison hoefde ik nu niet te zien.

'Hij heft zijn pistool!' riep ik.

Brison veranderde van houding; ik hoorde zijn schoenen op de witmarmeren lobbyvloer piepen. Ik wachtte op het volgende geluid – van de liftdeur die openging.

Maar dat gebeurde niet.

Brison riep weer: 'Wat is hij aan het doen?'

Ik tuurde naar het scherm. Eerst zag ik het niet goed – het beeld flikkerde te veel. Toen het weer rustiger werd, zag ik dat Zambratta zijn hand op de knoppen in de lift hield.

'Hij houdt de deur dicht,' zei ik. 'Hij heeft zijn... O shit!'

'Wat? Wat is er?'

Toen gebeurde alles heel snel.

Zambratta schoot de lens van de beveiligingscamera kapot, ik hoorde het gedempte geluid van brekend glas en metaal en zag dat het beeldscherm voor me – althans, de helft ervan – zwart werd als de nacht.

Ik stak mijn hoofd boven de balie uit om tegen Brison te zeggen dat ik niet langer zijn ogen kon zijn.

'Bukken!' schreeuwde hij terwijl hij naar de bank langs de muur tegenover hem dook. Hij bukte zich achter de armleuning, zonder zijn blik of zijn wapen ook maar even van de liftdeur af te wenden.

Ik liet me achter de balie op de grond vallen en hield mijn adem in. De confrontatie leek op een patstelling uit te lopen. Iets of iemand moest zwichten. Waar zou dit op uitdraaien? Wie was de beste schutter?

Toen hoorde ik het. In de verte. De cavalerie. Politiesirenes. Prachtige sirenes. Brison moest om ondersteuning gevraagd hebben. Of de portier had, eenmaal buiten, de alarmcentrale gebeld. Hoe dan ook...

Wat is je volgende zet, Zamboni?

Maar ik had niet door dat hij die al had gedaan.

HOOFDSTUK 83

Zou Zambratta zich al schietend een weg naar buiten proberen te banen?

Of zou hij met de lift naar een andere verdieping gaan en misschien zelfs proberen in een van de appartementen iemand in gijzeling te nemen? Dat zou niet meevallen.

Ik vroeg me af of hij de naderende sirenes ook kon horen. Maar ook als dat niet het geval was, moest hij inzien dat in de lift blijven geen optie was. Hij was aan zet, hij moest iets doen.

Het was duidelijk dat Brison dezelfde conclusie had getrokken.

Hij riep naar de gesloten liftdeur: 'Je kunt niet in de lift blijven, Zambratta! Kom met je handen omhoog naar buiten!'

De wens was de vader van de gedachte, denk ik, maar ik kon het Brison niet kwalijk nemen dat hij het probeerde.

'Je hebt ons te veel tijd gegeven,' vervolgde Brison met steeds meer zelfvertrouwen. 'Er staan op alle verdiepingen agenten. Je kunt geen kant op.'

'*Kom je in mijn huisje?*' vroeg de heks aan Hans.

Ik ging zo in de situatie op dat ik bijna had gemist wat er op het scherm boven me gebeurde. Op de helft van het beeldscherm die nog werkte, met zicht op de draaideur die toegang tot het gebouw gaf.

De deur bewoog.

In eerste instantie dacht ik dat de ondersteuning van Brison binnenkwam. De cavalerie is gearriveerd!

Maar nee, ik zag maar één persoon, en hij was niet in uniform. Hij droeg een pak.

Shit! Het is iemand die hier woont, iemand die thuiskomt. Dit is verschrikkelijk!

'Ga terug naar buiten!' wilde ik gillen.

Toen veranderde ik van gedachte.

De man die door de draaideur binnenkwam, woonde niet in het gebouw, maar ik herkende hem wel.

'Brison!' schreeuwde ik terwijl ik vanachter de balie tevoorschijn sprong. 'Achter je!'

Maar het was al te laat.

Brison had Zambratta te veel tijd gegeven. De moordenaar had zijn eigen cavalerie opgeroepen – zijn eigen back-up.

Hoe zou ik die man ooit moeten vergeten? Het was de koelbloedige moordenaar uit Lombardo's Steakhouse.

En ik zag tot mijn ontsteltenis hoe hij doodgemoedereerd twee kogels in Brisons lichaam pompte. Jezus, hij was echt snel met zijn wapen.

Links van me hoorde ik de liftdeur opengaan. Zambratta wandelde naar buiten.

'Dat werd tijd,' mompelde hij tegen zijn trawant.

De sirenes op de achtergrond kwamen snel dichterbij, maar niet snel genoeg. Zambratta liep recht op me af.

'Als je het mij vraagt, wordt politiebescherming zwaar overschat,' zei hij terwijl hij zijn pistool op mijn gezicht richtte.

HOOFDSTUK 84

Voorzichtig opende ik mijn ogen, en ik was allang blij dat ik überhaupt nog ogen had om open te doen. Mijn wimpers knipperden als een ouderwetse stomme film. Alles was wazig. Zelfs de stemmen om me heen, voor zover dat mogelijk was.

Waar was ik? Nou ja, ik wás er tenminste nog.

Ik had verschrikkelijke hoofdpijn, en toen ik mijn hand langzaam naar mijn hoofd bracht en ermee langs mijn haar streek, voelde ik een buil ter grootte van een tennisbal. Ik ging ervan uit dat Zambratta me een mep met de kolf van zijn pistool had verkocht.

'Kijk eens wie we daar hebben,' zei iemand. 'De schone slaper.'

Plotseling kreeg ik alles scherp in beeld. Ik zag precies waar ik was. En bij wíe. En ik had gewild dat ik het nooit had hoeven zien.

Ik zat achter in een verlengde limousine, en te oordelen naar de snelheid waarmee we reden, bevonden we ons buiten de stad. En om het allemaal nog erger te maken, rook de auto naar sigarenrook en penetrante aftershave.

Rechts van me zat Zambratta, tegenover ons, met zijn benen over elkaar en zijn armen tevreden voor zijn borst gevouwen, zijn baas. Dé baas.

Joseph D'zorio.

'Weet je wie ik ben, Nick?' vroeg D'zorio. Ik zag dat zijn blozende huid goed bij zijn achterovergekamde zilveren haar stond. De man leek letterlijk te stralen.

Ik knikte. 'Ja, ik weet wie je bent.'

'Ach ja, natuurlijk weet je dat,' zei hij voordat hij begon te glimlachen. 'Maar ik durf te wedden dat je nu zou willen dat je dat niet wist. Sterker nog, dat is precies jouw probleem, nietwaar? Je weet te veel.'

Mijn overhemd was opengetrokken – er hing geen paniekknop. Maar geloof het of niet, er waren zaken waar ik me meer zorgen om maakte.

Zo onopvallend mogelijk voelde ik met mijn hand aan mijn broekzak, om te checken of de geheugenstick die Monica Phalen me had gegeven er nog zat.

'Zoek je deze?' vroeg D'zorio.

Hij opende zijn vuist, en ik zag de memorystick in de palm van zijn hand.

'Ik neem aan dat je nog geen tijd hebt gehad te kijken wat erop staat, Nick.'

'Nee,' zei ik, 'ik heb het nog niet gezien.'

'Ik ook niet. Maar als we samen keken, zouden we allebei weinig nieuws zien, denk ik.'

Ik zei niets.

'Ik weet natuurlijk niet wie nog meer heeft gezien wat erop staat,' zei D'zorio terwijl hij met zijn knokkel op de geheugenstick tikte.

Ik besefte dat dit verklaarde waarom ik nog leefde: het valt niet mee informatie uit een lijk los te krijgen.

'De enige die weet wat er op die stick staat, is vermoord,' zei ik. 'Op jouw bevel, dat weet ik wel zeker. Trouwens, hij was een goed mens.'

D'zorio wiegde zijn hoofd heen en weer, alsof hij ergens over nadacht. 'Misschien heb je gelijk,' zei hij. 'Maar misschien ook niet. Misschien heeft Derrick Phalen meer dan één kopie gemaakt. Wat denk jij, Carmine?'

Zambratta zat onderuitgezakt in de leren stoel naast me en

haalde zijn schouders op. 'Dat is moeilijk te zeggen. Maar ik zou het zekere voor het onzekere nemen.'

'Is dat de reden?' vroeg ik aan D'zorio.

'Is dat de reden voor wat?' kaatste hij terug.

Het had geen zin meer om stommetje te spelen. Ik wist te veel, het maakte niet uit wat er op die geheugenstick stond en wie daar nog meer van op de hoogte waren. 'Heb je Eddie Pinero om die reden in de val laten lopen in plaats van hem gewoon te vermoorden? Minder kans op vergelding? Omdat je altijd het zekere voor het onzekere neemt?'

'Nee, dat is het niet,' zei D'zorio met een wegwerpgebaar.

'Wat dan wel?' vroeg ik.

'Je zou me toch niet geloven.'

'Daar zou ik niet al te zeker van zijn. Probeer het maar.'

D'zorio lachte en hield erover op toen de limo onverwacht remde en de wielen op wat als grind klonk slippend tot stilstand kwamen. Waar we ook naartoe op weg waren geweest, we waren aangekomen.

'Het spijt me, Nick,' zei hij alleen nog.

Door de manier waarop hij dat zei kreeg het iets onontkoombaars. Joseph D'zorio had niet gezegd dat hij me zijn geheim niet zou vertellen.

Hij had me vaarwelgezegd.

HOOFDSTUK 85

Het portier werd met zo veel kracht opengezwaaid dat ik dacht dat het uit zijn scharnieren zou vliegen. D'zorio's chauffeur, die er zo sterk als een beer uitzag, wachtte zwijgend tot ik was uitgestapt. Ik ving een glimp op van een verlaten, half afgebrand pakhuis achter hem. Althans, zo zag het eruit. Verlaten en geïsoleerd. Zo'n plek waar niemand je kon horen schreeuwen.

'Heb je hulp nodig bij het uitstappen?' vroeg Zambratta. 'Zou een schop onder je hol misschien helpen?'

'Je hoeft dit niet te doen,' zei ik.

Hij trok zijn wapen en sloeg er hard mee tegen mijn hoofd, net zoals die keer in die steeg bij die pizzatent.

'Ik ben bang van wel,' zei hij. 'Je tijd is gekomen.'

Ik zwaaide een voet uit de limo, maar op dat moment hoorde ik een geluid dat me deed stoppen. Een even onverwacht als aangenaam geluid.

Sirenes.

D'zorio's chauffeur sloeg onmiddellijk de deur dicht, zodat het me bijna mijn been had gekost. Hij zat al achter het stuur voordat ik weer goed en wel op de achterbank zat.

Sirenes. Ik had het goed gehoord.

En ze waren dichtbij ook. Niet zoals de sirenes die ik in de lobby van mijn gebouw had gehoord voordat Zambratta me buiten westen sloeg. De cavalerie was dit keer van achteren op ons af geslopen en had de sirenes pas op het laatste moment aangezet. Verrassing!

'Godver!' schreeuwde Zambratta. 'Hoe…?'

Als in: Hoe hebben ze ons hier verdomme kunnen vinden?

Zambratta tilde zijn vuist op en ramde tegen het glazen scherm – 'Wegwezen!' – maar D'zorio's chauffeur was hem voor. We gingen er zo snel vandoor dat ik onmiddellijk aan die nachtelijke ontsnapping in Darfur moest denken.

Hou je vast, dit wordt een wilde rit…

HOOFDSTUK 86

Daarin kreeg ik in ieder geval gelijk. De limo maakte een paar scherpe bochten naar rechts en naar links, en wij drieën achterin werden door elkaar geschud alsof we een salade waren. Ik had nog steeds geen idee waar we waren, en de donkergetinte ramen en de klappen die ik had gekregen hielpen ook niet. Het weinige wat ik zag, zag ik in een waas.

Hoe hard reden we? Honderdveertig? Honderdzestig? Op een B-weg?

Toen we op een grotere weg kwamen, trapte de chauffeur het pedaal nog dieper in.

De kristallen glazen in de bar naast D'zorio rammelden steeds harder, maar mijn oren registreerden alleen de sirenes. Kwamen ze dichterbij of raakten ze verder achterop?

Ze vormden een compleet koor, en ik kon alleen maar hopen dat de jongens die onder die sirenes zaten nog net iets harder reden dan wij. Kom op jongens, trap 'm op z'n staart!

En dat deden ze.

Pop! Pop-pop!

Ping! Ping!

'Ze proberen onze banden lek te schieten,' zei Zambratta. Zo snel als je 'tweehandig' kon zeggen werd het pistool uit zijn jasje vergezeld door een wapen uit een holster aan zijn onderbeen.

'Wacht!' zei D'zorio. 'Niet doen.'

Niet doen?

Zambratta keek naar zijn baas alsof hij een driekoppig monster was. 'Die klootzak hier heeft me twee gasten zien mollen,' zei hij terwijl hij zijn 9mm-Glock voor mijn gezicht heen en weer zwaaide. 'En volgens mij weten ze dat hij hierin zit.'

'Maakt niet uit!' zei D'zorio. 'Als we stoppen, blijft geen enkele aanklacht overeind. Ik kan je beschermen, Carmine.'

Nu was het mijn beurt om D'zorio aan te kijken alsof hij drie koppen had. Geen aanklacht blijft overeind? Wat dacht je daarvan? Daar zat ik dan, aan de verkeerde kant van twee wapens en in de verkeerde auto tijdens een achtervolging door de politie. En waar maakte ik me druk om? Om de vraag hoe D'zorio zijn favoriete ondergeschikte kon beschermen! Maar ik kon er niets aan doen. Die opmerking van de baas was te bizar. Alsof iedereen gek was, behalve hij.

Ik keek naar Carmine Zambratta, die overduidelijk hetzelfde dacht. Maar niet voor lang. Hij trapte er niet in.

Hij begon het zonnedak te openen.

'Geloof me,' drong D'zorio aan. 'Ik kan je beschermen.'

'Mooi niet,' zei Zambratta. 'Ik bescherm mezelf wel.'

Hij sprong omhoog, het dak op, en liet de pistolen knallen. In het lawaai van de schoten en de klapperende wind kon ik mijn eigen gedachten nauwelijks meer horen.

Maar ik begreep zo ook wel wat D'zorio van plan was.

Ik kon het alleen niet geloven.

HOOFDSTUK 87

Het leek alsof D'zorio als een Dirty Harry het aantal schoten had geteld en het moment afwachtte waarop Zambratta zou moeten herladen. En toen het zover was, dook hij naar voren en sloeg hij op de knop die het dakraam bediende, en het glazen schuifpaneel zette Zambratta vast, half binnen en half buiten de voortrazende wagen.

'Wat doe je nou?!' schreeuwde Zambratta, terwijl hij hulpeloos met zijn benen spartelde. De Zamboni, D'zorio's hooggewaardeerde huurmoordenaar, had geen kogels meer en zat daar open en bloot. Wat volgde was een schietoefening voor de politie.

Zambratta gilde het uit terwijl de kogels, een stuk of zes, zich door zijn vlees en botten boorden. En toen: *baf!*

Zijn levensloze lichaam viel voorover op het dak van de limo, en zijn rechterhand, met de 9mm-Glock erin geklemd, viel door de smalle spleet van het dakraam. Ik zag hoe het bloed van zijn vingers af droop.

D'zorio schudde zijn hoofd. 'Die vent luistert verdomme ook nooit,' zei hij. O, ik snap het. Dus dan vermoord je hem maar?

De limo maakte opeens een scherpe bocht naar rechts, waardoor ik over de bank tuimelde. Ik werkte me weer omhoog en gluurde door de donkere ramen. Het waren geen bomen meer die voorbijschoten. Het waren auto's.

We reden nu op een snelweg, en gingen nóg sneller.

Ik schreeuwde boven de sirenes uit naar D'zorio. 'Dus nu

gaan we langs de kant staan? Dat heb je zelf gezegd!'

'Bijna,' antwoordde hij.

Hij stak zijn hand in een klein vakje bij zijn rechterhand, dat niet groter was dan een doosje papieren zakdoekjes. Er zaten alleen geen zakdoekjes in. Jezus, waarom heeft iedereen een wapen behalve ik?

Hij haalde de pochet uit zijn borstzakje en legde hem in zijn geopende hand.

'Wat ga je doen?' vroeg ik.

Maar ik wist het maar al te goed. Hij ging ervoor zorgen dat er geen kruitpoeder op zijn hand zou komen. Op het moment dat hij me doodschoot.

'Het is zoals ik net al zei, Nick. Je zou me toch niet geloven.'

Dat gezegd hebbende richtte hij het pistool op mijn borst. De limo slingerde als een gek van de ene baan naar de andere, maar D'zorio's hand was verrassend stabiel. Hij had hier ervaring mee.

'Wacht…' schreeuwde ik. 'Wacht! Je hebt gehoord wat Zambratta zei – de politie weet dat ik hierin zit.'

'Dat klopt. En als ik alles heb uitgelegd, begrijpen ze dat hij jou heeft doodgeschoten.'

Schaakmat, Nick. *Game over.* Ditmaal was er geen ontsnappen aan.

Ik sloot mijn ogen en zoog mijn laatste adem naar binnen.

Pop!

HOOFDSTUK 88

Het klonk absoluut als een pistool – alleen was het er geen. Deze keer niet. Nee, een van de banden van de limo was uit elkaar geknald, misschien omdat hij één scherpe bocht te veel had gemaakt, of omdat er tijdens de achtervolging een kogel doorheen was gejaagd.

Niet dat ik dat onmiddellijk doorhad; de limo sloeg over de kop en ik was vooral druk bezig rondgedraaid te worden, als de was in een wasmachine.

En over de kop, en over de kop. We stuiterden hoog op en maakten er nog een paar radslagen bij.

Je kunt rustig stellen dat dit het zwaarste ongeluk van mijn leven was, maar dat ik tegelijkertijd, en gekker moet het niet worden, nog nooit zo'n mazzel had gehad, al deed het wel verschrikkelijk veel pijn.

Mijn lichaam sloeg eerst tegen het plafond, daarna tegen het portier en ten slotte tegen de bar. Het ging zo snel dat ik me niet met mijn handen kon beschermen. Ik kon me nergens aan vasthouden, ik kreeg nergens grip op.

Op de een of andere manier slaagde ik erin, tijdens het geslinger en te midden van metaal dat vermorzeld werd en glas dat aan diggelen ging, bij bewustzijn te blijven. En toen de limo uiteindelijk – ondersteboven, dat wel – tot stilstand kwam, zoomde ik in en uit alsof ik door zo'n viewmaster keek.

Klik! Waar ben ik?

Goed: ik lag op mijn buik op wat, naar ik vermoedde, het

plafond van de limo was. Voorzichtig haalde ik de palm van mijn hand over mijn voorhoofd. Het bloed zien was niet nodig – ik vóelde het, warm en kleverig. Het leek alsof de grote buil die ik aan de kolf van Zambratta's pistool te danken had, open was gebarsten. De pijn was niet te harden.

Maar de ergste pijn zat lager in mijn lichaam. In de rechterkant van mijn borstkas, bij mijn ribben. Bij iedere inademing had ik het gevoel dat er een mes in ging.

Net toen ik om hulp wilde roepen, hoorde ik vlak bij me gekreun. Het was D'zorio. Ik mocht er dan niet best aan toe zijn, met hem ging het nog veel slechter.

Er zaten stukken glas in zijn voorhoofd en wang, en ik geloof dat er onder zijn enkel een bot door zijn sok stak. Hij ademde fluitend en hoestte bloed op.

Hij keek me aan. Ik keek hem aan. We keken allebei naar zijn pistool. Dat lag misschien vijftien centimeter van zijn hand vandaan.

Maak daar maar tien van.

Hij probeerde het te pakken – zijn perfect gemanicuurde nagels, die nu onder het bloed zaten, klauwden zich een weg naar het pistool.

Toen hoorde ik vanuit het niets een stem. 'Ga je gang, Joey. Geef me een reden!'

Wacht even! Ik ken die stem… Zeker weten.

Ik strekte mijn nek en zag een man op zijn hurken naast de limo zitten. De loop van zijn semiautomatische .40 kaliber-Smith & Wesson was op D'zorio gericht.

Wacht even! Ik kende die man. Het was die vent uit de diner. Die bij het huis van mijn zus had rondgeslopen.

Ik had gedacht dat hij me wilde vermoorden, maar nu redde hij mijn leven. Hij hoorde dus niet bij de maffia. Hij was tegen hen. Dat was zo duidelijk als de drie letters op zijn jas.

FBI.

HOOFDSTUK 89

Ik had minstens één gebroken rib, misschien twee. En er zaten diepe sneden en wonden in mijn voorhoofd, oor en rechterarm, die allemaal gehecht moesten worden.

Toen het ambulancepersoneel me eerste hulp had verleend, kwam agent Douglas Keller van de FBI met zijn armen voor zijn borst voor me staan en keek me aan met een blik die me aan mijn vader, een conrector op een middelbare school, deed denken. 'Je moet naar het ziekenhuis, Nick,' zei hij. 'Daarna praten we over alles wat hier gebeurd is.'

'We praten nu,' zei ik. 'Of we praten nooit. En dat meen ik, Doug.'

We stonden midden op de Pelham Parkway in de Bronx. Achter me stond een kilometerslange parkeerplaats van auto's die voorlopig geen kant op konden. Links van me, op de weghelft die naar het noorden ging, stond een langzaam rijdende kijkfile, en al die gezichten keken me met open mond aan en stelden dezelfde vraag: wat is daar in godsnaam gebeurd? Ik kon zien welke details ze registreerden: een over de kop geslagen limo met kogelgaten? En overal politie en FBI?

En de forensische dienst van de NYPD maakte foto's, mat slipsporen op en trok kalklijnen rondom D'zorio's chauffeur (die, hoewel hij bepaald geen kleintje was, zijn dood min of meer in geslingerd was). Zo zie je maar weer, altijd je gordel omdoen. Maar je wilt ook niet weten wat er van Zambratta's in het dakraam geklemde lichaam over was.

'Je beseft toch wel, Nick, dat ik niet verplicht ben je ook maar iets te vertellen?' vroeg agent Keller.

'Dat besef ik maar al te goed, Doug. Net zomin als ik verplicht ben te schrijven dat ik twee weken door een of andere FBI-agent ben achtervolgd die me ook nog met de dood heeft bedreigd,' kaatste ik terug. 'Schrijf je "Keller" met twee l'en?'

Hij glimlachte. 'Ik ben blij dat je erom kunt lachen,' zei ik.

'Even voor alle duidelijkheid, ik heb je niet met de dood bedreigd, Nick.'

'Nee, maar dat wilde je me wel doen geloven. Je zei dat ik groot gevaar liep.'

'Je liep ook groot gevaar. Misschien nog steeds.'

'Ja, maar het komt niet van de FBI. Niet van jou. Waarom deed je dan zo je best mij bang te maken?'

Keller schudde zijn hoofd, alsof hij wilde zeggen: ongelooflijk dat ik hem dit moet vertellen.

Maar hij vertelde het wel.

Het bleek dat een zekere Vincent Marcozza, Eddie Pinero's advocaat, de afgelopen tien maanden met de FBI had samengewerkt, zij het natuurlijk niet vrijwillig: ze hadden hem gepakt op belastingontduiking, en Marcozza had een deal gesloten.

'Wat voor deal?' vroeg ik.

'Laat ik het zo zeggen,' zei Keller, 'dat Marcozza ermee instemde niet zijn best denkbare verdediging te voeren. In feite stond hij toe dat Pinero werd veroordeeld.'

Mijn mond viel open, en ik moet er net zo hebben uitgezien als die mensen in de kijkfile. 'Wist de Taskforce Georganiseerde Misdaad daarvan af?' vroeg ik.

'Bedoel je of hun aanklagers meededen?'

'Inderdaad. Dat is precies wat ik bedoel.'

'Nee, ze hadden geen idee,' zei Keller. 'Misschien krabden ze zich achter hun oren omdat ze niet begrepen waarom Marcozza zo'n ondermaatse prestatie leverde, maar daar bleef het bij. De veroordeling van Pinero was voor hen een grote overwinning. Daar gingen ze niet moeilijk over doen.'

En toen verscheen ik in het verhaal. Letterlijk. Ik liep Lombardo's binnen en was er getuige van dat Eddie Pinero zich op Marcozza wreekte.

Alleen was het Pinero niet, zoals we later ontdekten. Het zag er alleen zo uit, omdat ze ons dat wilden laten geloven.

'Hoe hebben jullie dan ontdekt dat D'zorio erachter zat, dat het een valstrik was?' vroeg ik.

'Dat hebben we helemaal niet ontdekt,' zei Keller. 'Dat wil zeggen, niet voordat jij erachter kwam.' Hij stak een vinger op. 'Geef me je telefoon even,' zei hij.

Ik keek hem verbaasd aan. Toen gaf ik hem mijn iPhone.

Keller activeerde de toetsen en keek in het menu. Ik keek toe hoe hij omlaagscrolde, naar mijn toegangscode ging en een getal van vier cijfers intoetste.

'Zo,' zei hij terwijl hij hem teruggaf. 'Zogoed als nieuw.'

Hè? 'Wat was hij daarvoor dan?' vroeg ik.

Keller antwoordde niet. Hoefde ook niet. Zo had hij me dus bij mijn zus gevonden. De FBI had mijn telefoon in een zendertje veranderd. Maar hoe hadden ze dat gedaan? En wanneer? En wie?

'Ja, je ging helemaal op in je krant, die ochtend,' zei hij, alsof hij de vragen van mijn gezicht kon aflezen. Mijn gedachten gingen terug naar de Sunrise Diner en die eerste keer dat Keller me had benaderd. 'Is dit uw telefoon?' had hij gevraagd.

'Goed, laat me raden,' zei ik. 'Omdat jij mijn leven hebt gered, maak ik dit niet openbaar. Ik schrijf het artikel dus niet?'

'Dat is het plan zo ongeveer, ja,' zei hij botweg. 'Temeer omdat het nog niet voorbij is.'

'Hoe bedoel je?'

'We zijn er nog niet, Nick.'

DEEL VIJF

*Prijs de dag niet voordat
het avond is*

HOOFDSTUK 90

Ik voelde me als een kat die acht levens heeft verbruikt. Met andere woorden, voor flauwekul had ik geen tijd meer. En dus sloot ik daar, midden op de Pelham Parkway, een deal met agent Douglas Keller. *Als jij zorgt dat ik blijf leven, sterft het artikel een stille dood. Ga ik dood, dan komt het artikel tot leven.* Daar zorg ik dan alsnog hoogstpersoonlijk voor. En snel ook, dat beloofde ik hem.

'Hier zit het telefoonnummer van mijn vroegere eindredacteur.' Ik wees op de toets met de 2 erop. 'Ze staat onder een sneltoets. Ik geef het niet graag toe, maar ze is een betere schrijver en journalist dan ik. Moeilijk voor te stellen, ik weet het.'

Keller kneep zijn lippen samen en knikte langzaam. Misschien raar, maar ik had het gevoel dat hij mijn harde opstelling wel kon waarderen. Die taal sprak hij zelf tenslotte ook.

'Goed,' zei hij. 'Afgesproken.' Vanaf daar nam hij het heft in handen. En sneller dan ik voor mogelijk had gehouden.

Tegen de tijd dat hij me op de eerste hulp van het dichtstbijzijnde ziekenhuis – Medisch Centrum Jacobi – kwam opzoeken, had hij de NYPD al geïnformeerd dat de FBI mijn bescherming overnam. Twee agenten die me probeerden te beschermen waren vermoord. Genoeg gepraat, genoeg schade aangericht.

'Als bij jou alles is dichtgenaaid, breng ik je met een andere agent naar je appartement,' zei Keller. 'Daar krijg je een paar minuten om je koffer te pakken.'

We bevonden ons in een met een gordijntje afgeschermde

273

ruimte op de eerste hulp en wachtten tot er een dokter zou komen. Het is dat ik met een stuk of tien zwaluwstaarten bij elkaar werd gehouden, anders was ik al doodgebloed.

'En waar gaan we dan naartoe?' vroeg ik. 'Neem me niet kwalijk dat ik het getuigenbeschermingsprogramma niet meteen vertrouw.'

'We gaan naar een honderd procent veilige plek buiten de stad. Vertrouw me maar wel, Nick.'

'Waar is die honderd procent veilige plek?

'Hoe veilig zou hij voor de volgende zijn als ik dat aan jou vertelde?' vroeg Keller.

'En David Sorren?' vroeg ik.

'Wat is er met hem?'

'Weet hij dat je me meeneemt naar je Batcave? Ik weet niet of hij daar wel zo blij mee is. Ook Sorren kan het spel hard spelen.'

Op het gezicht van Keller brak een glimlach door – fijn om te weten dat hij überhaupt kón glimlachen. 'Sorren komt er snel genoeg achter,' zei hij. 'Als er iemand is die zich meer om jouw welzijn bekommert dan wij, is het de hoofdaanklager van Manhattan wel. Om D'zorio te kunnen vervolgen, heeft David Sorren jou levend nodig.'

'En als je het over de duivel hebt….' Klonk een stem aan de andere kant van het gordijn.

Sorren.

Hij trok het gordijn met een ruk open, wierp een blik op me en schudde zijn hoofd. 'Tjongetjonge, als dit allemaal voorbij is, heb je wel een krankzinnig verhaal te schrijven.'

'Dat kun je wel zeggen. Als hier tenminste ooit een eind aan komt, en als ik dan nog kán schrijven. En als het me wordt toegestaan.'

Ik wierp een snelle, ongemakkelijke blik op Keller.

Sorren stelde zich meteen aan Keller voor. Daarna vroeg hij hoe en waarom de FBI erbij betrokken was – een goede verstaander hoorde natuurlijk: hoe en waarom was de FBI er *buiten zijn medeweten om* bij betrokken?

Keller draaide er niet omheen. 'Bruno Torenzi,' zei hij.

'Wie is Torenzi?' vroeg Sorren. 'Die naam zegt me niets.'

'Hij is de psychopathische huurmoordenaar die Vincent Marcozza, Derrick Phalen en twee agenten heeft vermoord.'

'Maak daar maar drie agenten van,' zei ik. 'Torenzi is ook bij mij thuis geweest, toen Zambratta in het nauw zat. Hij heeft Brison vermoord.'

'Die Torenzi, die is zeker niet van hier?' vroeg Sorren.

'Hij komt uit Sicilië. Maar hij heeft eerder in de VS gewerkt. We vroegen ons al af waar hij deze keer zou opduiken. Dat weten we nu dus.'

'Denk je dat hij nóg een opdracht heeft?' vroeg ik.

Sorren wreef over zijn kin. Hij begreep mijn vraag. Komt Torenzi nu achter míj aan?

'Dat zou weleens afhankelijk kunnen zijn van de ontwikkelingen hierboven,' antwoordde hij. 'D'zorio ligt onder het mes. Hij heeft zware inwendige bloedingen. Het is de vraag of hij het haalt.'

'Daarom willen we met Nick geen risico's nemen,' zei Keller terwijl hij het gordijn opzijschoof en naar de eerste hulp keek. Hij zuchtte ongeduldig. 'Waar blijft die dokter nou, verdomme?'

Ik begon zelf ook ongeduldig te worden.

Toen ging mijn telefoon.

HOOFDSTUK 91

Ik had verwacht dat het Courtney was. Of mijn zus. Om het even wie eigenlijk, maar niet mijn nichtje Elizabeth.

Het was ook vreemd, want ze belde met haar mobiele brailletelefoon, en die gebruikte ze bijna nooit. 'Mama heeft gezegd dat hij alleen voor noodgevallen is,' had ze me ooit verteld.

En het woord 'noodgeval' was precies wat ik in haar stem hoorde.

'Elizabeth? Is alles in orde?'

'Ja,' zei ze.

Meer was er niet voor nodig. Eén woord van mijn nichtje, het veertienjarige meisje met de sproeten dat ik voor het eerst in mijn armen had gehouden toen ze twee dagen oud was.

Eén woord.

Foute boel. Elizabeth stond nooit met de mond vol tanden. Het meisje was een spraakwaterval.

'Gaat het?' vroeg ik.

'Nee.'

'Wat is er aan de hand, liefje? Is er iets met je moeder? Wat is er gebeurd?'

'Mag ik naar je toe komen?'

Ik wist, of voelde, dat ze tegen haar tranen vocht. Haar stem kraakte. Trilde, eigenlijk.

'Elizabeth, wat is er gebeurd?' herhaalde ik.

Ik duwde de telefoon stevig tegen mijn oor en wisselde een blik met Sorren en Keller. Ze hadden staan praten en geen aandacht besteed aan wat ik zei. Tot nu. Nu staarden ze me allebei aan. Wie? gebaarde Sorren.

'Ik heb ontzettende ruzie met mama en ik weet niet meer wat ik moet doen,' zei Elizabeth. 'Ik moet met je praten. Jij bent de enige met wie ik kan praten.'

Ruzie met haar moeder? Dat leek me niet onmogelijk. Elizabeth was een puber, en haar moeder was... nou ja, haar moeder. Normaal gesproken waren ze elkaars beste vriendinnen, maar ook beste vriendinnen maken weleens ruzie.

Waarom geloofde ik er dan geen snars van? Waarschijnlijk omdat Elizabeth niet klonk als... Elizabeth.

'Waar ben je nu?' vroeg ik.

'Ik móest weg, ik was zo kwaad,' antwoordde ze. 'Dus mag ik alsjeblieft naar je toe komen? Alsjeblieft, oom Nick.'

'Moet je horen, liefje,' zei ik. 'Ieder ander moment had ik waarschijnlijk ja gezegd, maar nu komt het echt heel slecht uit. Ik kan op dit moment geen details vertellen, die hoor je later misschien nog op het nieuws.' Ik zweeg even, om mijn volgende zin extra veel lading mee te geven. 'Sterker nog, misschien heb je al gehoord wat me vandaag is overkomen?'

Elizabeth was even stil. 'Nee, ik heb niets gehoord,' zei ze.

Het was niet wat ze zei, maar wat ze niet vroeg.

'Ik denk dat je het als volgt moet doen,' zei ik. 'Je gaat naar huis en probeert het goed te maken met je moeder. Ik weet niet waar jullie ruzie over hadden, maar ik weet zeker dat jullie het weer goed kunnen maken.'

'Nee, dat denk ik niet,' zei ze onvermurwbaar. 'Ik denk dat ze het tegen mijn vader gaat zeggen, en ik ben bang voor wat er gebeurt als hij thuiskomt.'

Ze barstte in huilen uit, en ik kon geen woord meer uitbrengen want ik was plotseling kotsmisselijk. Elizabeth was niet alleen. Dat wist ik zeker – net zo zeker als wat ik daarna hoorde. Iemand pakte haar telefoon af.

'Slim nichtje heb jij, Nick,' zei hij. 'Alleen weten we allemaal dat haar vader allang dood is. En als jij niet binnen een uur op Grand Central Station bent, is dit meisje ook dood. En vergeet niet dat ik geen enkele reden heb om haar pijn te willen doen, Nick. Ze heeft niets gezien.'

HOOFDSTUK 92

Toen ik iets minder dan een uur later Grand Central Station in liep, voelde ik dat het bloed zich al een weg tussen de zwaluwstaarten op mijn gezicht en mijn arm door baande. Maar wat kon het mij schelen dat ik hechtingen nodig had? Er was maar één ding wat mij interesseerde, en dat was dat Elizabeth veilig en wel zou terugkeren. Dat was het enige wat telde. Wat anders?

Boven me, in de stationshal, hing het gigantische bord met alle aankomsttijden en de sporen waarop de treinen binnenkwamen. Er stonden tientallen mensen naar te kijken.

Ik niet. Ik liep er snel langs, zonder er zelfs maar een blik op te werpen. Dat bord kon me niets leren wat ik niet al wist.

Een niet nader geïdentificeerde man die een niet nader geïdentificeerd tienermeisje bij zich had, had de Metro-North-trein van 17.04 uur van Westport in Connecticut naar New York gegijzeld. Maar in plaats van gijzelaars te nemen, had hij iedereen laten gaan. Iedereen, behalve het meisje en de machinist... Mijn hersens draaiden op volle toeren. Jezus, wat was dat voor plan? Wat kon het mij over Bruno Torenzi vertellen?

Dat was de kern van de melding van de politie in Westport, de zusterstad van Weston, waar Kate en Elizabeth woonden. Het enige wat ze agent Keller verder nog hadden kunnen vertellen, was dat de trein op weg was naar New York City.

Ja, dat wisten we. De niet-geïdentificeerde man had het ons

zelf verteld. Hij zei ook nog dat de trein verder nergens zou stoppen.

Ik haastte me naar spoor 19 en kon niets anders doen dan wachten. Het gezicht van Bruno Torenzi nam mijn gedachten zozeer in beslag dat ik me nauwelijks nog op iets anders kon concentreren. Ik zag hem voor me in Lombardo's, en in de lobby van het gebouw waar ik woon. En nu zou ik hem opnieuw ontmoeten. En op de een of andere manier was ik ervan overtuigd dat dit de laatste keer zou zijn. Maar wat was hij verdomme van plan? Ik wist het echt niet.

Wat ik wél wist, was dat ik die klootzak het liefst zou vermoorden. Ik had nog nooit iemand zo gehaat, zo van iemand gewalgd.

Kalm, Nick. Beheers je.

Maar dat was bijna onmogelijk. Niet als ik aan Elizabeth dacht, hoe bang ze moest zijn en, wat dat aangaat, hoe totaal in paniek haar moeder was. Kort nadat ik uit het ziekenhuis was weggestormd, had ik Kate op haar mobiele telefoon weten te bereiken. Ze had boodschappen gedaan, was niet langer dan een halfuurtje weggeweest en zou in een mum van tijd weer bij Elizabeth zijn. Met een meer dan bezwaard gemoed vertelde ik haar dat Elizabeth niet thuis zou zijn.

'Mijn schatje!' herhaalde ze steeds opnieuw. Het was hartverscheurend.

Daarna belde ik Courtney, om haar een gunst te vragen die helemaal geen gunst was, althans, niet in háár ogen. Zodra ik Courtney had verteld wat er was gebeurd, begreep ze onmiddellijk waarmee ze me kon helpen: de lokale politie had zich, in afwachting van de afloop van de ontwikkelingen, over mijn zus ontfermd.

'Maar ze heeft natuurlijk iemand nodig die ze kent, een vertrouwd gezicht,' zei Courtney. 'Ik kom eraan, oké?'

Ja! Dank je! En als dit allemaal voorbij is, wil ik bij jou zijn, Courtney. Goed? Niets of niemand die me daarvan afhoudt.

Precies op het juiste moment hoorde ik het rommelende geluid in de verte. Toen zag ik hem.

De trein van 17.04 uur uit Westport rolde als een trage, stalen slang het station binnen. Het luchtremsysteem beet zich vast in de rails, en een doordringend gesis weerkaatste in mijn oren.

Dit was het dan. Het eindpunt, het eindstation, het wat dan ook.

Onmiddellijk gingen alle schuifdeuren tegelijkertijd open. Maar de gebruikelijke aanblik van naar buiten drommende mensen bleef uit. Er was niets dan stilte, het was huiveringwekkend. Ik hield mijn adem in. Het was bijna niet te verdragen. En toen…

Tik. Tik-tik-tik…

Toen zag ik mijn nichtje, helemaal aan het eind van het perron. Elizabeth stapte uit de eerste wagon, haar stok wees haar de weg. Ze droeg een versleten spijkerbroek en een limoengroene sweater met rits, en haar haar zat in een paardenstaart. Alles aan haar zag er jong en argeloos uit – allesbehalve de uitdrukking op haar gezicht. Haar mond was strak gesloten, en in haar sproetenneus zat een kreukel van angst – ze zag er doodsbang uit.

Toch was ik zo opgelucht dat ik haar zag, dat ik haar lévend zag vooral, dat de ongerijmdheid me niet meteen opviel.

Ze was alleen. Geen Bruno Torenzi.

'Elizabeth!' riep ik.

Ik rende naar haar toe – ik vloog het perron af. Het was een automatische reactie. Ik dacht niet na, het was puur instinct. Hoe zou ik niet naar haar toe hebben kunnen rennen?

Ze stond op het punt me dat te gaan vertellen. Mijn nichtje bleef staan en stak haar hand op. 'Wacht, oom Nick!' riep ze zo hard als ze kon. 'Blijf staan! Ik meen het!'

HOOFDSTUK 93

O god, nee. Dit mag niet waar zijn! Ik zag het op nog geen vijftien meter voor me.

Ik hoefde maar naar de rode draden die onder haar sweater uitstaken te kijken. Daaraan konden mijn hersens de conclusie wel verbinden. Net zoals de rode draden waren verbonden met blokjes c-4-explosief, die om Elizabeths middel zaten.

'Vuile klootzak!' schreeuwde ik, of beter gezegd, gílde ik. Ik kon hem niet zien, maar ik wist dat Torenzi daar ergens was. Ergens. En opeens was hij overal.

De lucht kraakte door het geluid van de mededelingeninstallatie, een dikke statische ruis, gevolgd door een vet Italiaans accent. 'Had ik niet gezegd dat je alleen moest komen?' vroeg hij met een stem die als die van God klonk.

'Ik ben alleen gekomen!' schreeuwde ik.

'Nog één leugen en je mag toekijken hoe je nichtje sterft. Op een verschrikkelijke manier.'

Ik staarde naar Elizabeth. Haar ogen staarden terug, al wist ik natuurlijk dat ze me niet kon zien. Dat maakte het alleen maar erger, het vergrootte mijn schuldgevoel.

'Het komt goed,' zei ik. 'Je gaat niet dood.'

Toen draaide ik me om, naar het lege perron achter me. Maar het was niet leeg. Dat wist ik al – en één ding was zeker, Torenzi wist het ook.

De zes mannen van het door Keller samengestelde arrestatieteam kwamen langzaam een voor een uit de schaduwen en vanonder de dakspanten tevoorschijn. Ze waren gewapend met automatische geweren met telescoop. In eerste instantie was het plan geweest Torenzi uit te schakelen zodra hij ook maar één stap van Elizabeth af zou doen.

Maar nu maakte Torenzi de dienst uit. 'Stap met het meisje in de eerste wagon,' beval hij.

Het was zenuwslopend om hem niet te kunnen zien. Ik zag alleen Elizabeth, die met haar blindengeleidestok vlak voor me stond. Wat een ongelooflijke lafbek was deze klootzak. En niet alleen Torenzi. Want het kon niet anders of D'zorio zat hierachter. Torenzi kon dit niet in zijn eentje gedaan hebben. Of wel soms?

Ik liep het perron verder af en pakte Elizabeths hand. 'Ik ben bij je,' zei ik.

'Niet loslaten,' fluisterde ze.

'Nee,' zei ik.

Samen stapten we weer in de trein, en de deuren gingen onmiddellijk achter ons dicht. De motor, die stationair had gedraaid, bracht de wielen in beweging. En weg waren we.

Maar waarheen?

En waar was Torenzi in godsnaam?

'Welkom aan boord,' klonk plotseling zijn stem. Maar niet over de intercom. Het kwam van voor in de trein.

We stonden nog op het balkon, en ik draaide me om en zag hem op een meter of vier van me af voor de cabine staan. Hij droeg hetzelfde pak en dezelfde zonnebril, en hij had weer die uitstraling van 'geen kunstjes flikken' op zijn gezicht. In zijn ene hand had hij een klein apparaatje dat eruitzag als een openklapbare mobiele telefoon, maar dan zonder het deel met het scherm. Het was het ontstekingsmechanisme.

In zijn andere hand had hij een pistool. Dat hield hij op het hoofd van de machinist gericht.

'En nu?' vroeg ik Torenzi.

Hij knikte langzaam. 'Dat zie je vanzelf. Laten we niet op de feiten vooruitlopen.'

HOOFDSTUK 94

Torenzi had de touwtjes stevig in handen, en die gedachte was doodeng. Met één aandachtig oog hield hij de beelden van de beveiligingscamera's in de gaten die alle deuren van de trein in beeld brachten. Er konden geen ongenode gasten aan boord komen, geen helden die de voorpagina van de krant zouden halen. De machinist, Nick Daniels en Daniels' nichtje waren alleen. Een mooi triootje: heel handig, heel hanteerbaar. Dat wil zeggen, tot hij hen niet langer nodig hadden.

Ja, Torenzi zat erbovenop. Maar niet boven op de trein.

Want daar zat agent Keller.

Er waren geen camera's op het dak gericht. Beter nog, boven de locomotief zat een plafondpaneel dat van buitenaf kon worden geopend. Tenminste, dat had de beambte van de Metropolitische Transport Autoriteiten hem verzekerd toen hij voor Grand Central Station een stoomcursus kreeg over de *M7 electric multiple-unit railroad car*, beter bekend als de 17.04 uur uit Westport.

'Geloof mij, zodra je erop zit, zie je het paneel,' had de MTA-beambte gezegd.

En hij had gelijk.

Zodra plan A was gesneuveld, was Keller vanaf een dakspant boven de trein op spoor 19 afgeseild. Zoiets had hij twaalf jaar geleden voor het laatst gedaan, tijdens zijn training in Quantico. Je weet maar nooit, had zijn instructeur gezegd.

Ook hij had gelijk gehad.

Keller was minder dan een minuut voordat de trein het station uit reed op het dak geland. Hij had het touw losgeklikt en was op zijn hurken gaan zitten, een beetje zoals een surfer die een enorme golf berijdt. Vanaf dat moment was er geen weg meer terug.

Meteen zag Keller het dakpaneel. Het was minder dan drie meter van hem af. Terwijl hij er voorzichtig naartoe kroop, tastte hij naar de twee gereedschapsstukken die de MTA hem had meegegeven. Het eerste was een 3200-rpm-schroevendraaier met een bit met een kleine platte kop. Het tweede was iets primitiever: een koevoet.

'Als je de vier schroeven hebt verwijderd, is het nog een hele toer om het paneel open te krijgen,' had een MTA-beambte gewaarschuwd. 'Dat kreng is loodzwaar.'

Maar het was de enige manier om de trein ongemerkt in te komen. 'Moet ik verder nog iets weten?' had Keller aan de beambte gevraagd.

'Nee, dat was het wel.'

Op hoop van zegen dan maar.

Keller sprak de techneut in zichzelf aan en rekende snel af met de vier schroeven die het paneel op zijn plek hielden. Geen probleem. Het was vooral de kunst je evenwicht te bewaren, daarboven op die trein. Die zoefde op volle snelheid voort over het spoor en schudde heen en weer. Maar goed, hij hield vol. Tot zover ging het goed.

'Tijd voor de koevoet,' mompelde Keller.

Hij wist meteen dat de beambte niet had overdreven. Het paneel was inderdaad loeizwaar. Hij kreeg er geen beweging in. Nog geen centimeter. Of zat het vast?

Misschien.

Keller probeerde het nog een keer. Terwijl hij zo hard mogelijk op de koevoet duwde, kon hij bij wijze van spreken in zijn hoofd horen hoe de tijd wegtikte.

'Shit!'

Het paneel kwam niet in beweging. Hij had een probleem, en niet zo'n kleintje ook.

Keller keek over zijn schouder en zag dat hij er een – zo mogelijk – nog groter probleem bij had.

Vanuit zijn ooghoek zag hij een straal licht. Het was letterlijk licht aan het eind van de tunnel – en dat betekende het einde van het ondergrondse spoor. Waarmee het cliché 'wat goed is, komt vanzelf' zijn beste tijd had gehad. De beambte was vergeten het over zoiets als de tussenruimte te hebben.

Die was er namelijk niet.

De doorgang van de tunnel leek maar een paar centimeter hoger te zijn dan de trein zelf. Zelfs als hij plat op zijn buik ging liggen, zou hij het niet redden. Het was springen of te pletter slaan!

Of als de sodemieter de trein in zien te komen.

Keller verschoof zo dat hij naast het paneel zat en wierp zijn volle gewicht op de koevoet, terwijl de tunnel razendsnel dichter bij zijn einde kwam. Door het schudden van de trein had hij het gevoel dat er elektrische schokken door hem heen werden gejaagd en de wind sloeg om hem heen, ranselde zijn gezicht en joeg de zweetdruppels van zijn gezicht zoals regendruppels van de voorruit waaien.

'Vooruit, kloteding!' schreeuwde hij tegen het paneel. 'Ga los!'

HOOFDSTUK 95

Tijd verloor iedere betekenis – ik had geen idee hoeveel minuten of seconden er voorbij waren. Toen we de ondergrondse tunnel, die vanaf Grand Central Station naar buiten liep, uit schoten, scheen een plotseling doorbrekende namiddagzon vol in mijn ogen. Ik had het gevoel dat we letterlijk ontspoorden.

Torenzi had de machinist toegeblaft er flink de sokken in te zetten en het was duidelijk dat hij gehoorzaamde. Gezien het feit dat de arme man een pistool tegen zijn hoofd voelde drukken, kon ik hem zijn toegevendheid nauwelijks kwalijk nemen. Grappig hoe dat werkt.

Ik kneep in Elizabeths hand. 'Blijf achter me,' fluisterde ik terwijl ik tussen haar en Torenzi in ging staan.

Ik verwachtte niet dat die klootzak mededeelzaam zou zijn. Wat zijn plan ook was, mij er iets over vertellen maakte er geen deel van uit. Het was duidelijk dat hij mij wilde vermoorden en dat hij dat alleen nog niet had gedaan om te voorkomen dat hij werd gepakt. Maar dat ik moest sterven stond vast – ik wist te veel.

We zouden echt niet naar een of ander stadje in Westchester rijden en daar doodgemoedereerd uit de trein stappen. Daarvan was agent Keller ook zeker geweest. Toch had hij, zodra Torenzi de verbinding met mij, in het ziekenhuis, had verbroken, ieder mogelijk scenario geschetst en geregeld dat er bij elk station tot in New Haven, het eindpunt van de lijn, lokale politie zou klaarstaan.

'Gewoon voor het geval dat Torenzi zo dom is,' had Keller gezegd.

Maar we wisten allebei wel beter. Hij was zo brutaal als wat, en slimmer dan ik had gedacht. Dat was me vaker aan Europese professionals opgevallen. Ze werken hard en verstaan hun vak – zelfs de huurmoordenaars.

Niet veel later wendde Torenzi zich tot de machinist. 'Stoppen!' beval hij. 'Hier! Nu meteen.'

De machinist schakelde de remmen in alsof… nou ja, alsof er nog steeds een pistool tegen zijn hoofd werd gedrukt.

We gleden over de rails, de treinwielen krasten over het ijzer als ontelbare nagels over een schoolbord. Ik draaide me vliegensvlug om om Elizabeth op te vangen, die door de remkracht naar de vloer werd gesmeten. Niet handig als je een bom droeg, leek me. Sinds we op de trein waren, dacht ik maar aan één ding: ervoor zorgen dat Elizabeth dit zou overleven. Het was mijn schuld dat ze hier was, en tot dat moment had ik niets kunnen doen om haar te helpen.

Torenzi had alle troeven in handen. Het pistool. Het ontstekingsmechanisme. Een plan om mij te vermoorden. En ik had niets in handen. Behalve dan de hand van een heel bang meisje.

Door de raampjes aan weerszijden van de trein zag ik dicht op elkaar staande bomen. Je had vanbuiten geen zicht op de trein, en dat was geen toeval.

'Alsjeblieft, laat het meisje met rust!' schreeuwde ik. 'Je hebt mij. Je wilde mij hebben.'

'Dat klopt,' zei Torenzi kalm terwijl hij achterwaarts in de cabine tastte.

Hij drukte op de knop om de deuren te openen. Toen hief hij zijn pistool en mikte op het midden van mijn borst. Voor de eerste keer liet ik Elizabeths hand los.

'Daniels, laat je vallen! Laat je vallen!'

Vanuit het niets klonk er een stem die vanachter in de wagon kwam. Ik wist niet meteen wie het was, en het kon me niet schelen ook. Er was iemand!

Plotseling vuurde die iemand op Torenzi! Ik greep Elizabeth en trok haar met me mee naar de vloer, terwijl Torenzi terugschoot. De kogels floten over onze hoofden en op dat moment besefte ik dat het de stem van agent Keller was geweest. Hoe was hij in de trein gekomen? En kon dat me eigenlijk wel iets schelen?

Ik keek op en zag dat Torenzi de machinist in een wurggreep nam. Het volgende moment ramde hij zijn pistool tegen het oor van de man.

Keller stopte met schieten.

'Verroer je niet, klootzak!' waarschuwde Torenzi terwijl hij de machinist dwong om voor hem uit over het gangpad te lopen. Hoe dichterbij hij kwam, hoe meer ik mijn best deed Elizabeth met mijn lichaam te beschermen.

De trein stond nu bijna stil; het enige wat je nog hoorde, was het lage brommen van de stationair draaiende motor. Ik durfde niet naar de naderende Torenzi te kijken, zelfs niet tersluiks. Ik wilde maar één ding, en dat was dat hij verdween, zelfs als dat inhield dat hij nooit zou worden opgepakt.

Torenzi bereikte het balkon waar wij bij de open deur lagen en gaf me een trap tegen mijn ribben. 'Opstaan!' zei hij.

Hij gaf me een nog hardere trap, om zich ervan te verzekeren dat ik hem goed had begrepen.

Ik kwam langzaam overeind, en nog voor ik goed en wel op mijn benen stond, duwde Torenzi de machinist tegen de grond en greep hij mij. Ik was zijn nieuwe gijzelaar, zijn uitgangsbewijs en doelwit tegelijk.

Maar Keller dacht daar anders over. Wat was hij van plan?

Hij hield zijn pistool stevig in zijn uitgestoken hand en kwam door het gangpad op ons af.

Torenzi blafte: 'Blijf staan waar je staat!'

Maar dat deed Keller niet. Hij liep gewoon door en hield zijn kaken zo stevig op elkaar geklemd dat ik de botten door de huid heen zag. Het leek wel alsof hij bezeten was. Wat deed hij nu? Zag hij soms niet dat er een pistool op mijn hoofd was gericht?

Natuurlijk zag hij dat wel. Het was het enige waar hij oog voor had.

En toen schoot Keller me in de borst.

HOOFDSTUK 96

Door de kracht van de impact van de kogel werd ik uit Torenzi's greep geslingerd. Het ging zo snel dat hij geen kans kreeg om me een kogel door mijn hoofd te jagen. Trouwens, waarom zou hij? Waarom zou hij de moeite nemen me te vermoorden als de FBI dat al voor hem deed?

Terwijl ik viel, strekte Torenzi de hand met zijn pistool en opende het vuur op Keller. Maar ik kon niet goed zien wat er gebeurde. Shit! Had hij Keller geraakt? Of had Keller hem geraakt?

Nee. En... nee!

Ik zag dat Bruno Torenzi achter de rij stoelen dook, tegenover de plek waar ik gewond op de grond lag. Ik keek naar Elizabeth. 'Blijf stilliggen!' zei ik tegen haar.

Ze knikte, de tranen liepen over haar wangen. 'Doe ik, oom Nick. Ben jij in orde?'

Naast haar lag de machinist, die zich plat tegen de vloer drukte. Onze blikken kruisten elkaar, en ik had het gevoel dat ik zijn gedachten kon lezen. Ik had me vandaag ziek moeten melden!

Inderdaad, makker. Ik ook.

Van Torenzi zag ik genoeg om te weten dat hij zijn pistool herlaadde. In zijn ene hand hield hij zijn pistool, de andere verving het magazijn.

Wacht even! Waar is het ontstekingsmechanisme?

Mijn ogen dwaalden over de stoel naast hem. Daar lag het.

Ik bedacht me geen seconde. Ik dacht überhaupt niet. Ik duwde me met beide handen omhoog. Daarna griste ik het ontstekingsmechanisme van de stoel.

Ik had het! Maar wat nu?

Torenzi draaide zich naar me om, en ik bevond me niet veel meer dan een meter van hem vandaan – hij kon me zo voor mijn donder schieten.

Op dat moment trof Keller hem de eerste keer.

Torenzi was vlak boven zijn elleboog geraakt, het bloed spoot eruit. Hij stootte een afschuwelijke grom uit, draaide zich om en mikte op Keller, maar werd opnieuw getroffen, nu vlak onder zijn schouder.

Maar de moordenaar ging niet neer. Integendeel, hij vuurde terug op Keller.

En vervolgens sprong hij uit de trein. Het laatste wat ik hoorde, was het knerpen van zijn voetstappen in het grind aan weerszijden van de rails; toen verdween hij het bos in.

HOOFDSTUK 97

Keller sprintte het gangpad door; het had nog het meest weg van zo'n voortstuivende wolk in een animatiefilm.

'Ik heb het ontstekingsmechanisme!' riep ik en stak het in de lucht. Met de andere hand wees ik naar de treindeur. 'Laat hem niet ontsnappen!'

Maar Keller ging helemaal nergens heen; hij hurkte op één knie naast me neer. 'Verdachte te voet, hij is gewapend,' zei hij in zijn radio. 'Alles in orde?' vroeg hij mij.

Mijn borst voelde aan alsof ik net met een sloopkogel had gedanst, maar voor de rest? 'Ja, alles in orde,' zei ik. Ik gaf hem het ontstekingsmechanisme.

Toen tilde ik mijn overhemd op en staarden we allebei naar de kogel in het kevlarvest dat ik van hem had moeten dragen.

'Midden in de roos,' zei hij met een glimlach.

'Ja ja, leuk hoor,' zei ik. 'Je had me wel kunnen vermoorden!'

'Daar heb je gelijk in, dat had gekund,' zei Keller. 'Maar als het aan Torenzi had gelegen, was het zeker gebeurd.'

'Oom Nick?'

We draaiden ons allebei om naar Elizabeth, die twee meter verderop op de grond lag. En ze droeg nog steeds een bom.

Keller liep naar haar toe en hielp haar overeind. 'Liefje, dit is agent Keller van de FBI,' zei ik. 'Hij gaat die bom van je af halen.'

Mijn blik ging naar Keller. Hij knikte me toe, met iets wat tussen hoop en vertrouwen in zat: ik ga mijn best doen.

Toen hield hij het ontstekingsmechanisme op alsof het een Fabergé-ei was en bekeek snel de voor- en achterkant. Het was écht een openklapbare mobiele telefoon zonder het klepje.

'Dus als hij een bepaald nummer intoetst, vliegen wij de lucht in – werkt het zo?' vroeg ik.

'Het nummer zit onder een sneltoets,' zei Keller. Hij gebaarde naar Elizabeth. 'Ergens zit de ontvanger van een andere telefoon, die met het slaghoedje is verbonden. Heel simpel. De ETA is ermee begonnen, daarna is het door de jihadisten overgenomen. En nu dus blijkbaar ook door Italiaanse huurmoordenaars.'

Keller ging er, met het oog op mijn beroep, van uit dat ik wist wat de ETA was. Dat had hij goed ingeschat – en het stond niet voor 'Eventuele Tijd van Aankomst'. De ETA, Spanjes terroristennetwerk van eigen bodem.

'Hm, ik wil me nergens mee bemoeien, maar moeten we geen explosievenopruimingsdienst of zoiets bellen?' vroeg de machinist. Hij lag nog steeds op de vloer van de trein, enigszins verdoofd, maar duidelijk in staat de situatie in te schatten.

'Geloof mij, die zijn al onderweg,' antwoordde Keller. 'Het probleem is alleen dat we geen tijd hebben om te wachten tot zij er zijn.'

Dat was niet echt het antwoord dat de machinist – of ik – had willen horen. 'Waarom niet?' was hij me voor.

'Omdat deze bom vooralsnog met iedere telefoon tot ontploffing kan worden gebracht,' zei Keller. 'Torenzi hoeft alleen maar een andere telefoon te gebruiken.'

'Dus, wat doen we?' vroeg ik.

'Wé doen niets,' zei Keller. 'Jullie tweeën gaan uit de weg. Ik wil dat jullie honderd meter verderop gaan staan, en geen meter dichterbij. Vooruit. Weg jullie.'

'Ik ga helemaal nergens heen,' zei ik effen. 'Ik blijf hier. Einde discussie.'

Het was de gemakkelijkste beslissing van mijn leven, en Keller leek nauwelijks verbaasd – hij nam niet de moeite me op andere gedachten te brengen. Hij keek de machinist aan en draaide er niet omheen.

'Ben je getrouwd?' vroeg Keller.

De man zat niet echt op quizvragen te wachten. Hij had het afgelopen uur zoveel meegemaakt dat hij nog steeds op zijn benen stond te trillen.

'Ik vroeg of je getrouwd bent,' herhaalde Keller.

'Ja,' zei de machinist.

'Kinderen?'

Keller zei geen woord meer.

Dat was ook niet meer nodig.

'Ik ben hier weg,' zei de machinist. 'Succes. Ik zal voor jullie bidden.'

HOOFDSTUK 98

Ik keek even door het raam naar de machinist, die deed wat hij moest doen, namelijk maken dat hij wegkwam. Toen kwam Keller ter zake. En die zaak was riskant – heel riskant.

'Oké, Elizabeth, het enige wat jij moet doen is je ontspannen,' zei hij met een zachte stem. 'Om te beginnen trekken we je sweater uit, goed?'

Ze balde haar vuist en knikte. 'Oké.' Wat een bikkel. Ik zei het al eerder, ze is het dapperste meisje dat ik ken.

Keller ritste Elizabeths sweater voorzichtig open, langs het geborduurde bloemetje en langzaam verder naar beneden. Hoe verder hij omlaag kwam, hoe meer ik mijn ontzetting moest onderdrukken over alle draden die ik zag – en over de bom die eraan vastzat.

'Je doet het geweldig, Elizabeth, echt geweldig,' zei Keller. 'Ik geloof niet dat dit veel problemen gaat opleveren.' Hij was niet van plan haar nog banger te maken dan ze al was, maar ik zag aan zijn gezicht dat zijn opmerking niet meer was dan dat: een opmerking. Waarschijnlijk gemaakt om Elizabeth en hemzelf af te leiden van wat er eigenlijk aan de hand was.

Natuurlijk had hij geen rekening gehouden met Elizabeths verbazingwekkende reukvermogen. Ik bedoelde dat ze het op een kilometer afstand rook als iemand onzin verkondigde. En helemaal als die persoon vlak voor haar stond.

'Het is erger dan je dacht, hè?' vroeg ze ten slotte.

'Niet per se,' zei Keller terwijl hij de sweater voorzichtig van haar schouders haalde. Hij schoof een paar draden opzij om de explosieven beter te kunnen zien. Ze liepen letterlijk kriskras over Elizabeths onderhemd, in de vorm van een x.

'Weet je wel zeker dat jij dit moet doen?' vroeg ik.

Keller bleef er onverstoorbaar met zijn vinger in porren en prikken terwijl hij mij antwoord gaf, als om zijn punt te maken. 'Dat c-4 is zo stabiel als het maar zijn kan. Zelfs als je er een geweer op leegschiet explodeert het niet.'

Je leert iedere dag wat bij. Zelfs als het je laatste dag is.

'Goed, maar wat zorgt dan wel voor de explosie?' vroeg ik.

'Een schokgolf gecombineerd met extreme hitte,' zei Keller, 'veroorzaakt door deze draden, die in verbinding staan met het ontstekingsmechanisme dat in het c-4 vastzit.'

'Kunnen we de hele rataplan niet gewoon over haar hoofd trekken?'

'Daar probeer ik nu achter te komen,' zei hij terwijl hij verderging met porren en prikken. 'Maar de maker heeft dit zo ontworpen dat ik niet goed weet of...'

Keller brak zijn zin af en zag eruit alsof hij een geest had gezien.

'Wat is er?' vroeg ik. 'Zeg op.'

Hij zei niets, maar liet me iets zien: hij trok me dichterbij en wees, en daar was het, zo duidelijk als wat.

Het was nog erger dan een geest.

Het was een timer, en hij tikte af.

HOOFDSTUK 99

'Oom Nick? Wat is er aan de hand? Wat gebeurt er? Waarom zeggen jullie niets?'

Elizabeth tastte naar me, haar bleke, slanke handen zwaaiden hulpeloos door de lucht. Ze wilde naar me toe komen, maar Keller hield haar tegen.

'Nick, hou Elizabeth vast,' zei hij. 'Kun je dat doen? Hou haar handen in de lucht.'

Ik ging achter Elizabeth staan en deed wat Keller me had gevraagd. 'Niet bewegen,' fluisterde ik in haar oor. 'Ik ben bij je.'

Over haar schouder heen kon ik de timer nog steeds zien; het was een goedkope plastic stopwatch, die aan de mobiele telefoon achter een van de blokjes c-4 vastzat.

Nog maar vijfenveertig seconden!

Keller had geen tijd om na te denken. Hij improviseerde, snel en verwoed. Plotseling begon hij, als iemand die een schakelbord bedient, de draden een voor een van het ontstekingsmechanisme los te trekken.

'Hoe lang nog?' vroeg hij.

'Veertig seconden!' zei ik.

Hij trok nog een draad los. Er bleven er nog drie over. Toen nog twee. Mijn ogen schoten heen en weer tussen de timer en zijn handen.

'Praat tegen me,' zei hij.

'Nog dertig seconden!'

Keller was met het laatste draadje bezig. 'Nog één,' zei hij binnensmonds. 'Vooruit...'

Hij pakte het c-4 vast om hem stabiel te houden. Hij hoefde er nog maar één draad uit te trekken, voorzichtig, net als hij met de andere had gedaan.

'Shit!' zei Keller.

Hij kreeg geen enkele beweging in het draadje.

'Trek harder!' riep ik.

'Dat doe ik al!' schreeuwde hij terug. 'Hij moet hem vastgelijmd hebben.'

Vijfentwintig seconden!

Keller keek eerst naar mij en toen naar de deur van de trein. Ik zag de vonk van een nieuw plan zijn gezicht verlichten. Een wanhoopsplan? Waarschijnlijk wel.

'Wacht! Waar ga je heen?' vroeg ik.

Maar hij sprintte al naar de treincabine voor de wagon. Even later kwam de trein hortend en stotend in beweging. Hij reed weer!

'Til haar op!' blafte hij terwijl hij naar ons terugrende.

'Wat?'

'Til haar van de grond! Doe het! Nu!'

'Alsjeblieft, doe het!' viel Elizabeth bij.

Ik pakte Elizabeth bij haar ellebogen en hees haar omhoog. Toen trok Keller de bom in één beweging over haar middel, langs haar benen naar beneden en over haar voeten.

Verdomme! Ik kon de timer niet meer zien. Ik zag alleen dat Keller door de treindeur naar de groene bomen wees. De trein won snelheid.

'Spring!' riep hij. 'Nu springen!'

Ik tilde Elizabeth in mijn armen en draaide me naar de deur – en sprong achter hem aan.

Er was geen sprake van kleinmaken en doorrollen hier, alleen van een doffe klap – mijn voeten hadden de grond nauwelijks geraakt voordat ik, in mijn poging Elizabeth te beschermen, met mijn rug tegen de grond sloeg. Het knappende geluid dat ik hoorde, kwam van een van mijn ribben, de pijn schoot als een ziedende raket door me heen.

Terwijl ik Elizabeth in mijn armen bleef houden, draaide ik me om naar de trein, die langs ons zoefde, en naar de voorste wagon met de bom die kleiner en kleiner werd. Maar niet klein genoeg.

'Sta op!' riep Keller. 'Rennen!'

Ik krabbelde met Elizabeth overeind en Keller greep me bij de arm, en we renden in tegengestelde richting over de spoorbaan om de afstand tussen ons en de trein zo groot mogelijk...

Boem!

HOOFDSTUK 100

'*Dark Side of the Moon* of *Wish You Were Here?*' vroeg Anne Gram, een van de twee operatiekamermedewerkers die de operatiekamer van Medisch Centrum Jacobi gereedmaakte. Ze voerde een lijstje in op de iPod van dokter Al Sassoon, de dienstdoende chirurg – een grote Pink Floyd-fan – die zijn handen al stond te wassen.

Ruth Kreindler, de Knabbel van Anne Babbel, keek op van het steriele operatiedoek dat ze over Joseph D'zorio's kruis drapeerde. Het was het enige stukje van die man dat niet was gebroken, doorboord, verminkt of gescheurd.

'Als ik dit zo zie,' zei Ruth hoofdschuddend, 'krijgen we beide albums, en ook nog een stuk van *The Wall* te horen. Bedankt, Al, met die stomme Pink Floyd van je.'

'Hé, hij is een prima chirurg, en het is prettig om met hem te werken.'

De twee vrouwen, beiden begin veertig, hadden hun pre-operatiechecklist af; ze hadden de afzuigmachines zelfs twee keer gecheckt, omdat die de laatste tijd nog weleens verstopt raakten. Alles bij elkaar ging het zijn gewone gangetje, hoewel ze beiden wisten dat de bewusteloze man op de tafel die aan het zuurstof lag, verre van gewoon was.

'Vind jij dat alle mensen gered moeten worden?' vroeg Anne na een tijdje.

Ruth keek over haar schouder om zich ervan te verzekeren dat ze met de beruchte maffiabaas alleen waren. 'Bedoel je dat medisch of spiritueel?' vroeg ze. 'Daarvan zou mijn antwoord weleens afhankelijk kunnen zijn.'

Anne haalde haar schouders op. 'Medisch, denk ik.'

'Ik snap wat je zegt, maar dit is een ziekenhuis, en geen rechtszaal. Weet je wat ik bedoel?'

'Ja. Maar toch.'

Ruth keek naar D'zorio. 'Laat ik het zo zeggen,' zei ze. 'Zo'n vent als deze hier stelt mijn geloof wel op de proef. Mijn gerechtvaardigde verontwaardiging strijdt met mijn vergevensgezindheid.'

'En wat wint?' vroeg Anne.

'De vergevensgezindheid, denk ik. Spiritueel gezien kan iedereen gered worden.'

Anne knikte, maar haar blik was sceptisch. Ze zou het nooit hardop kunnen zeggen, maar ze hoopte stiekem dat dokter Sassoon een slechte dag had, of in ieder geval niet de sterren van de hemel zou opereren.

'Wat zei je?' vroeg Ruth.

Anne had niets gezegd. Ze was te druk bezig zich voor te stellen hoe dokter Sassoon 'per ongeluk' een tampon in D'zorio's borst zou achterlaten.

Maar ook zij had het gehoord. Iemand in de operatiekamer had iets gezegd.

Precies tegelijk keken ze naar D'zorio op de tafel. Zijn dunne, blauwige lippen bewogen. Hij mompelde iets.

'Wat zei hij?' vroeg Anne.

'Ik heb het niet goed verstaan,' zei Ruth die zich vooroverboog, naar zijn mond.

Anne deed hetzelfde.

'Sorr…' zei D'zorio, nauwelijks krachtiger dan een fluisterstem. 'Sorry.'

Tenminste, dat is wat zij meenden te horen.

'Hij is zijn zonden aan het opbiechten,' zei Anne.

'Althans, dat probeert hij,' zei Ruth terwijl ze naar de telefoon aan de muur liep.

Ze belde naar de kapelaanskamer om te horen of D'zorio's priester al gearriveerd was. Ze hadden gehoord dat hij onderweg was, om de maffiabaas de ziekenzalving ofwel de laatste sacramenten toe te dienen.

Blijkbaar was D'zorio vast begonnen.

Ruth stond nog te wachten tot de telefoon in de kapelaanskamer werd opgenomen toen het alarm van de hartmonitor begon te piepen.

'Christus nog aan toe!' zei Anne bij de tafel waar D'zorio op lag. 'Hij valt stil!'

Ruth hing op en rende naar de ruimte waar dokter Sassoon net klaar was met handen wassen.

Maar het was te laat. Er zou die middag geen Pink Floyd in de operatiekamer klinken. Joseph D'zorio had de wereld verlaten.

Als de rook van een schip aan de horizon.

HOOFDSTUK 101

Bruno Torenzi holde tussen de struiken en takken door, met rondzwaaiende armen om de weg vóór hem vrij te maken en zijn oren gespitst op het geluid van mogelijke achtervolgers.

Hij wachtte op de explosie achter hem, op de rails, en hij keek snel op zijn horloge en wist dat het niet lang meer kon duren; de bom kon ieder moment ontploffen. Het moment was zo dichtbij dat hij de hele scène al in zijn hoofd kon horen – een symfonie van geluiden, van de eerste donderende klap tot de schijnbaar eindeloze echo en het aanhoudende gekrijs van alle vogels binnen een vierkante kilometer, die zich wezenloos zouden schrikken.

En toen was ze daar. De explosie, de echo, de vogels... de hele rataplan. Bijna precies zoals hij het zich had voorgesteld.

Maar Torenzi bleef niet staan om achterom te kijken, zelfs niet heel even. Hij had er geen behoefte aan het in zich op te zuigen. Zoiets had hij niet nodig.

Hij voelde niets.

Hij voelde geen vreugde, geen voldoening en al helemaal geen spijt – hij voelde zelfs geen greintje schuld over het meisje, dat er niets mee te maken had. Ze had haar oom uit zijn schuilplaats verjaagd, en dat was zijn bedoeling geweest. Wat hem betreft had ze haar doel gediend. En dat was dat.

Maar wie was die rambo die onverwacht op het feestje in de trein was komen opdagen? Torenzi had geen idee. Achteraf gezien moet hij hebben geweten dat Daniels een kogelvrij vest droeg. Het was ondenkbaar dat hij zo slecht schoot – de twee kogels waarmee hij Torenzi had getroffen, getuigden toch van enig vakmanschap.

Over niets voelen gesproken…

Torenzi had zijn zwarte leren riem uit zijn broek getrokken en daarmee een tourniquet aangelegd die de bloedcirculatie direct onder zijn schouder afsneed. Zijn arm was inmiddels zo stijf als rubber in december. Daar zou hij later wel naar kijken. Hij zou de kogels er met zijn stiletto uit peuteren en zichzelf daarna met een huis-tuin-en-keukennaald-en-draad dichtnaaien, er zouden twee littekens op zijn toch al zo getekende lijf bij komen. Ach ja, risico van het vak.

Of, zoals Hyman Roth in deel twee van *The Godfather* tegen Michael Corleone zegt: '*This is the business we've chosen.*'

Nu zat Torenzi's werkdag erop. En eens te meer had hij hem als winnaar afgesloten.

Ten slotte kwam hij tussen de bomen uit en zag hij de auto die op hem stond te wachten. Zijn timing was perfect. Het zat hem mee – zoals altijd, eigenlijk.

'Is hij dood?' hoorde hij toen hij de witte Volvo s40 naderde.

Torenzi boog zich voorover en leunde op het geopende raampje aan de passagierskant. Hij grijnsde. 'Wat dacht jij dan? Heb je die explosie niet gehoord?'

Ian LaGrange glimlachte breed, waardoor zijn toch al grote mond iets stripachtigs kreeg. 'Jawel, ik heb hem gehoord,' zei hij. 'Stap in.'

De Volvo stond op een verlaten doodlopend weggetje – twee half afgebouwde huizen vormden het enige teken van leven. Het was hun lot half afgebouwd te blijven, want de aannemer was failliet gegaan toen de huizenmarkt was ingestort.

Torenzi trok het portier open en stapte in. 'Rijden maar,' zei hij.

LaGrange wees op Torenzi's arm, de riem en het overhemd onder zijn jas dat onder de bloedvlekken zat. 'Wat is er gebeurd?' vroeg hij.

'Dat stelt niets voor. Er was nóg iemand op de trein.'

'Wie?'

'Maakt dat iets uit?'

'Ik ben het hoofd van de Taskforce Georganiseerde Misdaad,' zei LaGrange. 'Wat dacht je zelf?'

'Ik denk dat hij van de FBI was.'

'Heb je hem gedood?'

'Nee, dat heeft de bom voor me gedaan,' zei Torenzi. 'Hoe gaat het met D'zorio?'

'Hij heeft het niet gehaald.'

'Heb jij even geluk.'

LaGrange grinnikte. 'Zonder geluk vaart niemand wel.'

'Ik vaar liever wel omdat ik goed ben,' zei Torenzi, en hij meende het woord voor woord. 'Heb je de rest van mijn geld?'

'Natuurlijk,' antwoordde hij terwijl met zijn hoofd over zijn schouder gebaarde. 'In de achterbak. Ik heb er een extraatje in gedaan, voor de bijkomende moeite. Je hebt goed werk geleverd.'

Torenzi bedankte hem niet. Maar hij vroeg zich wel af waarom LaGrange zijn auto in de parkeerstand liet staan.

'Waar wachten we op?' vroeg hij.

'Er moet nog één ding afgehandeld worden.'

'Met wie?'

'Met mij,' zei de man door het openstaande raampje.

Wat is het Russische woord voor wraak?

HOOFDSTUK 102

Bruno Torenzi herkende de stem niet, maar de loop die tegen de zijkant van zijn hoofd aan drukte, liet niets te raden over.

'Leg je handen op het dashboard,' beval Ivan Belova. 'Langzaam. Heel, heel langzaam.'

Torenzi gehoorzaamde, vol walging. LaGrange haalde het sleuteltje uit het contact en opende zijn portier. 'Sorry, Bruno,' zei hij voordat hij uitstapte. 'Herinner je je het San Sebastian Hotel? Je hebt het verkloot, smeerlap.'

Belova, een beter geklede, afgeslankte versie van Boris Jeltsin, hield zijn blik onafgebroken op Torenzi gericht. Hij was absoluut niet van plan de huurmoordenaar ook maar een schijn van kans te geven. Die les had hij door schade en schande geleerd toen zijn zoons de Italiaan in dat hotel in Manhattan probeerden op te lichten.

'Weet je wie ik ben?' vroeg hij met zijn zware Russische accent. Hij was het hoofd van de misdaadfamilie Belova. Zij vormden de Amerikaanse tak van Solntsevskaja Bratva, een van de machtigste misdaadfamilies in Moskou.

'Nee,' antwoordde Torenzi, die wel zo verstandig was om recht voor zich uit naar de voorruit te blijven kijken.

'Die jongens die jij in die hotelkamer hebt vermoord, waren mijn zoons, mijn vlees en bloed,' zei hij met evenveel woede als wanhoop in zijn stem. Hij was een levende molotovcocktail, en hij kon ieder moment exploderen.

Belova had een reactie van Torenzi verwacht. Een blik van

verrassing, misschien zelfs een van spijt. 'Sorry' was natuurlijk te veel gevraagd, net als al het andere wat in de buurt van een verontschuldiging kwam – daarover maakte Belova zich geen enkele illusie. Niet dat het verschil zou maken. Zijn plannen zouden niet veranderen. Hij ging die Italiaanse moordenaar echt geen genade schenken.

Maar het antwoord dat Belova kreeg, was wel het laatste wat hij had verwacht.

'Dat was tuig,' zei Torenzi. 'Ik heb ze hun verdiende loon gegeven.'

'Klootzak!' schreeuwde Belova terwijl hij de haan van zijn Makarov PM spande.

'Wacht!' riep LaGrange nog harder. Hij stond achter Belova.

'Wat is er?' vroeg Belova ongeduldig over zijn schouder. Hij keek Torenzi nog steeds strak aan. Hij wist hoe dodelijk de man was.

'Jezus, man,' zei LaGrange. 'Niet in de auto. Tenzij jij hem daarna wilt schoonmaken, natuurlijk.'

Belova knikte onwillig en stak zijn vrije hand uit. Hij opende Torenzi's portier en deed een paar stappen naar achteren, voor alle zekerheid.

'Uitstappen,' zei hij.

Op het moment dat hij uitstapte keek Torenzi Belova voor de eerste keer aan, heel even. Op LaGrange daarentegen wierp hij een blik waarvan zelfs de duivel zou gaan stotteren.

'Hoeveel?' vroeg Torenzi. 'Voor hoeveel heb je me verraden?

LaGrange gaf geen antwoord. Hij keek alleen maar naar de modder voor zijn schoenen.

Torenzi staarde nu zonder met zijn ogen te knipperen naar Belova. Hij smeekte niet om genade, hij vroeg niet om vergeving.

'Draai je om,' beval Belova. 'Laat me je schijterige achterwerk zien.'

Torenzi schudde zijn hoofd onverzettelijk. 'Nee,' zei hij. 'Kijk me aan als je het doet.'

Daarna haakte hij zijn handen achter zijn rug in elkaar en zakte op zijn knieën. En alsof dat nog niet genoeg was, deed hij zijn mond wijd open.

Morbide, getikt tot op het bot.

Belova deed een stap naar voren en ramde de loop van zijn Makarov PM in één keer tot aan Torenzi's achterste kiezen. Hij was de baas van zijn familie; het was al meer dan tien jaar geleden dat hij zelf iemand had gedood. Het bevel geven, dat was hij gewend, het zelf te volbrengen niet.

Het gevolg daarvan was dat hij een fractie van een seconde wachtte. Een oogwenk. De kans waarop Torenzi had gerekend, of liever gezegd, gehoopt.

Nu!

In een flits bewoog Torenzi zijn hoofd naar één kant, waardoor de loop van het pistool, op het moment dat de verraste Belova de trekker overhaalde, naar de binnenkant van zijn wang was verschoven. De kogel maakte een gat ter grootte van een kwartje in het gezicht van de huurmoordenaar, maar alleen zijn vlees vloog door de lucht – niet zijn hersens.

Torenzi liet zich achterovervallen en griste in dezelfde beweging de stiletto uit het foedraal om zijn scheenbeen. Hij omklemde het handvat en haalde uit naar de Russische klootzak – hij stak het mes zo diep in zijn zij dat de punt van het lemmet op bot stuitte.

Belova schreeuwde het uit en stortte neer. Zijn pistool gleed uit zijn hand. Torenzi schepte het op, schoot Belova door zijn keel en zwaaide zijn arm naar LaGrange voor zijn tweede schot.

Maar daar dacht LaGrange anders over.

Hij had zijn Ruger SR9 al afgevuurd; de extra grote trekker lag lekker in zijn grote hand. Het schot trof Torenzi in de buik, en het bloed golfde uit zijn mond toen hij in elkaar zakte en opzijviel.

LaGrange deed een stap naar voren en pompte snel achter elkaar nog twee kogels in Torenzi's borst; daarna wachtte hij even om te zien of er nog een nodig zou zijn.

Dat was niet het geval.

Torenzi lag op zijn rug, de armen gespreid, het pistool in de palm van zijn hand, die nooit meer een kogel zou afvuren. Zijn ogen flikkerden nog even op toen hij zijn laatste adem uitblies, zijn borst rees nog eenmaal en liep toen langzaam leeg.

Hij was heengegaan, direct naar de hel. Ga niet langs Start.

HOOFDSTUK 103

'Dag, meneer Daniels, ik ben Marie McCormick,' zei de net gearriveerde nachtzuster. Ze kwam mijn kamer in het Lenox Hill-ziekenhuis binnen met een welkome glimlach en een zelfs nog welkomer bekertje met twee Vicodins. Dit was mijn tweede ziekenhuis die dag. Nadat ze me hadden opgelapt werd ik 'ter observatie' gehouden, wat ik helemaal niet erg vond, want mijn appartement was nog steeds een plaats delict.

'Tjonge, wat ben ik blij jou te zien, Marie,' zei ik.

Niet alleen vanwege de pillen, trouwens. De dagzuster die aan mijn kamer was toegewezen, had de charme en het charisma van een rechter van de Spaanse inquisitie. Bovendien hechtte zij overdreven veel belang aan de regeltjes. Het bezoekuur eindigde om 8.30 uur en om 8.31 uur had ze Courtney de deur uit gejaagd, alsof ze een vos in het hoenderhok was. Als je een hart hebt doe je zoiets toch niet? Zag ze soms niet hoe goed Courtney en ik het samen hadden? We zaten verdorie hand in hand, een halfuur lang.

Maar nog voordat ik Zuster Stipt had kunnen zeggen waar ze haar regels in kon steken, kondigde Courtney aan dat ze nog ergens heen moest. 'Ik moet de laatste hand aan iets leggen,' zei ze. 'Sorry, Nick. Ik ben er morgenochtend weer.'

'Waar ga je dan naartoe?' vroeg ik.

'Dat kan ik je nog niet vertellen. Het is iets heel interessants en ik wil het zonder ongelukken tot een goed einde brengen.'

'Dus ik breng ongeluk?'

Zo bedoelde ze het helemaal niet, maar ik kon het niemand kwalijk nemen die zo dacht – vooral niet als je het nieuws een beetje had gevolgd.

Verpleegster Marie had voordat ze naar haar werk ging blijkbaar een deel van de berichtgeving gevolgd.

'U bent er zo een die, zoals mijn tante Peggy uit Boston zou zeggen, de problemen als een magneet aantrekt,' grapte ze terwijl ze de bloeddrukmeter om mijn arm deed. 'Niet dat zij veel recht van spreken had, dat sufferdje. Ze is drie keer getrouwd en even zo vaak gescheiden, met de grootse losers van de wereld.'

Als ik lachte, deden mijn ribben pijn, maar ik kon er niets aan doen. Marie was een vrouw naar mijn hart. Nuchter en geestig.

'Zeg eens, waar is dat dappere nichtje van u?' vroeg ze. 'Ik zag een interview met haar, op tv.'

'Ze is weer veilig bij haar moeder,' zei ik. 'Zoals het hoort.'

Agent Keller had haar hoogstpersoonlijk naar Weston teruggebracht. De route was hem in ieder geval bekend. Om geen halve maatregelen te nemen bleef hij maar meteen slapen – terwijl de FBI het huis nota bene al door vier agenten liet bewaken. 'Voor alle zekerheid,' zei hij. 'Dat ben ik Elizabeth wel verschuldigd.'

Maar ik had vooral gezien hoe hij naar Kate keek toen zij en Courtney, met dank aan een politieman uit Connecticut, bij de spoorrails aankwamen. Keller bleek vrijgezel te zijn. Ik zeg: je kunt nooit weten.

Natuurlijk was ik vooralsnog ook vrijgezel, maar als je had gezien hoe Courtney en ik elkaar in de armen vielen en als gekken begonnen te kussen, zou je zeggen dat het daar niet naar uitzag. Het was misschien banaal bioscoopsentiment, maar ik genoot van iedere seconde. Wat Elizabeth betreft, de tijd moet leren hoe ze met alle gebeurtenissen omgaat. Fysiek was haar geen haar gekrenkt, maar mentaal was het een ander verhaal.

Maar als er iemand is die met zoiets kan omgaan, is zij het wel. Het feit dat ze erna interviews gaf, was een bemoedigend teken.

Ik lag nog wat met Marie te kletsen toen ik bij de deur een stem hoorde. 'Klop, klop,' zei David Sorren.

Marie draaide zich naar hem om. 'U moet behoorlijk belangrijk zijn, want de agent die daar voor de deur staat, heeft opdracht niemand binnen te laten.'

'Hij is inderdaad belangrijk,' verzekerde ik Marie. 'Sterker nog, je zou de volgende burgemeester van New York voor je kunnen hebben.'

David stelde zich voor en bejegende haar heel vriendelijk, zoals het een goed politicus betaamt. Maar we merkten dat hij me onder vier ogen wilde spreken en Marie liet ons alleen.

David trok zijn jas uit en hing die over de stoel in de hoek. Toen keek hij me aan. Hij had goed nieuws.

'Bruno Torenzi is dood,' zei hij. 'Ik wilde je het persoonlijk vertellen. In de hoop dat dat me bij de komende verkiezingen van je stem verzekert.'

Ik schudde mijn hoofd, maar grijnsde wel. 'Sorry, David. Ik ben democraat in hart en nieren.'

Sorren vertelde dat ze Torenzi bij een grote zoekactie in de omgeving van de opgeblazen trein hadden gevonden. Hij zei dat er nog een lijk bij hem lag, een Russische maffialeider. Kun je nagaan.

'Dus, wacht even… Maar voor wie werkte Torenzi dan? Voor D'zorio of voor die Belova?' vroeg ik.

'Goede vraag. Waarschijnlijk voor D'zorio, maar met de informatie die ik nu heb, acht ik het ook mogelijk dat die twee hebben samengewerkt – ze hadden er allebei belang bij Eddie Pinero ten val te brengen. Maar goed, we komen er snel genoeg achter als we die manager van Lombardo's hebben opgepakt, met wie jij het aan de stok kreeg. Die stond beslist bij iemand op de loonlijst.' Sorren keek even naar de deur. 'Nu Torenzi, D'zorio en Belova uit beeld zijn, is de noodzaak van die agent voor de deur een stuk minder groot. Voor je appartement geldt hetzelfde, Nick.'

'Halleluja,' zei ik. 'Trouwens, vergeet niet Carmine Zambratta aan dat lijstje toe te voegen. Van hem zullen we ook geen last meer hebben.'

'Daar heb je helemaal gelijk in,' zei Sorren. 'Nu je het er toch over hebt... Er is nog één ding.'

'Wat dan?'

'Het gaat over Dwayne Robinson. Zoals je waarschijnlijk al vermoedde, heeft hij geen zelfmoord gepleegd. Toen het bericht van D'zorio's dood naar buiten was gekomen, meldde zich een man die tegenover Robinson woonde om te zeggen dat hij heeft gezien dat Zambratta hem over de reling heeft gegooid.'

'Waarom is die overbuurman daar niet eerder mee gekomen?'

'Hij was te bang. Hij wist wie Zambratta was en waartoe hij in staat was. Sterker nog, dat had hij gezien, nietwaar?'

'Daar heb je gelijk in,' zei ik.

Sorren vouwde zijn armen voor zijn borst en aarzelde even. 'Luister, Nick, ik moet je mijn excuses maken. Dat meen ik. Je had het allemaal veel eerder door dan ik, en daar had ik voor open moeten staan. In eerste instantie hielp ik niet, maar maakte ik het je juist moeilijker.'

Ik glimlachte. 'Ja, dat is waar,' zei ik. 'Maar nu telt alleen nog dat dit voorbij is.'

We gaven elkaar een hand. Toen schudden we grinnikend ons hoofd. Het was een bizar einde van een bizarre dag en een bizar verhaal.

Maar ik had beter moeten weten. De dag was nog niet voorbij. Het was nog geen middernacht. Er konden nog heel wat geintjes gemaakt en spelletjes gespeeld worden.

HOOFDSTUK 104

De Vicodins deden hun werk; ze verzachtten de pijn en maakten me slaperig. Niet lang nadat David Sorren was vertrokken, dommelde ik in. Ik hoorde nauwelijks dat de deur zacht piepte en opnieuw openging.

Ik ging ervan uit dat het Marie was. Ik nam niet eens de moeite om meteen op te kijken of mijn ogen zelfs maar te openen. Maar toen ze naar me toe liep, spitsten mijn oren zich. Dit waren geen zachte rubberen zolen. Ik hoorde hakken, zwáre hakken. Dit waren de schoenen van een man. Welke man kon dat zijn?

Mijn ogen sperden zich open.

'Ha, Nick,' zei Ian LaGrange. In een oogwenk had hij het snoer van mijn belknop gepakt en met een mes doorgesneden.

Vervolgens zette hij de punt van het mes onder mijn kin.

Ik voelde dat de punt door mijn huid prikte en het bloed over mijn adamsappel druppelde.

'Wat wil je?'

'Je weet wat ik wil, Nick. Want jij hebt hem. Waar is die geheugenstick gebleven?'

Jezus christus! Daar had ik in alle chaos, verwarring en Vicodin helemaal niet meer aan gedacht. LaGrange duidelijk wel. Maar hoe wist hij van het bestaan ervan af? En wat deed dat mes op mijn keel?

'Waar heb je het over?' vroeg ik. 'Welke geheugenstick?'

'Haal het niet in je hoofd, stomme zak,' beet hij me toe. 'Ik weet dat jij hem had.'

LaGrange draaide de punt van het mes een stukje verder mijn huid in. Het bloed stroomde langs mijn hals omlaag. Vicodin of geen Vicodin, een mes in je keel doet pijn.

'Klopt, ik heb de geheugenstick gehad,' zei ik. 'Maar voordat ik kans kreeg te kijken wat erop stond, heeft D'zorio hem van me afgepakt. Ik heb hem niet meer.'

LaGrange taxeerde me met samengeknepen ogen. Hij probeerde te doorgronden of ik de waarheid sprak. Ik denk dat hij me geloofde.

'Dan heb ik niets aan jou,' zei hij terwijl hij het kussen onder mijn hoofd vandaan trok. Het kussen? Dat kun je niet menen...

Maar hij meende het wel – hij was zelfs bloedserieus. Hij liet het met een klap op mijn gezicht ploffen en duwde met het volle gewicht van zijn bovenlichaam op mijn neus en mond. Ik kon niet meer inademen. Wat natuurlijk ook het idee was.

Hoe harder ik worstelde, hoe harder LaGrange duwde, met alle honderdveertig kilo die die vent zwaar was. Ik kreeg geen adem meer. Wat er aan zuurstof in mijn longen over was, stroomde uit me, gelijk het leven zelf. Ik was hard op weg mijn bewustzijn te verliezen.

Dit keer kon ik niets doen; het was duidelijk dat ik de verstikkingsdood ging sterven.

Wat er toen gebeurde, kon ik alleen hóren. De deur werd opengesmeten. Er werd geen woord gezegd, maar er viel wel een schot.

Ian LaGrange viel met een zware klap op de grond. Het kussen nam hij in zijn val mee, en toen ik met mijn ogen knipperde en de lekkerste adem van mijn leven naar binnen hapte, zag ik wie de trekker had overgehaald.

Niet de agent die bij de deur had gestaan.

En ook niet Doug Keller van de FBI.

HOOFDSTUK 105

'Dit is precies de burgemeester die we nodig hebben!' jubelde de *New York Post*. Twee dagen later liep David Sorren in de stralende zon naar het podiumpje boven aan de trap van het gerechtsgebouw van Manhattan en kondigde daar met een nog steeds perfect gevoel voor timing voor een enorme, dolenthousiaste menigte aan dat hij zich kandidaat stelde om burgemeester van New York te worden.

Op dat moment had elke levende ziel gelezen of gehoord dat hij naar mijn ziekenhuiskamer was teruggekeerd omdat hij zijn jas daar had laten liggen. Hij had de dienstdoende agent in elkaar gezakt in de gang aangetroffen en het pistool uit de holster van de agent getrokken, waarna hij mijn kamer was binnengestormd.

Geen wonder dat hij, republikein of niet, in november op mijn stem kon rekenen.

En op die van Courtney, al bleef ze zijn gezond verstand in twijfel trekken vanwege zijn relatie met Brenda Evans.

'Ik bedoel, zo goed zal ze toch niet in bed zijn?' schimpte ze naast me terwijl we toekeken hoe Sorren zijn kandidatuur onder luid gejuich bekendmaakte. Courtney keek me even van opzij aan om te zien of ik hapte en mijn kennis uit de eerste hand openbaar zou maken.

Maar ik lachte alleen maar. Ik voelde me prima de luxe. En waarom ook niet? Courtney en ik hielden elkaars hand weer vast. Een beetje cliché misschien, maar wat kan dat je schelen als je verliefd bent?

'En wat was dat grote nieuws dat je me nog niet kon vertellen?' vroeg ik, om van onderwerp te veranderen.

'Ik wist dat je het zou vragen, Nick,' zei ze terwijl ze haar handtas opende. Ze gaf me een persbericht. De kop was: 'Courtney Sheppard hoofdredacteur *New York Magazine*'.

'Wauw,' zei ik. 'Gefeliciteerd. Dat is geweldig.'

'Insgelijks,' zei ze. 'Ken je mijn nieuwe eindredacteur al? Aardige vent, en zeer getalenteerd. Kan goed zoenen.'

'Echt? Ken ik hem?'

Ze stompte me speels tegen mijn arm, en ik greep die van haar en trok haar tegen me aan. 'Kan goed zoenen, hè?' vroeg ik voordat ik haar een kus op de mond drukte. En we begonnen daar midden in de menigte als een stel tieners te zoenen.

'Betekent dat dat je de baan aanneemt?' vroeg ze naar adem snakkend.

'Beslist niet,' zei ik.

Courtney rolde met die prachtige blauwe ogen van haar. 'Waarom niet, Nick? Denk je soms dat samen slapen en samen werken niet samengaan?'

'Nee, hoor, dat is het niet. Ik ben er gewoon het type niet naar om eindredacteur te worden. Ik schrijf verhalen, dat is mijn werk – en de verhalen die ik schrijf, vind je niet als je achter een bureau blijft zitten.'

Courtney glimlachte en ik wist dat ze me begreep, wat me goeddeed. 'Oké, in dat geval stel ik wel wat lagere eisen en deel ik het bed met een gewone, schrijvende journalist.'

'Correctie, dame. Je bestbetaalde schrijvende journalist.'

'Dat zullen we nog wel zien. Vergeet niet dat ik niet voor niets hoofdredacteur ben geworden.'

We wilden alweer gaan kussen toen we allebei beseften dat er iemand vlak naast ons stond. Als je het over de duivel hebt… het was niemand anders dan Brenda.

'Neem me niet kwalijk dat ik jullie stoor,' zei ze terwijl ze bijna bloosde. Ik wist niet eens dat ze dat kon. 'Ik zag jullie staan. Ik wil Nick iets geven.'

Ze gaf me een mooi ingepakt, smal rechthoekig doosje, met een rode strik erop.

'Wat is dit?' vroeg ik oprecht verbaasd.

'Een goedmakertje,' zei ze. 'Iets wat ik je verschuldigd ben.'

Ik wilde het pakje openmaken, maar ze hield me tegen. 'Nee, Nick, niet hier,' zei ze. 'Maak het later open. En Courtney, succes met deze man. Hij heeft het hart op de goede plek.'

Ze draaide zich om en liep weg, zonder gedag of wat dan ook te zeggen. Ik kreeg zelfs geen kans haar te bedanken.

Hij heeft het hart op de goede plek? Nou ja, daar valt mee te leven. En ik denk dat ze het nog meende ook.

HOOFDSTUK 106

Er was iets meer dan een week verstreken. Ik werkte aan mijn eerste opdracht voor *New York Magazine*, en het was beslist een stuk dat de voorpagina zou halen.

'Bedankt, David,' zei ik. 'Het wordt een groot artikel, dat beloof ik je.'

Sorren leunde achterover in zijn bureaustoel. We zaten op zijn kamer in Hogan Place 1 en David was overduidelijk met zichzelf ingenomen.

'Ben je gek?' vroeg hij. 'Ik moet jou bedanken. Ik weet dat brutaliteit in het geval van een politicus een goede eigenschap is, maar als ik eraan denk wat jij allemaal hebt moeten doorstaan, zat je er waarschijnlijk niet op te wachten dat ik je zo snel met een interview zou opzadelen. Bovendien wilde ik onze vriendschap niet misbruiken.'

'Geen enkel probleem. Dit is wel het minste wat ik terug kon doen. Je hebt mijn leven gered.'

'Ach, dat was puur geluk,' zei hij met een verlegen handgebaar. 'Al is dat natuurlijk wel de tweede regel in de politiek: je moet ook geluk hebben.'

'Dat geldt net zo goed voor de journalistiek.'

'Daar zitten we dan, twee geluksvogels. Als we niet oppassen, geeft het leven ons alles wat we willen,' zei hij met een knipoog.

Ik pakte mijn versleten leren tas van de vloer en zette hem op mijn schoot. 'Aan de slag dan maar, oké?'

'Absoluut,' zei Sorren. 'Trouwens, wat zei Courtney toen je

haar voorstelde dat je dit artikel zou gaan schrijven? Ik bedoel, het is haar eerste uitgave van *New York Magazine*. Had ze geen bedenkingen?'

'Bedenkingen? Helemaal niet. Ik heb nog geen woord geschreven, maar ze heeft me nu al verzekerd dat we op de cover komen.'

Sorren glimlachte breeduit en ik trok een notitieblok uit mijn tas. Daarna pakte ik de bandrecorder. Zijn glimlach verbleekte onmiddellijk.

'Het spijt me, Nick. Daar had ik iets over moeten zeggen toen je belde. Aantekeningen maken is prima, maar opnames zijn niet toegestaan. Dat is het beleid, hier op het Openbaar Ministerie. Op het stadhuis gelden natuurlijk heel andere regels.'

'Dat is geen probleem,' zei ik terwijl ik de bandrecorder op het bureau zette. 'Ik heb de bandrecorder niet meegenomen om opnames te maken. Ik wilde je iets laten horen. Mag ik?'

'Tuurlijk,' zei Sorren. 'Wat staat erop?'

Ik drukte op 'play' en zette het geluid harder. Ik wilde niet dat Sorren ook maar een woord van Ian LaGrange zou missen.

Of van zichzelf.

HOOFDSTUK 107

Wat zou jij doen als je in het appartement van je geliefde, op zijn favoriete verstopplek, een geheugenstick vond die nog onder het bloed zat ook? Op zijn allergeheimste verstopplek?

Inmiddels wist ik wat Brenda Evans zou doen. Ze was, als puntje bij paaltje kwam, toch een reporter, een reporter met een gevoelige – zij het volgens sommigen bedenkelijke – neus voor nieuws. Ze kon er niets aan doen: dat bloed zat haar niet lekker.

Maar vergeleken bij wat ze op de geheugenstick aantrof, viel dat bloed in het niet.

Derrick Phalen had het hele mysterie ontrafeld, en hij had het op de geheugenstick gezet zodat ik er op mijn gemak naar kon kijken. Of liever gezegd, naar kon luisteren. Want er stonden geen foto's of gestolen geheime documenten op, alleen een mp3-bestand met een stem erop. En ik mag dan een purist zijn als het om mijn vinyl lp-collectie gaat, deze kleine, digitale opname overtrof alles wat ik tot dan toe had gehoord.

Waarom Derrick besloot de kamer van zijn baas af te luisteren? Helaas zou ik nooit meer in de gelegenheid komen hem die vraag te stellen. Maar ik zal nooit vergeten hoe hij keek toen we op de burelen van de Taskforce Georganiseerde Misdaad bij de lift stonden en hij Ian LaGrange op ons af zag komen.

Holy shit, meende ik Derrick te hebben horen zeggen. Alsof hij zijn ogen niet kon geloven.

Niet lang daarna had hij zijn bewijs: een gesprek tussen La-

Grange en niemand minder dan David Sorren.

Sorren had zich door zijn politieke ambities laten verblinden en de wet, die hij had gezworen te zullen helpen handhaven, aan zijn laars gelapt. Hij had de reputatie opgebouwd dat hij de georganiseerde misdaad bestreed, maar in een wereld van superstrafpleiters en mazen in de wet viel het niet mee een vonnis te krijgen waarin de maffia werd veroordeeld. Dat moest anders kunnen, toch?

Tenminste, dat was de zieke redenering van Sorren. Hij had resultaten nodig. Het kon hem niet schelen hoe hij eraan kwam, of wie ervoor boette. Want resultaten stonden gelijk aan stemmen. Vandaag het stadhuis. Morgen het gouverneurschap. En op een dag het Witte Huis.

Een hedendaagse Machiavelli van de ergste soort.

Dus had Sorren LaGrange gerekruteerd en de ultieme achterkamertjesdeal gesloten. Ze gingen zich met de georganiseerde misdaad zelf bemoeien en kozen één kant. Ze steunden Joseph D'zorio en lokten Eddie Pinero na zijn veroordeling wegens woekerrentes in de val.

Er was alleen één probleem. En dat probleem was ik.

Ik keek Sorren over zijn bureau heen aan terwijl hij naar de opname luisterde, naar de informatie op de geheugenstick waar mensen voor gestorven waren. Plotseling was zijn gezicht net zo wit als het systeemplafond van zijn werkkamer.

'Het bevalt me niet,' hoorden we een nerveus klinkende LaGrange zeggen. 'Als Daniels echt met een van mijn aanklagers praat, weet hij iets.'

'Je piekert te veel, Ian,' was Sorrens antwoord.

'Nee, ik pieker precies genoeg. Dat zou jij ook moeten doen. Hij denkt al dat zijn aanwezigheid in Lombardo's meer dan toeval was.'

'Dat lossen we wel op.'

'Hoe dan?' vroeg LaGrange.

'Laat het maar aan mij over, Ian. Ik praat wel met de manager van Lombardo's, die haalt Marcozza's naam van de reserveringslijst van die donderdag, die zoekt dat wel uit. Je kunt ervan uitgaan dat dat geregeld is.'

Er waren meerdere opnames, maar Sorren had genoeg gehoord.

Hij pakte de bandrecorder en stopte de band. Toen begon hij, van alle onverwachte dingen die hij kon doen, hard te lachen.

'Je hebt nog niet alles gehoord,' zei ik.

'Dat hoeft ook niet. Ik was er zelf bij. Ik weet wat ik gezegd heb. Maar verder zal niemand er iets over horen. Weet je waarom niet?'

Ik haalde mijn schouders op. 'Nou?'

'Je had rechten moeten studeren,' zei hij hoofdschuddend. 'Dit is wederrechtelijk verkregen. Dat wordt niet toegelaten.'

En dat zei iemand die zelf precies wist hoe je van de mazen in de wet gebruik moest maken. Nou ja, het verbaasde niet.

Nu was het mijn beurt om mijn hoofd te schudden. 'Hoe heb je het kunnen doen, David?'

'Wát kunnen doen?' vroeg hij.

'Leg me tenminste één ding uit,' zei ik. 'Waarom heb je La-Grange vermoord?'

'Omdat hij jou wilde vermoorden,' zei hij. 'Ik heb je leven gered. Wat ben jij kort van geheugen, zeg.'

'Denk je nou echt dat ik zo dom ben?' vroeg ik.

'Dacht jij dan dat ík zo dom ben?'

'Nee, Sorren, maar ik denk wel dat je ergens onderweg bent vergeten wat het verschil is tussen goed en kwaad. Je bent zo cynisch geworden als het maar zijn kan. En ik weet wat cynisch is, neem dat maar van mij aan. Misschien wilde je oorspronkelijk het beste voor de stad. Maar voor jezelf wilde je nog veel meer.'

'Ga je nu opeens de psycholoog uithangen?'

'Nee, hoor, ik ben nog steeds journalist,' zei ik. 'En niet eens zo'n slechte, denk ik. Maar jij? Jij bent een crimineel.'

Sorren beet op zijn kaken en boog zich naar voren. Ik zag de aderen in zijn nek opzwellen, net zoals toen ik hem voor het eerst ontmoette. De woede bouwde zich op, maar hij probeerde zich te beheersen.

Het lukte hem alleen niet.

'Je kunt de pot op!' riep hij. 'Jij wil weten hoe ik het heb kunnen doen, hè? Maar wát heb ik gedaan? Ik heb ervoor gezorgd dat de ene smerige rotmaffiabaas de andere heeft uitgeschakeld. Ik heb iedereen in deze stad een dienst bewezen. Eén smeerlap van een maffia-advocaat minder, één misdaadfamilie minder, veel minder misdaad op straat. Iedereen wint – en met de dood van D'zorio winnen we nog meer.'

Hij prikte met zijn vinger naar me. 'Dus hou die schijnheilige lulkoek maar voor je. Jij moest je er met alle geweld mee bemoeien! Dankzij jou zijn Dwayne Robinson en Derrick Phalen dood. Dat is jouw schuld! Dat heb jij gedaan! Het komt allemaal door jou!'

'Daar vergis je je in,' zei ik zacht voordat ik naar mijn bandrecorder wees. Hij hield hem nog steeds in zijn hand. 'Je hebt al die tijd een keus gehad. En jij nam de verkeerde.'

Sorren keek me vol medelijden aan. 'Ik heb je toch verteld dat wat er op die band staat in de rechtszaal niet zal worden toegelaten? Het is wederrechtelijk verkregen. Het is nooit gebeurd. Net zoals dit gesprek nooit heeft plaatsgevonden.'

Ik glimlachte. 'O jawel hoor, dit gesprek is heel echt. Ik ben hier, David, en jij ook. Het is maar al te waar.'

Vervolgens maakte ik de bovenste knopen van mijn overhemd los en liet ik de afluisterapparatuur zien die ik droeg.

'Ik hoop maar dat er niet te veel borstharen meekomen bij het lostrekken van het bandje. Dat trouwens wettig is verkregen.'

Op hetzelfde moment vloog de deur van Sorrens kamer open en stormde er een FBI-team binnen. Onder leiding van niemand minder dan agent Doug Keller.

'Gefeliciteerd, klootzak,' zei hij tegen Sorren. 'Je hebt net het record van de kortste burgemeesterscampagne ooit gebroken.'

EPILOOG

Ik geloof niet in happy endings

HOOFDSTUK 108

Ik geloof niet in happy endings. Niet dat ik zo'n pessimist ben, hoor. Ik ben er alleen achter gekomen dat je voor alles wat het waard is gekoesterd te worden, een prijs moet betalen. En in dit geval is die prijs wel erg hoog geweest. Vier goede agenten hadden hun leven verloren, net als één moedige aanklager. Ik kan je niet genoeg bedanken, Derrick Phalen. Je hebt het ultieme offer gebracht. Ik heb je zus beloofd dat je dood niet tevergeefs zou zijn, en dat is hij beslist niet geweest.

Nu zal ik het net als Courtney een plekje moeten geven en de weg moeten vinden waarop ik verder kan.

Zoals die naar het etentje bij mijn zus, in de bossen van Connecticut.

'Hoe willen jullie je steak?' vroeg Kate.

'Op een bord, en liefst een beetje snel,' grapte ik. 'Ik sterf van de honger, zusje.'

'Jij bent met honger geboren.'

'Kom nou niet met die onzin aanzetten dat mama meer van jou hield.'

'Genoeg, jullie,' zei Elizabeth. 'Kunnen jullie je nou nooit eens als volwassenen gedragen?'

We zaten met z'n vijven bij elkaar op de patio achter Kates huis. Courtney en Doug Keller waren vanuit de stad met me meegekomen voor een zondagse barbecue. De zon scheen en de stemming was uitstekend.

Kate, die erop stond het vlees te grillen, zwaaide met haar

spatel. 'Wat ben je toch een wijsneus,' waarschuwde ze glimlachend.

'Met dat woord kan ik wel leven,' zei ik. 'Wijsneus.'

'Daar drink ik op,' zei Keller, die zijn flesje Rolling Rock tegen die van mij tikte. Het deed me goed hem zonder pak – en zonder holster – maar met een spijkerbroek aan in een rieten ligstoel te zien liggen.

Nog geen dag na Sorrens arrestatie was Keller erin geslaagd het antwoord op mijn laatste vraag te vinden: waarom had Sorren LaGrange vermoord? Wilden ze niet allebei dat ik zou sterven? Jawel, dat wilden ze inderdaad. Maar plotseling moest Sorren zichzelf beschermen, ontdekte Keller.

Vanaf het moment dat LaGrange van Sorrens strategie afweek en Bruno Torenzi verraadde om zijn eigen beurs te spekken, was hij een blok aan Sorrens been geworden. LaGranges hebberigheid had tot de dood van Belova geleid, en de druk van de Solntsevskaja Bratva uit Moskou steeg. Zij zouden er vroeg of laat achter komen wat de rol van LaGrange was in het fiasco, en dan liep ook Sorren risico.

Dus sloot Sorren, slim als hij was, met LaGrange een pact om mij het zwijgen voorgoed op te leggen. Onder het mom van een bezoekje checkte Sorren mijn ziekenhuiskamer en de agent die me bewaakte. LaGrange wist niet beter of Sorren keek of de kust voor hem veilig was. Maar in werkelijkheid luisde hij hem erin.

Op de patio leunde Elizabeth achterover in haar stoel en nam een slokje van haar limonade. Ze zond me een brede, stralende glimlach. 'En, oom Nick, wanneer gaan we weer naar een wedstrijd van de Yankees?'

'Zodra ik terug ben,' zei ik.

'Terug van waar?'

'O, dus hij heeft het nog niet verteld?' vroeg Courtney. 'Je oom gaat naar Hollywood. Hij heeft de filmrechten van zijn verhaal verkocht.'

'Mag ik meespelen in de film?' vroeg Elizabeth opgewonden.

'Dat zal ik zeker vragen,' zei ik. Meteen nadat ik erop heb aangedrongen dat Tiffany, de voormalige gastvrouw van Lombardo's, een rol krijgt. Dat was wel het minste wat ik voor haar kon doen.

'Hoe lang blijf je daar?' vroeg Keller.

'Nou, nadat ik de studio heb gesproken, ga ik nog een autoritje maken.'

Over dat onderdeel had ik nog niemand iets verteld, zelfs Courtney niet. 'Een autoritje?' vroeg ze. 'Waarnaartoe?'

'Ik ga in een gehuurde Ferrari f50 over de Pacific Coast Highway rijden. Ongelooflijk, toch? Heb ik altijd al eens willen doen. Dus moest het er nu maar eens van komen.'

Kate begon te lachen. 'Wauw. Dat is het echte Hollywood-leven.'

'Mag ik meerijden?' vroeg Keller.

Kate kwam achter de grill vandaan en stootte hem speels aan. 'Nee, dat mag niet. Jij neemt mij mee uit, volgend weekend. Ben je dat nu al vergeten?'

'Dat ritje langs de kust, in die auto, heb ik mijn hele leven al willen maken,' legde ik uit. 'Trouwens, Courtney, jij bent uitgenodigd. En weet je wat ik nog meer ga doen? Zodra ik terug ben uit Californië, neem ik saxofoonlessen.'

'Tjonge, en dan denk je dat je iemand hebt leren kennen,' grapte Courtney. 'Trouwens, is er, na ons tochtje met de Ferrari, enige kans dat je tijd kunt vrijmaken voor datgene waarmee je de kost verdient? Je weet wel – schrijven?'

'Daar vind ik altijd tijd voor,' verzekerde ik haar. 'Sterker nog, ik ben al met een groot nieuw artikel bezig.'

'Echt? Waarover?'

'Dat kan ik nog niet zeggen,' zei ik met een glimlach. 'Maar het komt eraan. Dat voel ik aan mijn water. Opgepast – dekking!'

Iedereen dook onder de tafel.

'Dat is niet grappig, oom Nick,' zei Elizabeth. Toen begon ze te lachen.

En dat deden we allemaal.